삼성 사피엔스

장편소설

삼송 사피엔스

지은이 최정철

좋은땅

〈삼송 사피엔스〉 등장인물

* 남성 사피엔스

영규
- 나이 60 중반.
  삼송리 구두 미화원. 삼송리 정보통. 지구대장도 궁금한 것 있으면
  영규를 찾는다.

호 사장
- 나이 60 중반.
  중식당 효성원 주방장이자 사장. 중국 사천성 출신으로 사천요리의
  숨은 고수다.

재만
- 나이 80 후반.
  지주 출신의 삼송리 토박이로 현존 가장 원로에 속한다. 방첩대에서
  활동한 적이 있기에 관공서 관련 정보력이 뛰어나다. 하지만 정진
  법사에게 크게 당한다.

석환
- 나이 50 중반.
  신도동 통장협의회 회장. 삼송리 토박이로 일찍 자수성가했다.

문 단장
- 나이 50 중반.
  어린이 연극단체 별마루 대표. 삼십 년 전 삼송리에 들어와 극단을
  차리고 연극 공연 활동을 시작했다.

박 시인
- 나이 50 중반.
  전업 시인. 1990년대 전교조 해직 교사 출신. 이십 년 전 삼송리에
  들어왔다. 시인으로서의 명성은 없고 주로 입시생 논술 과외 지도로
  생계를 유지한다.

동환
- 나이 50 초반.
  충청도 옛날식 가마솥 튀김 닭집 사장. 충청남도 서산 출신으로 오
  로지 튀기는 생각에 젖어 산다.

정진 법사
- 나이 50 중반.
  사기 전과 2범 출신으로 삼송리가 개발 제한에서 해제된다는 정보
  를 입수하여 삼송리에 들어와 작당을 벌인다.

삼칠 망통　　　- 나이 70 중반.

일제 강점기 시절 일본 요코하마에서 태어났으나 광복 후 친부를 따라 조상들의 고향 삼송리로 돌아와 정착했다. 원래 이름은 영목이었으나 한국 전쟁 때 북한 인민군 정치 보위부원에 의하여 삼칠로 이름이 바뀌었다.

벽박　　　　　- 나이 50 후반.

1980년대 운동권 출신. 그의 정체는 아무도 모른다. 술만 마시면 벽을 보고 떠들어서 생긴 별명이 벽박이다. '벽박 : 벽을 향해 진리와 진실을 말하는 박사'.

창식　　　　　- 나이 70 중반.

삼송리 토박이로 오래전 삼송리에 있었던 방석집 양공주 순애의 기둥서방이었다. 어느 날 자기가 버린 양공주 순애가 준재벌 되어 나타나 곤경에 빠진다.

강 씨　　　　　- 나이 70 초반.

효성원 베테랑 배달원. 총 여덟 명 효성원 배달원들의 군기 반장이다.

우 코치　　　　- 나이 40 초반.

프로 경마 기수 출신의 효성원 배달원. 서삼릉 승마클럽의 코치였을 때 낙마하여 머리를 다쳤다. 정신상태가 흐려져 덜떨어진 인간이 되었으나 패션에 관하여서는 일가견을 갖추고 있다.

한 씨　　　　　- 나이 60 중반.

교통사고로 다리를 다친 후 1톤짜리 트럭을 몰고 다니며 땅콩 장사를 생업으로 삼아 살고 있다. 서울 종로 삼가 집창촌 출신 늙은 창녀 초령과 동거에 들어간다.

건희	- 나이 30 초반.
	노름으로 청춘을 탕진하며 살던 중 아버지의 간곡한 부탁에 개과천
	선, 새 삶을 산다. 그가 새롭게 시작한 인생은 자기의 전공을 살린 복
	권방 운영이다.
부용식당 안 사장	- 나이 50 후반.
	벽박의 단골 식당인 부용 식당 주인이다.
이 회장	- 나이 50 중반.
	박 시인의 고향 친구. 고양시 주류 유통업자로 돈을 벌었고 백석동
	에서 규모 큰 룸살롱도 운영하고 있다. 박 시인을 위해 논술 학원을
	세워 준다.
오 소장	- 나이 50 후반.
	대선 공인중계소 소장. 삼송리 토박이다.
장군곱창 홍 사장	- 나이 40 중반.
	최근 삼송리에 들어와 동환의 가게 맞은편에다 곱창 술집을 차렸다.
해병대 땜통	- 나이 50 후반.
	십수 년 전 삼송리에 흘러 들어와서는 해병대 출신임을 내세워 갖은
	패악질을 벌이며 살다가 삼송리에서 쫓겨나고 만다.

* 여성 사피엔스

구복   - 나이 60 초반.

어렸을 때 서울 왕십리에서 영규를 만나 사랑에 빠졌으나 영규를 버리고 다른 남자에게 시집갔다. 훗날 불우해진 처지가 되어 삼송리에서 영규와 재회한다.

순애   - 나이 60 후반.

대전 빡촌 창녀 출신으로 창식에게 속아 삼송리 양공주가 되었다가 다시 미아리 텍사스촌으로 팔려 간다. 이후 독하게 살면서 돈을 모아 1990년대 부동산 투기로 거부가 된다. 이후 다시 삼송리의 창식을 찾아와 인생 복수극을 펼친다.

영자   - 나이 60 중반.

순애와 대전 빡촌에서 만나 그녀를 따라 삼송리 양공주가 된다. 창식과 돼지 부속 집을 운영하기로 한 순애를 배신하고 창식을 차지했다. 현재는 창식과 함께 삼송리에서 편의점을 운영하다가 순애의 귀환을 맞는다.

초령   - 나이 60 중반.

대구 출신으로 은행원과 결혼하여 딸 하나를 두었을 때 남편의 사기 도박단 연루로 집안이 풍비박산 당한다. 사라진 남편 대신 사기 도박단의 집요한 추궁을 받던 끝에 딸을 시댁 삼촌에게 맡기고는 사기 도박단을 따라나서 미아리 텍사스촌에 들어간다. 그곳에서 순애를 만난다.

말숙   - 나이 40 후반.

석환의 아내. 삼송리 토박이로 어렸을 때부터 같은 마을에 사는 석환을 좋아하여 그와 결혼했다.

순영   - 나이 40 후반.

동환의 아내. 동환과 같은 서산 출신으로 동환을 따라 삼송리에 들어왔다.

연희	- 나이 40 초반.
	두 살 핏덩이 때 삼촌에게 맡겨진 초령의 딸. 훗날 순애의 도움으로 초령과 재회한다.
효정	- 나이 30 초반.
	호 사장의 외동딸. 효성원의 회계 담당을 맡고 있어 실질적인 부사장이다.
효숙	- 나이 30 후반.
	어느 날 갑자기 삼송리에 들어와 닭집을 차려 육감 넘치는 몸매와 기가 막힌 닭 구워 내는 솜씨로 동환을 거의 파멸에까지 몰고 간다. 주사가 심하다. 동환에게 자기만의 비경 레시피를 건네주고 삼송리를 떠난다.
장 사장	- 나이 30 후반.
	신시가지 원흥동에 새로 개업한 중식당 동방불패 주방장이자 사장. 효성원 호 사장에게 도전하여 도장 깨기 시합을 벌인다.
정숙	- 나이 80 초반.
	재만의 아내. 젊었을 때 대학교 교육까지 받은 재원이었으나 돈 많은 집안 며느리가 된 이후 남편 재만의 극심한 바람기로 인해 의부증에 시달리며 산다.
민 사장	- 나이 40 후반.
	강릉 토속 두부요리 집 사장. 정진에게 반하여 자기 식당까지 그에게 바친다.
윤 마담	- 나이 60 초반.
	삼송리 유일의 옛날식 다방인 흙 다방 마담. 브랜드 카페들이 삼송리 일대를 점령하고 있음에도 자기 다방을 굳건하게 지키고 있다.

선자   - 나이 50 초반.

삼송 능이버섯 전골 식당 여사장. 해병대 땜통에게 시달리다가 영규
일당의 도움을 받는다.

이 우향   - 나이 50 후반.

20세기를 풍미한 대한민국 최고 섹시 스타 배우이다. 석환에게 거금
을 주고 그의 애완견을 사 간다.

매니저   - 나이 30 중반.

이 우향의 개인 매니저. 매사 아는 척하는 경향의 여인이다.

목차

삼송리

삼송리라는 마을 이름은 조선시대 때부터 불린 이름이다. 삼송리 북쪽의 갈갈풀이 마을을 지나 농협대학교 뒤쪽으로 이르면 서삼릉이 나온다. 조선 왕실의 중종 계비 장경왕후, 인종과 인종비인 인성왕후, 철종과 철종비 철인왕후의 무덤이 이곳에 들어서 있다. 서삼릉 입구 쪽에는 커다란 소나무 세 그루가 세워져 있다. 이것이 절 입구에 세워 놓는 당간지주 같은 용도로 쓰였으니, 임금이 간혹 참배하러 순행하여 올 때마다 지금의 창릉청인 덕수천을 건너면서 허허벌판 중에 능 있는 곳을 이 세 그루 소나무로 확인했다고 한다. 그런 사연으로 인하여 '세 그루의 소나무' 삼송 (三松) 이름이 생겨났다는 것이다. 마을 사람들은 이것을 우리말로 풀어 세솔리로 불렀는데 이것이 훗날 발음이 변하여 세수리가 되었다. 삼송리든 세수리든 그 이름은 하마터면 일제 때 사라질 뻔한 우여곡절을 겪었다. 조선 끝 무렵 지금의 삼송역 사거리에서 파주 방향으로 걸쳐 있는 숯돌고개 우측의 오금동이 신혈면이었고, 그 남쪽 마을이 하도면이었다. 그랬던 것을 1914년 일제가 전국 행정 지역을 일대 총정리 할 때 이 마을들을 합쳐 신도면으로 개칭하면서 여기에 삼송리까지 포함하고 말았다.

그렇게 신도라는 이름이 새롭게 등장했으나, 과연 삼송리 사람들의 항일 의지가 군건하여 그랬는지는 모르겠으나 마을 사람들은 결을 세워 가며 삼송리나 세수리로 불렀음이요, 그리하여 그 이름이 오늘날까지 부사히 전해지고 있는 것이다.

삼송리와 그 남쪽의 동산동 사이에 작은 천 하나가 흐른다. 북한산 물을 받아 내리는 물길로 조선시대 때 덕수천으로 불린 창릉천이다. 창릉천은 평소에는 건천으로 가늘기만 한 실개천 모습을 띤다. 예전에는 여름 홍수 지면 이곳까지 한강 물이 범람해 들어오기도 했으나 그 외에는 마을 근처에서 이 말라비틀어진 창릉천 물 밖에는 물 구경하기가 힘들었다. 그 창릉천에 어쩌다 물이 불어나면 마을 사람들이 그동안 밀린 씻을 것들을 들고나와 후다닥 해치우곤 했다고 한다.

삼송리 서쪽으로는 달걀부리마을이라는 옛 촌락이 있다. 이 달걀부리 명칭에 몇 가지 역사적 해석이 붙는다. 달걀부리를 우리 옛말로 풀면 크고 넓은 땅도 되지만 발음을 그대로 쫓으면 병아리 부리로도 볼 수 있다. 이 병아리 부리, 달걀부리가 신라 초기 신화에 들어맞는다. 훗날 신라의 시원을 이곳 한강 하구 고양시 일대로 추정하는 일부 사학자들의 주장이 있다. 이곳에서 촌장 새벌도리가 불구내를 길거리 캐스팅으로 스카우트, 장래의 왕으로 훈육하는 중에 짝을 찾아 혼례를 치러 준 여인이 태어날 때 병아리 부리를 가진 알영이었다. 사람들이 알영을 데리고 현재의 화정동인 냉정(冷井)에 가서 그 차가운 물로 얼굴을 씻자 비로소 병아리 부리가 똑 떨어져 졌다고 한다. 그렇게 하여 알영은 불구내와 짝을 맺을 수 있었다. 인류 최초의 성형수술 전설을 품고 있는 달걀부리는 마을 이름은 이천 년 넘도록 전승되고 있는 만큼 그 유구함이 어디에 또 있을까 싶다.

이 삼송리에 외지인의 대거 유입이 두 번 일어난다. 한국 전쟁 때 유엔군과 국군이 북한을 진격할 당시 북한 땅 피난민이 몰려와 세수리에 정착한 것이 최초였고, 최근 삼송리 일대의 개발 제한이 풀리면서 고층 아파트 단지들이 무수히 세워지자 서울에 직장을 갖는 젊은 맞벌이 부부들이 떼로 입주해 온 것을 그 두 번째라 할 수 있다. 문제는 두 번째 외지인의 대거 유입이다. 그들은 그동안 지켜져 내려온 삼송리 정서를 흐트러뜨렸고 원래 살고 있던 사람들을 떠나가게 하는 일종의 젠트리피케이션 현상을 일으키는 등 일대 격변의 원인을 제공하기도 했다. 그리하여 이제는 진정한 삼송리 토박이라고 부를 수 있는 사람들 보기가 어렵게 되었다.

그런 삼송리에 오늘도 태양은 떠오르고 있다. 그리고 매일 그렇듯이 그 태양을 마주 보고 서 있는 늙다리 사나이가 있다. 아침 출근 시간. 간밤의 잠을 다 내려놓지 못한 얼굴들이 삼송역 입구로 꾸역꾸역 몰려 들어간다. 그들이 역 입구로 사라지기 전 지나치는 것 하나가 있다. 바로 영규의 새장이다. 새장은 영규가 지은 이름으로 구두수선 부스다. 영규는 삼송리에서 사십 년 동안 구두 수선을 하며 삼송리에서 일어나는 온갖 일을 다 꿰어 온 사람이다. 삼송리의 모든 소식은 주민센터보다 영규가 더 많이 가지고 있을 정도다. 때로는 지구대장까지 찾아와 정보를 얻어가곤 한다. 그 모든 정보는 구두 들고 새장을 찾는 삼송리 사람들로부터 얻는다. 구두를 닦거나 수선하는 동안 옆에 앉아 기다리는 사람과 별의별 말을 나누게 된다. 그 대화에 삼송리의 현재 정보가 하나씩 둘씩 생생하게 나오는 것이다. 어젯밤 누가 박 터지게 부부싸움을 했다느니, 어떤 놈이 차 사고를 냈다느니, 키가 일 미터밖에 안 되어 별명이 쪼꼬미로 불리는 할매 무당이 큰 굿 한판 올리고 얼마를 벌어 왔는데 그 손녀 딸년이 홀라당 훔쳐서 남자 친구와 놀아났다가 죽도록 매타작 당했다느니, 조만간 신도 지구대장이 바뀔 것이라느니, 능이버섯 전골 식당 주인 선자가 알고 봤더니 두 번째 남편을 끼고 살면서 과부 행세한다느니, 동산동에 어떤 개인 주택 집이 급히 매물로 나왔다느니, 자동차 서비스 센터가 새로 들어설 것이라느니, 등등 하루에도 열댓 가지 새로운 정보가 이 새장 안에서 구워졌다. 그뿐 아니다. 핸드폰이 없던 시절, 오직 유선 전화만 써야 했던 시절에는 마을 사람들 집 전화번호까지 훤히 알고 있어 새장 옆 공중전화 부스에서 누가 급히 전화번호를 물어오면 그 즉시 번호를 대줄 정도였다. 비록 종일토록 새장을 지키고 있지만 그런 식으로 삼송리의 웬만한 것은 모두 꿰고 있는 영규였다.

영규는 아침 일찍 출근하자마자 믹스커피를 탄 일회용 종이컵을 들고 새장 앞에 나와 서서는 천천히 커피 맛을 음미하며 삼송리 신축 아파트 단지에서 쏟아져 나온 출근 대열을 지켜보는 것으로 자신의 하루를 시작한다. 이제 막 북한산 어깨를 짚고 올라서는 태양이 삼송리 전철역 입구로 빨려 들어가는 꾸역꾸역 행렬에 따가운 빛을 흩뿌리고 있다. 그 빛을 실눈으로 피하며 영규는 오늘도 같은 생각을 한다.

일찍이 수백만 년 전 유럽 땅에는 호모 네안데르탈이 있었고 아시아 땅에는 호모 에렉투스가 있었으나 호모 사피엔스가 나타나자 흔적도 없이 도태 멸망당했다는 것. 벽박이 얼마 전 가져다준 책에 실려 있는 말이다. 이를 테면 호모 사피엔스는 외지인이요, 호모 네안데르탈이나 호모 에렉투스는 원주민일 것인데, 그렇다면 외래인이 원주민을 없앴다는 그 이야기는 어쩌면 지금 이곳 삼송리에 딱 맞아떨어지는 말이 될 수 있다. 삼송리는 외지인이 신종 호모 사피엔스가 되어 쳐들어와 점령하는 중이고 원래부터 존재해 왔던 삼송리 사람들은 호모 네안데르탈이나 호모 에렉투스처럼 하나하나 도태 멸망당하고 있다. 벽박이 건네준 책을 읽는 내내 영규는 이런 생각을 떨칠 수 없었다. 문득 그런 책 내용이 눈앞에 떠오르자 영규는 신종 호모 사피엔스들의 출근 행렬이 마치 죽을 찾아 꿀꿀대며 행렬 지어 가는 돼지들처럼 보였다.

"너희들이 아무리 쳐들어와도 우리 삼송리 사람들은 끝까지 살아남을 게여, 이것들아."

떠오른 해가 북한산을 밀치고 점점 솟구치고 그에 맞춰 삼송역으로 빨려들어가던 돼지들의 행렬 꼬리는 사라져 간다. 그 대신 나물 장수, 붕어빵 장수, 20년은 더 묵어 보이는 유행 뒤떨어진 옷 떼기 장수, 목공 탁자 장수 등등이 전철역 입구 부근에 나타나 하나둘 제자리 찾아 들어앉아 장사판을 벌이기 시작할 것이다.

16

영규의 첫사랑 지킴이 사십 년

오늘따라 밀가루 음식이 당긴다 싶어 점심 끼니는 효성원에서 짜장면 곱빼기로 해결하여야겠다는 생각에 영규의 입에서는 벌써 군침이 돌았다. 찌륵찌륵거리는 소리가 들린다. 녀석들의 노래는 언제 들어도 싱그럽기만 하다. 영규는 새장 안의 십자매 한 쌍을 들여다보았다. 아직 모이는 충분하다. 쪼아 마실 물도 넉넉하다. 십자매는 크기도 작고 기르는데 별 치다꺼리 하지 않아도 되는 영리한 새다. 다만 수명이 오 년을 넘기지 못해 죽어 나가는 것은 단점이라 할 만했다. 영규는 십자매의 새장을 가지고 자신의 부스까지 새장으로 부르고 있다. 자신의 부스란 사십 년 동안 생업으로 삼아 온 구두 수선 부스다. 그것을 새장으로 부르는 것이고. 이제 구두 짝 들고 나타나는 손님이 더는 없으면 일찌감치 효성원으로 갈까, 하는 중에 석환이 새장 문을 열고 얼굴을 들이밀었다.

"형님, 진명전기 홍석이 형님, 어디 갔는지 아세요?"

"아까 견적 뗀다고 관산동 가던데?"

"언제 온다는 말 없었고요?"

"다섯 시면 올 거라고 했지 아마? 뭔 일 났어?"

"같이 가서 견적 좀 뗄 데가 있는데, 좀 일찍 오면 안 되나?"

"전화해 이 사람아. 간단한 걸 가지고."

"전화를 받지 않는다니까요."

"기다려야지 뭐, 그럼."

석환이 새장 문 닫고 사라지니 밥 생각이 더 굳어졌다. 자리에서 일어나 허리를 한 차례 길게 폈다. 그때 삼송리 골칫거리 해병대 땜통이 나타나더니 벌컥 소리 나도록 새장 문을 열어젖히고는 한쪽 다리 탈탈 털면서 볼 때마다 사람 짜증 나게 하는 보기 흉한 웃음을 지어 보였다.

"거, 문 좀 살살 열어!"

"형님, 담배 좀 주쇼."

"내가 담배 피우디? 펴? 주둥이를 확…….'"

"그럼, 담배 사 피게 돈 좀 주쇼."

"맡겨 놓았냐, 인간아? 내일모레면 너도 육십이다, 응? 나잇값 좀 하고 살어!"

해병대 땜통이라 불린 사내는 자칭 해병대 362기라면서 언제나 해병대 군복과 팔각 모자를 쓰고 껄렁껄렁 돌아다닌다. 어느 더운 여름날 팔각 모자를 벗고 박박머리의 땀을 훔치는데 정수리 쪽에 아기 주먹만 한 땜통이 자리하고 있었다. 그것을 본 영규가 그때부터 그를 땜통이라고 부르기 시작한 것이 곧 마을에 퍼졌다. 그 이후 삼송리 사람들은 창릉천 삼칠 망통 노인네와 해병대 땜통, 양통이 생겼다고 우스갯소리를 하곤 했다. 그는 껄렁거리며 돌아다니다가 아무나 붙잡고 시비 걸어 돈 뜯어내는 것을 자신의 생업으로 삼았다. 이 인간이 삼송리에 나타난 것은 칠팔 년 전 무렵이다. 처음에는 창릉천 너머 동산동에 방을 얻어 살다가 그 동네에는 주민 수도 적고 하여 오고 다니는 사람들도 별로 없어서 집적댈 상대 찾기가 어려웠는지 몇 달 만에 방을 빼 삼송리로 옮겼다. 삼송리에는 전철역이 있기에 동산동에 비하면 사람들의 유동량이 훨씬 많았고 그것은 그에게 큰 도움이 되었다. 그는 며칠 동안 삼송역 주변을 면밀히 파악하는 데 집중하는 듯하더니 어느 날부터인가 본격적으로 생업 전선에 뛰어들었다. 그가 하는 짓거리라는 것은 대략 이렇다. 전철역 입구든 횡단보도든 근처에 자리 잡고 있다가 젊은 사내 지나가는 것이 눈에 띄면 그 앞길을 막아서는, "어이 나 해병대 삼백육십이 기인데, 담배 좀 하나 주고 가라." 이러는 식으로 시비를 걸어댄다. 상대가 기분 나빠도 더러운 똥 피하듯 담배를 주고 가면 할 수 없지만, "뭐 이런 인간이 다 있어?" 하며 인상 쓰고 기분 나쁘게 쳐다보면 곧바로 해병대 땜통의 맛 좋은 먹잇감이 된다. 그는 절대 주먹은 쓰지 않는다. 대신 반말을 툭툭 던져 가면서 자기 어깨로 상대를 연신 밀친다. "야, 젊은 놈이 나이 먹은 사람한테 말 짧게 한다?" 그러면 화가 난 상대가 자기를 밀치거나 성질 거친 사람이라면 앞뒤 안 보고 주먹을 날리기 일쑤다. 그 순간 해병대 땜통은 길바닥에 드러누워 뒹굴어대면서, "이놈이 사람 친다아~!"를 부르짖어댄다. 그러다가 벌떡 일어나 앉아 핸드폰을 꺼내 지구대로 전화로 '폭행 사건 발생' 운운하며 신고한다. 지구대가 바로 지척인지라 순경이 현장에 도착하는 것은 걸어서 오 분도 걸리지 않는다. 이제 그는 폭행죄 신고 취소를 전제로 합의금을 뜯어내는 것으로 마무리한다. 처음에는 주로 삼송리 사람들이 그에게 당했으나 수법을 간파하고는 점점 자기를 피하자 이제는 신축 아파트 단지 사람들이 삼송역에 나타나면 그들을 대상으로 삼았다. 그러나 그 짓도 몇 번이었다. 삼송역 물이 나빠졌다 싶으면 신원동으로 가서 시비 걸어 돈 뜯는 짓을 일삼았고 그 동네 역시 진기 빠졌다 싶으면 관산동에까지 진출했다. 하여튼 그런 식으로 삼송리 일대를 휘젓고 돌아다니다 보니 웬만한 사람들이 해병대 팔각 모자만 떴다, 하면 다들 한결같이 이를 갈면서 외면했다.

그가 삼송리에 모습을 보인 지 얼마 되지 않던 어느 날, 영규는 그를 붙잡아 파라솔 의자에 앉혀 놓고 커피 한 잔을 끓여 주었다.

"이봐요 형씨, 나이를 보면 아직 한창 일하면서 살 때 같은데, 왜 그렇게 사우?"

영규의 진심 어린 걱정이 담긴 말임을 그도 알아는 들었는지 기분 나빠하는 표정은 짓지 않았다.

"형님, 커피 맛이 참 좋시다."

"삼송리에 와서 사는 건 환영하지만, 그렇게 행동하면 쓰나? 사람들이 다 자기 피하는 거 알어 몰러? 한 마을 사람 되려면 곱게 살아야 하는 거라오."

"형님, 내가 해병대 삼백육십이 기입니다. 해병대 깡다구가 있지 말야, 내가 누구 눈치를 보며 살아야 하냐고~, 예? 해병대 알기를 홍어좃으로 아나들!"

대화가 안 되는 친구였다. 영규는 쓴 입맛 다시며 새장으로 들어갔다. 그이후 해병대는 시간만 나면 새장에 나타나 영규에게 친한 척 형 형 소리해 가며 커피를 얻어 마셨고, 삼송리 사람들이 그를 멀리하여도 사람 좋은 영규는 무슨 짓거리를 해도 오냐오냐, 하는 식으로 마음 좋게 넘겨주었다. 그러니 '수입 활동'이 없을 때면 새장이 마치 자신의 본거지라도 되는 양 툭하면 나타나 영규를 귀찮게 하거나 파라솔 의자에 다리 꼬고 앉아서는 지나가는 사람이 응대하든 말든, "안녕하쇼~!" 라고 하거나, "아줌

마, 어디 재미난 데 놀러 가쇼? 같이 갑시다~." 등등 되먹지 않는 소리를
해대곤 했다. 그렇게 허세를 부리는 그였지만 언제부터인가 수입이 줄어
들고 있다는 것에 불안을 느끼고 있었다.

해병대 땜통은 여전히 한쪽 다리 탈탈 털면서 실실대었다.
"나 이제 밥 먹으러 갈 거니까, 담배 얻어 피려면 길 건너 시계방이나 가!"
"나도 밥이라는 것 좀 먹읍시다. 사 주쇼."
"내가 구두 닦아 너 밥 먹일 일 있냐? 가, 어서! 소금 뿌리기 전에."
희한하게 해병대 땜통은 영규의 꾸짖는 말에는 전혀 감정을 가지지 않았
다. 오히려 같이 놀자는 식으로 시시덕거렸다. 그나마 자기에게 말 상대
를 해 주는 사람은 영규밖에 없음을 알기 때문일 것이다. 영규의 두어 차
례 내치는 소리에 해병대 땜통은 흥얼흥얼 콧노래 소리 흘리며 길 건너로
사라졌다. 영규는 그를 쫓아내느라 몇 차례 소리 질렀다고 배가 더 고파
왔다. 에라, 이제 밥이나 먹으러 가자, 돈 지갑을 챙기는데 또 누군가 새
장 앞을 기웃거렸다. 이번에는 구복이었다. 영규는 구복의 지치고 일그
러진 얼굴을 보고는 또 문제가 생겼음을 직감했다.
"왜, 현성이 놈이 또 사고 쳤구면?"
구복은 엉덩이에 돌확이라도 매달은 양 엉거주춤 불편한 자세로 선 채 고
개를 좌우로 돌리며 시선을 뿌렸다. 영규를 제대로 바라보지 못하는 꼴
이 영규 짐작대로 현성이가 말썽을 일으킨 것이다.
"아, 말해 봐, 어서."
영규의 다그침에 구복이 겨우 입을 열었다.
"그 원수 같은 놈이 글쎄 핸드폰으로 뭘 또 막 샀는지 썼는지, 이번 달에

도 돈이 백만 원 넘게 빠져나갔지 뭐예요."

현성이 녀석이 핸드폰 티머니 어플리케이션으로 앞뒤 가림 없이 결제하고 돌아다닌 것이다.

"백만 원이나? 허……. 그러니까 내가 그 녀석 핸드폰 빼앗고 투지 폰이나 사 주라고 했잖아. 충전용 교통카드나 사 주고. 이제 고등학교 졸업도 하지 않은 놈이 무슨 파이브지 폰이냐고~. 아니면 티머니 자동 이체를 끊던가. 거, 몇 번을 말해도 못 알아듣네그려."

구복의 손자 현성은 어렸을 때부터 정상적이지 않게 자랐다. 아예 공부와는 담을 쌓은 채 청소년기를 거치면서 말 그대로 생겨난 김에 사는 철없는 청춘이었다. 현성의 부모, 즉 구복의 아들과 며느리는 현성이 태어나고 사 년 후 무렵 풍파를 겪고 말았다. 며느리는 고양시 마두역 근처의 어느 성인 나이트클럽에 미쳐 밤이면 밤마다 그곳에서 살더니 끝내 어떤 사내와 눈이 맞아 새살림 차려 집을 나가고 말았고, 원양 어선 선원으로 일하던 아들은 심한 충격을 받고는 머리 깎고 중 되어 어미와 자식 곁을 떠났다. 구복은 또래 아이들 비해 응석이 너무 심한 어린 손자 놈을 어렵게 홀로 키워야 했다. 손자 놈은 또 원체 몸이 허약하여 아이들과 제대로 어울리며 놀지도 못했다. 체육 시간에는 공도 제대로 차지 못할 정도로 몸치가 되고 말았다. 그러니 초등학교, 중학교 때는 친구도 생기지 않아, 지금 다니고 있는 고등학교에서는 왕따가 되어 걸핏하면 주먹 쓰는 아이들의 빵 셔틀이나 해 주고 수틀리면 두들겨 맞아 가며 하루하루를 보내고 있었다. 핸드폰 티머니 결제도 학교에서 주먹 쓰는 놈들이 걸핏하면 불러내어 나이키 매장에서 옷 고른 것, 분식집에서 김밥 어묵 떡볶이 먹은 것, 편의점 컵라면 먹은 것 등등을 일일이 결제시키곤 했기에 통장에서 자동으로 매달 돈 백만 가까운 돈이 모시 바지 방귀 새듯 빠져나가곤 한 것이다.

"그래서, 또 뭐, 생활비 다 떨어졌다, 그거여?"

"나도 몰라요, 이젠······."

"모른다는 사람이 난 또 왜 찾아왔대?"

영규는 피식 웃음을 흘리며 바라보자 구복은 새치름하게 한 차례 눈을 흘기고는 고개를 돌렸다.

영규는 수저와 젓가락질로 조물락조물락 고기 살을 떼어 내 구복이 먹기 편하게 해 주었다.

"국물은 깨작깨작 떠먹지 말고 그냥 죽죽 들고 마셔. 날 더워지는데 이거라도 먹고 몸 챙겨야지."

오늘 점심은 오전 내내 입맛을 어지럽혔던 밀가루 음식 대신 가까워지는 복날을 떠올리며 구복과 함께 삼계탕으로 때우기로 했다. 영규는 구복의 몸에 진기가 빠졌다 싶어 보일 때마다 이런 식으로 챙겨주었다.

"저번에 병원 간 거 있잖아, 이젠 괜찮은 거야?"

구복은 자신의 왼쪽 어깨를 주물렀다.

"며칠 침 맞고 하니까, 많이 나아졌어요."

"그러니까 무거운 거 덥석대며 무리해서 들어 올리지 말라잖여, 내가."

"먹고 살려면 어쩔 수 없죠, 뭐."

구복은 창릉천 너머 동산동 입구 근방에 있는 플라스틱 박스 제조 공장에서 잔일을 하는 것 외에 공장 쉬는 토요일과 일요일에는 어쩌다 걸려

드는 파출부 일이나 청소부 일이 들어오면 원당동이고 화정동이고 행신동이고 신원동이고 오금동이고 가리지 않고 쫓아가 일당을 벌어 오곤 했다. 그렇게 육십 고개 넘어가고 있는 몸을 마구 굴려대니 하루라도 성한 날이 없는 구복이었다. 이쪽이 찢어져 외과병원 가서 꿰매고 나오면 저쪽이 삐그덕거려 한의원 가서 침에 뜸에 물리치료 받아 겨우 복구시키고, 그러다가 어깨나 허리 디스크에 통증 일어나면 프롤로 주사를 한 대당 팔만 원씩이나 내면서 맞아야 했다. 구복이 한창 청춘일 때는 그토록 귀엽고 청순했건만 이제는 쉬어 터진 할망구가 되어 하고 한 날 아픈 몰골로 비참한 노년 생활을 살고 있으니 지켜보는 영규로서는 안타깝고 불쌍하기만 할 뿐이었다.

구복은 영규의 첫사랑이었다. 영규 또한 구복의 첫사랑이었다. 둘의 첫사랑이 영글고 있을 때 영규 나이는 열아홉, 구복은 열일곱이었다. 보육원에서 나오자마자 영규가 처음으로 일자리로 얻은 곳이 서울 왕십리 철공소였다. 그는 그곳에서 한 달에 삼만 원씩 받으며 공돌이 생활 첫 딱지를 무사히 떼고 자리를 잡아가는 중이었고, 구복은 길 건너 단골 백반식당 주인의 막내딸이었다. 구복은 중학교까지만 다녔다. 언니 둘이 먼 곳으로 시집가서는 친정 나들이하기가 쉽지 않았기에 구복이라도 일찍부터 홀어미를 도와 식당에서 종일 살아야 했다. 영규는 매일같이 점심 끼니를 구복의 식당에서 해결했다. 그때마다 구복은 콩나물국이든 배춧국이든 한 국자 두 국자 더 떠주는 식으로 영규에게 자기 마음을 표하곤 했다. 때로 구복은 국 대신 백 원씩이나 하던 삼양 라면을 엄마 몰래 끓여내주기도 했다. 식당은 평일이고 일요일이고 없이 매일 밥 손님 술손님을 받았기에 구복은 저녁때도 한가로울 리 없었다. 그래서 어쩌다 백반집이 쉬는 일요일이 다가오면 구복은 영규에게 밥을 내주면서 밥그릇 밑에다 만날 장소와 시간을 적은 쪽지를 끼워 주었다. 그런 식으로 매달 한두 번꼴로 일요일 데이트를 하곤 했다. 데이트라고 해 봤자 배명고등학교 맞은편에 있는 광희 극장에 가서 두 편 영화 연속으로 보고 나와 중국요리 집 가서 짜장면 먹거나, 근처 동대문시장 구경 가기, 혹은 날씨 좋으면 창경원을 찾아가는 정도였다. 한 번은 여름이 시작되던 어느 날 뚝섬 경마장에 가는 것을 데이트 코스로 삼았다. 경마장에서 말 구경을 마친 둘은 강변 한적한 곳을 찾았다. 그곳에서 구복은 봉숭아꽃을 몇 장 따서 그것을 짓이겨 즙을 내더니 짓이겨진 꽃잎 뭉치를 콩알만 하게 만들어 자신과 영규의 새끼손가락 손톱 위에 각각 올려놓았다.

"봉숭아꽃은 귀신이나 뱀을 쫓아낸대요. 어디 가서 귀신한테 홀리지 말고 뱀한테 물리지 말아요."

사내자식이 무슨 손톱에 봉숭아 물을 들이냐고 했을 것이지만 영규는 왜인지 그것이 좋았다. 둘은 그렇게 새끼손가락 손톱에 봉숭아 물을 들이면서 이런저런 얘기를 나누었다. 해가 많이 기울어졌을 즈음해서 손톱 위에 말라붙은 꽃잎을 떼니까 제법 불그스레한 주황색이 손톱에 물들어 있었다. 둘은 그 손가락을 걸어 무언의 약속을 했고 그곳에서 둘의 첫 입맞춤이 이루어졌다.

하지만 그렇게 알콩달콩 정분 쌓던 날도 일 년을 채 넘기지 못했다. 그해 여름 어느 날 영규에게 병역 신체검사 통지서가 날아들었다. 영규는 고아 출신이기에 병역 면제 대상이었으나 그러려면 고아 증명서를 제출하여야 했다. 하지만 예전의 보육원이 일 년 전 건물 통째로 화재를 당하면서 모든 기록이 재가 되었고, 그 직후 보육원마저 폐지되는 바람에 자신에 관한 기록 또한 허공에 사라지고 말았다. 영규는 고아 증명서 없이 신체검사를 받아야 했고, 가을이 시작될 무렵 입대 영장을 손에 쥐어야 했다. 그는 팔자려니 여기고는 구복의 눈물을 뒤로한 채 논산훈련소를 거쳐 충청도 어느 곳의 예비군 관리대대에 배치되었다. 배치받은 자대에서는 영규를 위해 행정 조정 신청까지 했으나 기일만 끌 뿐 끝내 해결되지는 않았다. 그때는 그런 시절이었다. 그것을 딱히 여긴 대대장은 딴에 마음 쓴다고 영규에게 통신실에서만 근무하는 통신병 보직을 내주었다. 영규는 억울했지만 그래도 몸 고생을 피할 수 있어서 그나마 다행이었다. 그렇게 충청도 땅에서 삼 년 가까이 군대 밥을 먹게 된 것이고, 그가 훗날 늙어서까지 충청도 말을 입에 달고 살게 된 것은 분명 그곳에서의 삼 년 군 생활 때문이었다.

통신병으로 근무한 지 일 년 되어 갈 무렵 불행하게도 구복에게 영규를 기다리지 못할 사정이 생겼다.

"사랑하는 영규 오빠에게. 오빠는 다 이해해 줄 것이라고 믿어요. 어떤 아저씨를 만나서 새살림 차리러 지방으로 가게 된 엄마는 식당을 곧 처분할 거예요. 그래서 더 성화랍니다. 이제는 엄마 말을 듣지 않을 수 없어서 지난달에 선을 봤어요. 아마 곧 결혼식 날짜가 잡힐 거예요. 나는 오빠를 사랑하는데, 오빠는 아직 제대하려면 2년도 더 넘게 남았고 엄마는 저렇게 성화를 부리니, 나는 어쩌면 좋겠어요?"

편지를 읽는 동안 영규는 피가 거꾸로 솟는 절망감을 느껴야 했다. 영규는 틈만 나면 구복에게 전화했고, 언제나 구복 엄마가 전화를 가로채서 때로는 달래는 말로, 때로는 화를 내며 영규를 단념시키려 들었다. 구복 엄마가 영규를 거부한 결정적인 이유는 그가 보육원 출신, 즉 고아였기 때문이다. 물론 직접 대놓고 말하지는 않았으나 영규가 그것을 모를 리는 없었다. 그렇지만 아무리 그래도 영규는 포기할 수 없었다. 너무 억울했다. 어떻게 이 년을 기다리지 못하고 고무신을 거꾸로 신는단 말이냐! 인생의 희망은 이제 영규에게 남아 있지 않았다. 그렇게 영규는 한 달 가까이 통신실에서 전화를 걸어대었고 그 결과는 영창 행이었다. 사단 검열에 걸린 것이다. 통신 보안을 담당할 병사가 사적인 전화를 툭하면 쓰는 것도 문제였지만, 그보다도 이러다가 여자 문제로 소총이나 수류탄 들고 탈영이라도 할까 싶어 주의 조치 대신 아예 영창에다 가둬 놓기로 한 것이다. 영창 생활 두 달 마치고 원대 복귀했을 때는 이미 구복은 남의 여자가 되어 있었다. 대대장은 이번에는 영규를 대대 행정실 차트 병으로 근무하도록 배려해 주었다.

봄꽃이 나부끼던 어느 날, 모처럼 만에 휴가를 받아 서울로 올라간 영규는 왕십리에 들렀다. 구복이 있던 백반집은 양장점으로 바뀌어 있었다. 영규는 군대 가기 전까지 일했던 철공소에 들러 구복에 관한 뒷얘기를 얼추 들을 수 있었다. 구복은 집안 친척 소개로 저 아래 전라남도 담양의 면사무소 서기와 선을 봤는데 신랑 집에서 혼례 올리자고 하여 혼례를 치렀고, 담양에서 시부모 모시고 산다는 이야기를.

제대 후 영규는 대대장이 소개해 준 서대문 사거리 합동 수산 시장의 한 어물전에 취직했고, 그때부터 매일같이 온몸에 생선 비린내를 뒤집어쓰고 살았다. 하지만 갯물 것들 끼고 사는 시기도 겨우 일 년도 채 되지 않은 채 마감되고 말았다. 수산 시장이 노량진으로 통째로 옮기는 큰일이 있었고, 이때 어물전 사장은 노량진 장사를 포기했다. 영규는 졸지에 실업자가 되어 그곳을 떠나야 했다. 영규는 가게를 정리하던 날 마지막 월급을 타고 나서 가게 사장과 작별했다. 사제 더플 백 하나 달랑 등에 걸친 채 영규는 천천히 걸어 서대문 사거리에 이르렀다. 그리고 북쪽을 바라보았다. 계속 직진하면 어디가 될까? 영규는 문득 서울을 떠나자는 생각을 가졌다. 집도 절도 일가친척도 없는 홀몸 주제에 어디든 낯선 타향이었고 그 반대로 어디든 정붙일 수도 있었다. 영규는 북쪽을 바라고 걷기 시작했다. 가을 단풍으로 붉어져 가는 무악재를 넘어 홍제동을 지났다. 불광동에 이어 사람이 제법 오고 다니는 연신내를 거쳐 서울 북쪽 끝인 구파발에 이르렀다. 어딘지도 모를 길을 더 걸었다. 지축 땅을 지나니 집채만 한 콘크리트 덩어리 검문소가 무섭게 버티고 서 있는 사거리까지 이르렀다. 어린 군인이 총 꼬나 쥔 채 검문소 앞에 서 있는 것을 보고, 이곳에서 휴전선이 가깝구나, 라는 막연한 생각을 했다. 그 사거리에서 검문소 왼쪽으로 난 원당행 좁은 도로로 걸음을 옮겼다. 영규는 그 길이 원당행인지 알 리 없을 것이었고 그저 길이 있으니 걸은 것이다. 왼편으로는 초라한 단층 가옥들이 멀찌감치 듬성듬성 있었으며 그 너머로는 황망한 나대지가 펼쳐져 있었다. 바람이라도 부는지 어디에선가 간장 끓이는 냄새가 달려와 코끝에 매달렸다. 사람 사는 냄새였다. 저 앞의 차도 왼쪽으로는 똑같이 생긴 가옥 열 채 정도가 띄엄띄엄 늘어서 있고 그 사이사이로 자그마한 가게들도 들어서 있었다. 영규는 이곳이 삼송리라는 것을 알 리도 없고 알 바도 아니었다. 그저 지나쳐가는 시골 마을일 뿐이다. 늦은 아침부터 길을 내어 걸은 지 벌써 사십 리 길은 족히 되었을 것이다. 아무리 후방 예비군 관리대대라 하더라도 군대는 군대, 영규는 군 복무 기간 동안 매달 한 차례씩 백리 행군을 했다. 통신병이었던 그는 행렬 앞 뒤를 왔다 갔다 하는 중대장을 무거운 무전기를 등에 짊어진 채 쫓아다니 느라 다른 대원들에 비해 곱절은 힘들었다. 그런 식으로 행군 짬밥을 먹은 영규였기에 이쯤 가지고서는 아직 다리 쪽에 별다른 이상 신호를 느끼지 않았다. 영규는 내처 걸었다. 길을 곧게 가다가 오른쪽 산을 바라고 좁은 흙길을 들어서 조금 걸어가다 보니 구렁이가 눈앞에서 스윽 길을 가로질러 풀밭으로 사라지는 것을 보았다. 자연 반사적으로 구복 생각이 들었다. 뚝섬에서 서로의 새끼손가락 손톱에 봉숭아꽃물을 들일 때 들려준 구복의 말이 귓전을 때렸다. 봉숭아꽃이 뱀을 내쫓는다는 그 말이. 고개를 조금 더 올라갔을 때는 이번에는 벗겨져 있는 살모사 껍데기가 지저분하게 구겨져 있었다. 뱀이 많은 야산이구나 싶었다. 문득 주변을 돌아보았다. 봉숭아꽃이 있나 싶어서였다. 하지만 때는 벌써 초가을인지라 봉숭아꽃이 있다 쳐도 꽃이야 진즉에 떨어졌을 때였다. 구복 생각을 떠올리며 계속 걷다 보니 널따란 골프장이 나왔다. 한양 컨트리클럽. 그곳을 옆으로 돌아 작은 구릉 몇 개를 더 오르고 내리고 하여 도착한 곳은 원당이었다. 읍내 쪽으로 사람들이 번잡하게 오가는 모습이 멀리 보였다. 아마도 시장이 있으리라. 영규의 생각대로 시장이 있었고 시장통 안에는 국밥집도 당연히 있었기에 영규는 건너뛴 점심 허기를 여기서 해결하기로 했다. 뜨끈한 국밥이 나오자 막걸리도 한 되 주문하여 잔에 따라 단숨에 삼켰다. 막걸리가 아주 달게 넘어가는 것이 목이 무척 말랐던 모양이었다. 밥 다 먹고 나서 영규는 쥔 여자에게 셈을 치르며 물었다.

"여기 근처에 여인숙 있나요?"

주인 여자가 알려준 대로 시장 안쪽을 더듬어 들어갔다. 해는 이미 서녘으로 한참 기울어져 가고 있고 점포 지붕들은 석양과 싸우느라 붉게 타오르고 있었다. 처마의 어둠 속에 가려진 배다리 쌀집 간판을 어렵사리 찾았다. 쌀가게 오른쪽 건물 벽에는 진한 녹으로 너덜너덜해진 좁기만 한 철제 계단이 이층과 연결되어 있었다. 계단 위 끝에 입구로 보이는 문 한 짝과 도시락 크기로 쓰여 있는 여인숙 간판 글씨를 보고 영규는 계단을 올랐다. 그날 영규는 정신없이 잠에 곯아떨어졌고 다음 날 점심 무렵 되어서야 방문 두드리는 소리에 잠을 깨었다.

"일어나요~. 손님, 방 비울 시간 지났어요~."

영규는 머리맡의 주전자를 집어 들어 두어 모금 물을 마셨다. 삼킨 물이 말라붙어 있던 위벽을 젖히고 내려가는 통증을 느끼면서 방문을 열었더니 동그랗게 눈을 뜬 갓 스물 나이 정도 되었나 싶은 처자가 서 있었다. 영규를 보고는 후다닥 돌아서 다른 방으로 들어가는데 한쪽 다리를 절고 있었다. 영규는 처자를 불러내어 엊저녁 방을 내준 여주인을 찾았다. 여주인은 이 층 여인숙과 아래층 쌀가게를 같이 운영했다.

"당분간 여기서 머물렀으면 해서요."

"밥은 사 먹을 것이고, 빨래는 어떻게 할 거유?"

"빨래 좀 대신해 줄 수 없을까요?"

여주인은 쌀가루 묻은 손을 털면서 잠시 생각하더니 미안해하는 일그러진 웃음을 머금으며 답을 주었다.

"빨랫감 내는 날에는 오백 원씩만 줘요. 안 받을 수는 없구."

"그렇게 하시죠. 부탁합니다."

영규는 원당 여인숙에서 지내는 동안 시장과 주변 일대를 돌아다니며 자기가 할 만한 일이 있나 살펴보았다. 그러는 동안 영규는 빨래를 서너 번 내놓았고 그것을 다리 불편한 처자가 받아서 해결해 주었다. 처자의 이름은 문자, 나이는 스물하나요, 여주인의 외동딸이었다. 열흘째 되는 날, 영규는 이날 멀리 수색동에까지 가 보았으나 끝내 일자리를 찾지 못했다. 땅거미가 질 무렵 버스 타고 원당으로 돌아오는 영규의 심정은 화전 땅에 늘어져 있는 들판처럼 삭막하기만 했다. 수중의 돈은 아직 버틸 정도는 되었으나 일거리 찾지 못하는 날들이 계속 이어지는 것에 조금씩 초조감이 들었다. 그렇게 터덜터덜 원당 시장으로 돌아와 국밥집에서 늦은 저녁 끼니를 해결한 후 여인숙으로 돌아온 영규를 여주인이 불러 쌀가게 안으로 들였다.

"총각, 보아하니 하는 일 없고 이 동네 쪽으로는 아는 사람도 없는 모양인가 봐?"

"예."

"뭐, 혹시 일거리 찾고 있는 건 아니고?"

"그러는 중입니다."

그러자 여주인은 살짝 계면쩍은 웃음을 머금으며 어렵게 말을 꺼냈다.

"그러면 말이지……. 여기서 일하는 건 어때?"

"예? 여기서요?"

"작년까지는 영감이 있어서 가게 꾸려가는 데 별 어려움 없었는데, 혼자가 되고 보니까 이게 쌀가마를 보기만 해도 힘이 너무 부치지 뭐겠어요? 이젠 한 말 무게도 내리고 올리는 게 여간 힘든 게 아니라서. 요즘은 허리까지 다쳤다우. 딸 하나 있는 건 또 몸이 부실하니, 원."

철공소에서 쇳덩이를 옮기기도 했고 어물전에서는 생선 짝을 바리 바리 나르기도 했던 영규였다. 이깟 쌀가마 정도야 무슨 대수일까? 영규는 그날로 배다리 쌀가게 일꾼으로 취직되었다. 그렇게 쌀가게에서 한 이 년 일하는 동안 영규는 문자와 혼인을 올렸다. 데릴사위가 된 것이다. 이제는 장모라 불러야 할 여주인은 그때 무렵 허리 병이 도져 이 층 여인숙 운영만 맡았고 쌀가게는 영규와 문자가 맡았다. 아이도 하나 생겼다. 영규는 그렇게 조금씩 행복이라는 것을 느끼며 살았다.

어느 날 시장 안 전봇대에 공지문이 붙었다. 고개 넘어 삼송리 마을회관 공사에 인부 다섯 명을 찾는다는 내용이었다. 공사 일정은 두 달이었고 일당은 생각보다 후했다. 영규는 문자에게 가게를 맡기고 이 두 달짜리 돈벌이에 나서기로 했다. 첫날은 자재를 운반해 온 트럭에서 내리는 일을 주로 했다. 시멘트며 벽돌, 나왕 합판 등을 나르는 힘쓰는 일이었으나 매일같이 쌀가마 들고 나르던 영규인지라 별 어려움 없이 척척 해내었다.

"딱 보니 힘만 쓰는 게 아니라 요령도 좋구먼? 이리 와 담배나 한 대 끄스르세. 잠깐 쉬었다 하자고."

공사 반장은 그에게 살갑게 대해 주었다. 며칠 지나자 머리에 수건을 묶어 쓴 여인 서넛이 나타났다. 사내들 일을 곁들여 보조하는 역할로 여자들을 부른 것이겠지, 영규는 그리 생각하고 넘겼다. 다음 날, 영규가 벽돌을 나르느라 오고 가는 통로 옆 한쪽에 한 여인이 사내아이를 포대기로 꽁꽁 묶어 등에 업고서는 맞은 편 일꾼 사내가 삽으로 퍼서 넘겨주는 흙을 채로 받아 흔들어서는 흙 속 잔돌들을 골라내고 있었다. 마침 그 옆을 지나다가 벽돌 더미가 무거워 한 차례 벽돌 지게를 조심스레 추스르던 영규는 그 여인의 초췌한 얼굴을 보았다. 이마 위까지 덮은 수건 그늘 속 얼굴은 분명 구복이었다. 영규는 그 자리에 얼어붙은 채 꼼짝을 할 수 없었다. 구복 또한 누군가 왜 이렇게 오래 한 자리에 서 있나 싶었는지 문득 영규를 바라보았다.

동아일보 삼송리 지부도 겸하고 있는 동아사진관 옆에는 아마도 삼송리가 생겨나면서부터 함께 있었지 않았나 싶도록 고색창연한 흙 다방이 자리 잡고 있다. 그 다방 안쪽에 테이블을 사이에 두고 영규와 구복은 마주앉아 있는 중이다. 구복은 포대에 쌓인 채 옆자리에 누워 잠든 아이를 내려다보고만 있었고, 영규는 무슨 말을 해야 할지 몰라 그저 멍하니 탁자만 내려다보고만 있었다. 언제 올라와 있는지 모를 커피에서는 찬기가 돌았다.

"휴~."

영규의 긴 한숨이 다방 안을 울리고 있던 배 호의 안개 낀 장충단 공원 노래의 박자를 깼다. 하필이면 또 그때 흐르는 가사가, "누구를 찾아왔나~, 낙엽송 고목을 말없이 쓸어안고 울고만 있을까~."였다. 이런 공교로움. 남이 본다면 슬픔보다는 웃음을 흘렸을 것이다.

"그려, 공사판에는 어떻게 온 겨?"

영규는 자기 입에서 갑자기 충청도 말이 튀어나와 깜짝 놀라고는 어흠흠 하며 목을 가다듬었다.

"······여기 살아요."

구복은 겨우 대답했다.

"여기 살다니, 담양 면사무소 서기한테 시집갔다며?"

구복은 그것을 어떻게 알았을까 의아해하는 눈길을 잠깐 주고는 다시 시선을 돌렸다.

"결혼한 지 일 년 반 지나서 폐병으로 죽었어요. 원래 학생 때부터 병이 있었다나 봐요."

"신랑이 죽었어도 그곳에서 살아야 하는 거 아닌감?"

"따로 나가 살라고 해서······. 쫓겨난 거죠. 서방 잡아먹은 년이라고요."

"허~."

영규는 기가 막혔다.

"애는 하나여? 아들이고?"

"예."

"어떻게, 아들인데 그 집에서 내주었네?"

"식구 하나라도 줄여야 할 정도로 가난한 집이라서요. 애 아빠가 실은 양자이다 보니 애를 집안 핏줄로 안 보는 거예요."

"휴가 나왔을 때 왕십리에 가 봤더니 가게가 바뀌어 있더구먼. 양장점으로."

"엄마는 마음 착한 아저씨 만나서 보은으로 이사 가 살고 있어요."

"서로 연락은 하고?"

"그건, 예. 가끔 생활비 부쳐 주고 그래요."

영규는 쓴 한약같이 된 커피를 단숨에 들이마시고는 마치 다짐이라도 받듯 물었다.

"앞으로, 어디 안 가고 계속 삼송리에 살 건가?"

"······갈 데가 있어야지요."

불쌍하고 측은한 구복의 모습에 영규는 장이 뒤집히는 기분이었다.

"그땐······, 정말 미안했어요."

"됐어."

"결혼은 했나요?"

"음."

"애는요?"

"사내 아기 하나."

"······어디 사세요?"

"저기 산 너머 원당."

구복은 뭣을 이해라도 했는지 고개를 수걱거리면서 다시 시선을 아래쪽으로 내렸다. 영규는 아랫입술을 당겨 잠시 생각을 굴리고 나서는 무겁게 입을 열었다.

"어디 가지 말고 여기 살어. 나 두고서 어디 갔다가는 이제 다리몽둥이를 분질러 버릴 것이여."

구복은 말없이 가만히 있다가 고개를 한 켜 더 숙였다.

"애 안어 어서. 나가자고. 저녁때 한참 지났는데, 밥은 먹어야 하잖여?"

카운터에서 영규가 커피값을 계산하는 동안 구복은 아이를 업어 포대로 묶고는 곧바로 영규 뒤에 붙었다.

다음 날도 영규와 구복은 공사장에서 만났다. 그날은 하루 일 마치고 나서는 중식당 효성원에 들러 짜장면을 먹었다. 그다음 날도 저녁밥을 같이 먹었다. 사흘째 같이 저녁밥을 먹던 자리에서 구복은 매일 저녁 같이 있는 것을 마을 사람들이 보면 어떻게 생각하겠냐며 불편해했다. 영규도 그쯤은 알 수 있어서 다음 날부터는 일 끝나자마자 곧바로 집으로 돌아갔다. 공사는 예정대로 두 달 만에 끝났고 삼송리 마을 안쪽에는 '근면 자조 협동' '삼송 마을 회관' 현판이 좌우로 붙은 멋들어진 회관이 들어섰다. 문자는 처음 사나흘 정도 영규가 받아 온 일당을 손에 쥐었으나 그 이후로는 어찌 된 일인지 소식이 없었다. 문자로서는 돈이 아쉬울 것 없기에 그저 영규가 따로 저축이나 하려는 것이려니 여겨 일절 묻지 않았다. 그것은 영규에게 다행이었다. 영규는 일당을 받아 문자가 아니라 구복에게 주어 온 것이다.

그로부터 한 달 정도 지났을 무렵 삼송대로 변 마을 입구 횡단보도 옆으로 못 보던 것이 하나 들어섰다. 샤시 앵글로 뼈대를 잡고 전후좌우 위를 베니어 합판으로 덮듯 하여 만든 조그마한 부스였다. 정면 절반은 미닫이 문 하나가 달려 사람이 들락거릴 수 있게 했고 왼쪽 합판 벽에는 바깥을 내다볼 수 있도록 어수룩하지만 일력(日曆) 크기의 작은 경첩 창을 내었다. 내부 오른쪽 창 밑으로는 가죽 칼과 구두 솔, 아기 기저귀를 찢어 준비한 광내기 헝겊, 검정색 구두약, 구두 닦을 때 필요한 받침목 등이 골고루 챙겨 있었다. 그리고 뒤쪽 벽에 등을 대고 목욕탕 깔개 의자보다 조금 높은 플라스틱 의자를 타고 앉은 젊은 사내의 모습. 그는 부스를 연 지 몇 시간도 지나지 않아 첫 일거리를 받았다. 자기 머리통보다 더 큰 낡은 검정 구두였다. 서툰 솜씨로 정성껏 구두를 닦으며 점점 콧잔등 부위가 시커멓게 되어 가던 젊은 사내는 영규였다. 영규는 쌀집을 문자에게 맡기고 자기는 따로 돈벌이하겠다는 핑계를 대고는 첫사랑 구복 옆에 있자고 삼송리에 와서 구두닦이가 된 것이다. 문자는 무엇이든 영규가 하는 일에는 따지지 않았고 이번에도 역시 묵묵히 들어만 주었을 뿐이다. 대신 식당 같은 곳에서 가마째로 쌀을 주문하면 그다음 날 영규가 어김없이 배달해주고 삼송리로 건너가는 식으로 해결했으니 쌀집 운영하는 것에는 아무런 지장이 없었다. 오히려 영규가 과외로 돈을 벌어오는 셈이기에 문자로서는 반대할 이유가 없는 것이다. 어찌 되었든, 그렇게 하여 영규의 삼송리 구두닦이 인생은 시작된 것이고, 구복과의 인연 또한 그렇게 지금까지 이어져 올 수 있었다. 사십 년 가까운 장구한 세월을 함께 삼송리에서 보내면서도 영규는 자신이 지킬 선은 지켰다. 멀쩡한 문자를 두고 두 집 살림은 하지 않았다. 그것은 구복의 자존심을 지켜주려는 것이었다.

삼송리 구두닦이 생활이 어느 정도 자리 잡았을 무렵부터 구복은 가끔 우산을 고친다, 떨어진 가방 손잡이 꿰어 멘다, 낡아진 구두 뒤축을 손본다, 하는 식으로 남의 의심 사지 않고 영규의 부스를 찾으면서 둘의 시간을 갖곤 했다. 어느 날인가 영규는 구복의 손을 잡고 이런 다짐을 주었다.
"구복아, 우리말이다. 내 마누라 죽으면 그때부터 우리, 같이 사는 거여. 알았지?"
그 말에 구복은 참았던 눈물을 흘렸다.

"백만 원만 입금하면 되는 거여, 뭐어? 생활비 축난 건 없고? 하여튼 이놈의 자식 이번에 좀 어떻게 해, 말어? 응?"
삼계탕집을 나서면서 영규는 이쑤시개로 이빨을 찔러 가며 말했다.

"그만하고 어여 가서 일 봐요."

그 말을 남기고 구복은 돌아갔다. 이제는 육십 고개를 막 넘기고 있는 구복이 비척거리며 골목길을 돌아 사라져 가자 영규의 눈가는 다른 날 같지 않게 축축해져 왔다. 아홉 가지 복을 누리라는 이름이 무색하도록 어쩌면 저토록 복이라곤 찾아볼 수 없을까, 그런 생각까지 들다 보니 기가 찼다. 폭염에 달궈진 바람이 달려들어 영규의 흰 머리칼을 날리는 중에 눈물 훔치려 들어 올린 영규의 왼손 새끼손가락 손톱에는 언제나처럼 빨간 매니큐어가 칠해져 있었다.

삼송리에 새장 차리고 난 직후부터 바르기 시작한 빨간 매니큐어. 처음 그의 손톱에 매니큐어가 발라 있는 것을 본 문자는 도무지 이해되지 않아 무슨 이유로 남자가 매니큐어를, 그것도 빨간색을 손톱에 바르느냐고 물었다. 삼송리 사람 간에는, "저 인간 호모 아녀?"하는 야릇한 눈길을 보내는 이들도 있었다.

"구두 고칠 때 안쪽에 붙어 있는 걸 벗겨 내야 하는데, 새끼손가락 손톱을 찔러 넣으면 그게 쉽게 되거든. 그런데 내 손톱이 약해서 번번이 부러지지 뭐야. 뭘 바르면 좀 딱딱해지려나 해서 매니큐어를 덧칠한 건데, 이게 쓸 만하더라니까?"

딱 떨어지는 이유다 싶었는지 사람들은 더 이상 그것을 이상하게 여기지 않았다.

이듬해 구복의 손자 현성은 고등학교를 졸업했으나, 어디 번번한 아르바이트 자리조차도 얻지 못한 채 매일같이 빈둥거리기만 했고 구복은 구복

대로 매일매일 한숨만 내쉬며 살았다. 영규에게도 큰일이 일어났다. 장모가 노령으로 병사했고 오 년 넘게 투석으로 신장병을 견뎌 온 문자도 장모 사후 두 달도 채 지나지 않아 뒤를 따랐다. 큰 장례를 연거푸 두 차례 치른 영규는 이제 홀가분해졌다.

장마가 거의 끝나가던 여름날 저녁, 영규와 늘 어울리며 일만 있으면 일단 모이고 보는 일당인 삼송리 통장 석환과 충청도 통닭집 동환, 세수리 윗마을 재만, 어린이 연극단체 대표 문 단장, 박 시인이 속속 효성원에 들었을 때 그 자리에는 영규와 구복, 현성이 기다리고 있었다. 효성원 호 사장은 사천요리를 특별히 엄선하여 내놓았다. 이날은 영규와 구복의 혼인신고를 마친 날이었고, 이 자리는 피로연이 되는 셈이었다. 요리를 먹으며 영규로부터 이런저런 옛날이야기를 듣는 중에 동환의 눈은 아까부터 구복의 왼손을 쫓고 있었다. 그러다가 어느 순간 두꺼비가 파리 낚아채듯 구복의 손을 냉큼 잡아 테이블 위로 끄집어 올렸다.
"월래? 현성이 할머니도 매니큐어를 요상한 데다 발랐네유?"
일동 전원 빨간 매니큐어가 발라진 구복의 새끼손가락을 들여다보았다. 그러자 영규가 비시시 웃으며 역시 빨간 매니큐어로 발려진 자기 왼손 새끼손가락을 내보이더니 구복의 손 위에 자기 손을 얹었다.
"내, 이제야 말하는데 이거, 매니큐어~. 사연이 있었던 것이어, 사람들아. 아이구, 그동안 이 말 참고 사느라고 엄청 애 먹었네그랴. 아, 임금님 귀는 당나귀 귀라는 말을 못 하고 산 게 사십 년이라고, 허허~."
구복은 앳된 처녀인 양 발개진 얼굴을 살짝 숙이면서 쑥스러운 웃음을 지었고, 영규의 입에서 나오는 구복과 얽힌 옛이야기는 자리를 더 따뜻하게 만들어 갔다.

그 직후 구복은 삼송리 생활을 정리하고 현성과 함께 원당 시장 쌀가게로 들어갔다. 영규의 부탁을 받은 재만이 방첩대 출신답게 이리저리 힘쓴 것이 유효했는지 다행히 현성은 공익요원으로 판정받고 고양시 일산 동 구청에서 근무하게 되었다. 현성은 공익요원을 하면서 철이 들은 듯 퇴 근하면 다른 곳으로 새지 않고 곧바로 쌀가게로 돌아와 할머니를 도우며 사는 착실한 젊은이가 되었다. 무엇보다도 영규에게 고마운 일인 것이, 문자와의 사이에서 얻은 두 아들이 구복을 멀리하지 않고 영규의 결정을 존중해 주었다는 것이다. 영규가 그만큼 문자와 장모, 평소 두 아들에게 훌륭한 가장으로서 한 치의 흐트러짐 없는 자세를 견지했기 때문일 것이 다. 두 아들은 그뿐 아니라 호텔을 잡아 주고 여비와 용돈까지 챙겨주면 서 두 사람의 온천 여행도 마련해 주었다. 이를테면 신혼여행인 셈인 것이 다. 영규와 구복의 첫사랑은 그렇게 사십 년이 지나서야 행복하게 영 글었다.

여행 다녀온 다음 날 영규가 다시 일상으로 돌아와 삼송리에 나타나자 자 연스레 일당이 그의 퇴근 시간에 맞춰 새장에 모였다.

"이거 새장은 워떻게 한대유?" - 동환
"새장을 뭐?" - 영규
"형님, 이제 은퇴하시는 거요?" - 석환
"개구리 알 낳다 방귀 뀌는 소리 하구들 자빠졌네. 은퇴는 무슨 은퇴여?

야 이 사람들아, 내가 삼송리를 어떻게 떠나겄어? 그냥 이렇게 살아야지. 자네들이 나를 내쫓아도 여기서 뼈를 묻을 것이여, 나는." - 영규

"역시 형님이쇼." - 문 단장

"뼈 묻어유? 그럼 가유. 뼈 발라 드릴 텡께." - 동환

"으이그, 저 삭신 저거……." - 영규

"아, 가서 닭 뼈 발라 드리겠다구유." - 동환

"둬 마리 튀겨야겠네, 오늘은." - 박 시인

"인자 새장 내리구 어여 가유." - 동환

"나 오늘 빨리 집에 가야 하는데?" - 영규

"뭐, 집에 일찍 가면 떡이라도 나온답디여?" - 문 단장

"이거 왜 이래? 나 신혼이잖여, 시방~." - 영규

"환장, 늦게 붙은 불이 활활 타오르네 그랴~!" - 석환

그들은 새장 옆 파라솔 접고 의자 거두고 새장 샷시 셔터 내려 마무리한 후 낄낄거리며 동환의 통닭집으로 몰려갔다.

"누구는 다 늙어 신혼 생활 참깨 볶아대는데, 이런 거에 맞는 좋은 축원 시 한 수 없나?"

문 단장이 불쑥 시 타령을 하자 박 시인은 잠시, "음~." 하고 나서는 곧 시구를 읊어대기 시작했다.

"봄에는 누구라도 오고, 가을에는 누구라도 가고, 겨울에는 누구라도 품에 담건만, 장마 구름 걷우고 참매미 노래 길게 뽑아내는 이 여름날에는, 올 이 갈 이 품을 이 없구나! 아, 하릴없다~. 시 끝!"

읊기를 마친 박 시인은 쥐고 있던 부채를 더위 먹은 자신의 머리통을 향

해 활랑활랑 부쳐대었다.

"역시 시인은 시인여유. 멋지다니께~." - 동환

"축원 시가 아니라 한탄 시 같다야." - 문 단장

"그러게. 뒷맛이 영 그런데? 왜 하릴없다는 거야?" - 영규

"남들은 두 번 세 번 장가도 가는데, 난 뭐냐고? 짜증 나는 내 심사를 표현한 시입니다, 이게." - 박 시인

"올여름은 왜 이렇게 길게 가나? 덥다 더워~. 빨리 갑시다, 빨리 가. 배고파 죽겠네." - 석환

내일은 맑을 것이라는 일기예보가 맞아떨어지려는지 영규 일당을 충청도 통닭집 쪽 골목으로 밀어낸 삼송대로 서편 끝 쪽에는 맑은 구름 덩어리들이 넓게 퍼져 있었다.

대웅전이 된 과부의 식당

정진 법사는 키가 컸고 깎아 놓은 듯 흰 얼굴에 준수하게 생긴 미남이었다. 목소리 또한 아름다운 바리톤 통이었다. 소쩍새 울던 어느 봄날 오후, 정진은 대선 공인중계소 오 소장을 앞세워 한적하고 후미진 곳의 재만 집을 찾아왔다. 오 소장으로부터 미리 전화 연락을 받은 재만은 웬 중이 땅을 빌리고 싶다는 말을 듣고 아침부터 내내 궁금해하고 있던 차였는데 눈앞에 나타난 기골 훌륭한 오십 중반 중년 사내를 보니, 이거 예사로운 인간이 아니지, 싶었다.

"스님, 인사드리시지요."

오 소장이 운을 떼는 것으로 상견이 시작되었다.

"법명을 정진으로 씁니다. 나무 관세음보살~."

정진? 재만이 가만히 훑어보니 머리통은 분명 삭발 머리인데 옷차림은 평복이다. 재만은 정진의 옷에 눈길을 주며 인사를 받았다.

"예, 어서 오슈. 그나저나 여기 오 소장 말로는, 스님이시라고?"

정진은 능숙하게 여유 넘치는 미소를 띠며 답했다.

"처음 인사드리는 자리에 중 꼴을 보이면 좀 그래서, 허허~. 대충 입고 왔습니다."

대충은 아닌데? 차리고 온 위아래 수트 차림이 아주 세련된 은색에 비단 느낌까지 들 정도로 매끄러웠다. 분명 기성복은 아니고 이름 있는 곳에서 돈 제대로 주고 해 입은 맞춤복이리라.

오 소장은 재만의 집 아래쪽에 들어선 강릉 토속 두부 식당으로 두 사람을 모셨다. 식당은 큰길에서 한 삼백 미터는 좁은 길로 들어와야 하는 한적한 땅에다 작년에 새로 지어 만든 것으로 아주 예쁘고 육덕 좋은 과부가 주인이다.

"민 사장이라고 불러 주세요. 한 번 식당에 오시구요. 인사차 모시겠습니다."

재만이 세수리 토박이 중 우두머리 격이라는 것을 대선 중계소 오 소장에게서 이미 들었는지 처음 식당 개업하던 날, 떡을 돌리면서 재만에게 깍듯이 굴었던 민 사장이었다. 그녀가 직접 식탁에 밑반찬을 깔고 주방으로 돌아가자 오 소장이 본론을 꺼냈다.

"말씀드렸다시피, 스님께서 회장님 땅을 좀 빌려서 기도원을 마련하고 싶다는 건데요."

"기도원이라면, 좀 시끄러운 거 아닌가?"

재만이 오 소장의 말을 툭 끊고 들어갔다.

"스님께서 뭘 좀 알고 온 게 아니구먼? 여긴 그린벨트에 묶여 있어요. 그린벨트에는 종교시설 허가 나지 않는다는 거, 알고 있소? 그린벨트가 아니더라도 주거 전용 구역이라는 것만 가지고도 웬만해서는 종교시설 허가, 그거 나오기 어렵지."

재만은 방첩대 첩보요원 출신다운 위용을 어떻든 보여 주고 싶었는지

가뜩이나 실컷 나온 배를 스윽 앞으로 밀어내며 묵직하게 말했다.

"종교시설이 아니라, 그저 제가 개인적으로 기도하고 경이나 읽는 것이니 그건 걱정하지 않으셔도 됩니다. 그래서 따로 시설 허가고 뭐고 내지 않을 겁니다."

그러면 특별한 문제는 없을 것이었다. 재만은 큰 눈알을 잠시 굴리다가 물었다.

"경을 읽으신다?"

"예, 천도경이라고 합니다. 망자를 좋은 곳에 이끌어주는 경이지요."

"그게 종교시설이잖소?"

"염려 마십시오. 경을 조용히 읽으면 아무도 시비 걸지 않습니다. 여기 오기 전 춘천에서 잠깐 기도원 했는데, 그때도 아무 탈 없었습니다. 그러니 너무 염려하지 않으셔도 될 겁니다."

오 소장은 준비해 간 지적도를 펼쳐서 재만에게 보여 주었다.

"여기 회장님 땅이 이렇게 되는데 요기 요 곳, 칠십 평만 빌려주십사, 그겁니다."

오 소장이 손끝으로 가리킨 곳은 식당과 자기 집 뒤 사이의 빈 땅이다. 재만은 이 쓸모없는 나대지로 뒹굴고 있는 잡풀 우거진 땅을 빌려 달라는 것에 돈이야 생겨서 좋은 일이지만 나중에 종교시설로 인해 무슨 문제는 일어나지 않을까 내심 께름칙함을 떨굴 수 없었다.

"땅을 빌리자면 보증금에 월세가 정해져야 할 것이고……?"

재만이 오 소장에게 눈길을 주자 이미 정진과 얘기를 맞추었는지 오 소장은 기탄없이 답을 주었다.

"이천만 원 보증금에 월세로 삼십만 원씩, 그렇게 하면 적당하지 않을까요?"

오 소장의 말에 거금 이천만 원이 눈앞에 휘뜩 지나갔다.

"흠……. 거, 생각 좀 해 봅시다. 법도 좀 살펴봐야 하겠고."

"에이, 종교시설 허가를 내지 않는다고 하잖습니까? 그리고 이 빈 땅에 가건물을 세울 건데, 그건 전적으로 정진 법사님께서 책임진다고 하시고요."

"거 뭣이냐, 가건물은 어떻게 지을 거요?"

정진이 목을 다듬고 나섰다.

"에, 그저 길게 장방형 방을 내고 블로크로 벽 쌓고 그 위에 지붕 덮으면 되지 않겠습니까? 수도는 여기 식당 뒷마당 수도관을 따서 같이 쓰기로 얘기가 되었고요."

민 사장은 두부전골을 들고 와 식탁에 내려놓으면서 정진이 수도 얘기를 하자 재만에게는 동조의 뜻으로 고개를 끄덕여 보이고는 곧 정진에게 눈웃음을 보냈다. 요것들 봐라? 재만은 민 사장이 정진과 눈길 나누는 모습이 눈에 걸렸으나 곧 다음 질문으로 넘어갔다.

"화장실도 있어야 하잖소?"

"화장실 공사는 뭐, 신경 써서 해야겠죠. 정화조도 설치하고 말이죠."

정진은 이미 모든 것을 준비해 놓은 상태였다. 재만은 이 보통내기 아니다 싶은 중놈이 영 마음에 들지 않았지만 돈 생각이 자꾸 들었다.

"우리 큰아들하고 상의 좀 해야겠으니 말미 좀 주시구랴."

정진은 이제 얘기가 거의 되었음을 눈치채고는 한결 여유 있는 자세가 되었다.

"자, 음식 나왔으니 드시지요."

오 소장이 국자로 전골 음식을 퍼서 각자의 앞 접시에 담느라 잠시 부산을 떨었다. 몇 숟가락이 돈 후 오 소장이 물었다.

"회장님, 언제 다시 찾아뵈면 될까요?"

"아들이 내일 집에 온다고 했으니까 얘기 마무리되면 전화 넣지, 뭐."

석 달 후 재만의 집과 토속 두부 식당 사이의 빈 땅 위에 버드나무를 기점으로 삼아 가건물 한 채가 들어섰고 현관 옆에는 대원사(大元寺)라고 새긴 세로형 목판이 내 걸렸다. 며칠 후가 되자 소란이 일어났다. 그날 점심지날 무렵부터 체어맨이니 에쿠스니 하는 고급 승용차들이 줄줄이 기도원을 찾아들어 좁은 입구에 서로 주차하느라 옥신각신하던 끝에 아예 민사장의 토속 두부 앞마당인 주차장에까지 차가 들이차고 말았다. 차에서 내린 사람들은 한결같이 유한마담 스타일의 사모님들이었다. 가사 장삼을 뒤집어쓴 차림의 정진이 이들을 일일이 맞이했다. 정진과 사모님들은 오래전부터 알고 지내는 사이였는지 정진은 일일이 오는 사람마다 아무개 사모님 아무개 사모님 하며 반갑게 인사를 건네었다. 그러는 동안 민사장은 일용직 아주머니 두 사람과 함께 기도원 안으로 연신 음식을 들이고 있었고, 그 모든 것을 자기 집 옥상에 올라가 멀찌감치 지켜보던 재만은 그저 이를 갈면서 이 말만 곱씹었다.

"저 자식에게 아무래도 내가 속은 거 같은데?"

정진은 매주 화요일과 금요일이 되면 법회를 가졌다. 그때마다 체어맨 에쿠스 승용차들이 골목 여기저기를 빼곡히 뒤덮곤 했다. 법회 날에 울려 퍼지는 정진의 독경 실력은 보통 수준을 훨씬 넘고 있었다. 한마디로 듣는 사모님들 속 고쟁이 다 축축하게 만들고도 남을 정도라 하여도 무방할 정도였다. 돈 많은 중년 여인들이 정진에 빠져드는 이유가 훤칠한 키와 준수한 외모만이 아니겠다 싶은 정도로 분명 그의 독경 소리는 누가 들어도 천하일품이라 할 만했다. 어찌 되었든 그만큼 정진의 인기가 하늘 높은 줄 모른다는 것은 재만의 배를 더 아프게 만들기만 했으니, 재만의 이 가는 소리는 세수리 윗마을 개 농장 개들 짖는 소리와 어깨를 나란히 하며 매일같이 울려 퍼지곤 했다.

그런 희한한 날들이 이어지는가 싶더니 어느 날인가 재만은 정진과 민 사장 식당에 마주 앉아 술잔을 기울였다. 그것은 정진이 청해서 만들어진 자리였다. 이날 민 사장은 자기만의 요리 솜씨를 최대한 발휘하는지 산해진미가 따로 없을 정도의 요리들을 코스 식으로 내었다.

"내 땅을 사겠다?"

"예, 회장님."

"여보 법사 양반, 아예 여기다 말뚝을 박으려는 거다, 이거네? 허허~."

"여기가 저는 좋습니다. 한적하고 기도도 잘되고."

"그래, 땅값은 얼마나 쳐 주시려고?"

"말씀을 주시면 저도 답을 드리겠습니다."

"그렇다면 단도직입적으로 말해서, 오천만 원."

"예? 오천만 원이요? 무슨 나대지를 그렇게나 많이 받으시려고 그러십니까, 회장님? 허허허~. 물론 공시 지가야 있으나 마나 한 것이지만, 농사도 되지 않는 헌 땅이잖습니까? 그저 제가 좋은 곳에 쓰라고 통 크게 도와주시죠. 아, 회장님 배포야 삼송리 일대에 떠르르 하던데요, 뭘~."

정진은 눈웃음을 지으며 이리 얼리고 저리 달래는 능변으로 재만을 녹이려 들었다. 하지만 재만이 어떤 인간인가?

"뭐고 어쩌고 간에, 나는 좀 그렇게는 받아야겠다는 생각이요만."

"시세보다 세 배나 넘습니다?"

"시세가 어떻든 간에 나는 시세 같은 거, 그런 거 안 보오. 내가 보는 건 사람이거든."

이 말에 정진은 잠시 숨을 골랐다. 틈을 놓치지 않고 재만이 목소리를 낮추어 들이대었다.

"법사 양반, 내 뭣이냐, 거 알아보니까, 당신 사기 전과 이범이시더ㅏ면?"

정진을 조용히 받아들일 리 없었던 재만은 땅 임대 계약서상의 신원으로 이미 정진의 뒷조사를 해 둔 상태였다. 재만의 그 말에 지금껏 여유를 보이던 정진의 눈에 힘이 들어갔다.

"예에?"

"내가 실은 방첩대 출신이라서 그러는 건 아니고, 알아보는 길이 좀 있어 나한테는."

밑장 제대로 깔았고 치고 넘기는 것도 이 정도면 훌륭했다. 잠시 숨을 고르던 정진의 순서.

"허, 세상에 무서운 분 따로 계셨군요. 맞습니다. 언제인가 좀 미욱하게 살던 때가 있었는데, 그때 남의 돈 빌린 적 있었지 뭡니까? 형편이 어려워서 빚을 미처 다 갚지 못해 그렇게 되었더랬지요. 이상한 짓 한 건 절대 아닙니다, 회장님."

정진은 머쓱한 웃음으로 그쪽 이야기를 이 정도로 틀어막고 다시 본론을 끌어당겼다.

"그건 그렇고, 오천이라……. 그럼 이렇게 하시는 건 어떨지요?"

"뭘?"

"기도원과 회장님 댁 사이로 위쪽에 남아 있는 빈 땅 말입니다. 그게 거의 육십 평은 되더군요. 그것까지 포함해서 제가 큰 거 한 장, 일억을 드리겠습니다. 어떻습니까?"

역시 정진은 만만찮은 놈이었다. 재만이 새우 눈을 뜨고는 이리저리 머리를 굴렸다. 이놈이 왜 이런 배팅을 하고 나올까? 이 하찮은 땅이 뭔 금싸라기라도 나는 땅이라고?

"아드님하고 상의하셔야 하나요?"

"그거야 뭐……. 그런데, 그 땅은 뭐에 쓰려고?"

"예, 저를 찾아오는 신도 중에 와서 며칠 동안 기도하고 싶어 하는 신도들이 있다 보니, 그러자면 기거할 방이 있어야 하잖습니까? 아무리 중이라도 사내 혼자 자는 기도원 방을 같이 쓰자고 할 수는 없고 해서 말이죠."

이제는 대놓고 신도라는 호칭까지 입에 담으며 거들먹거리는 정진이었다.

"허 참……. 알았소. 그러면~, 일주일만 기다리슈."

"일주일이라. 그러시죠. 좋은 답 기대하겠습니다."

재만은 혹시 땅과 관련한 모종의 일이 전개되는 것은 아닌가 하여 발을 재게 하며 온 곳을 돌아다녔다. 토지 공사고 구청이고 시청이고 간에 연통을 넣거나 몇 사람 거쳐 가며 냄새를 맡아 보았다. 평소 알고 지내던 젊은 시의원을 화정동에서 가장 큰 횟집으로 불러내어 운을 떠보기도 했다. 하지만 이렇다 할 정보는 아무리 두들겨도 한 톨 나오지 않았다. 분명 뭔가 있을 텐데, 하는 생각은 백석동 열 병합 발전소 굴뚝만 하거늘, 도무지 끈을 잡아낼 수 없었다. 삼송리 일대는 오래전부터 개발 제한지역으로 묶여 왔기에 땅값은 똥값이요, 누구든 투자할 생각은 아예 꿈에서조차도 하지 않는 버려진 땅이었다. 그렇기에 일반 주택 구역에 들어섰다가는 동네 땅값만 떨군다고 난리 치는 소위 혐오시설이라 하는 장애인 특수학교인 명현학교나 일회용 플라스틱 용품 제조 공장, 심지어 개 농장 같은 것들만 어지럽게 들어서 있을 뿐이고, 큰길가 드넓은 나대지는 휑한 화훼 비닐하우스들이 여기저기 떨어져 있어서 털 빠진 개 등짝 같은 몰골을 보이는 곳이 바로 이곳 삼송리인 것이다. 그런데 그런 곳에서 백삼십평 땅에 일억 원이 얘기되고 있는 것은 아무리 생각해도 이상하기만 할 뿐이었다.

일주일 후 오 소장의 사무실. 토지 매매 계약서에 도장을 막 내려찍기 직전 재만은 다시 한번 긴 숨을 내쉬었다.
"아따, 그러다 동상 되겠습니다, 회장님~."
오 소장이 마른침 삼키며 재촉했다. 옆에서 커피를 내준 흙 다방 윤 마담은 정진과 재만을 번갈아 보며 이 중요한 상황에 함께 동석하고 있음에 살짝 심장 뜀질하는 것을 느꼈다.
"회장니임~ 아이, 커피 다 식겠다. 얼른 찍고 커피 드세요."
그러자 재만은 옜다 모르겠다, 도장을 쿵 찍고 말았다.
"자, 가져가서 지져 먹든 볶아먹든 잘해 보셔. 자식 하나 내보내는 기분이네. 거참, 허허~."
만면에 득의의 웃음을 머금은 정진은 계약서를 잘 접어서 봉투에 넣고 윗옷 안주머니에 잘 챙겨 넣었다.

공사는 곧바로 시작되지는 않았다. 정진은 무엇인가를 기다리는 눈치였다. 재만도 여전히 찝찝한 기분을 떨칠 수 없어 한 번은 마을 나서는 길에 슬그머니 기도원에 머리통을 집어놓고 정진을 불러 공사 여부를 물어보았다. 공사비 준비 때문이라고 말을 돌리는 정진의 표정에서 다른 무엇인가는 찾아볼 수 없었다. 그래도 재만은 자신의 육감을 믿고 있기에 의심의 눈초리를 거두지 않았다. 그렇게 또 달포 정도가 지루하게 지나는가 싶더니 어느 날부터 본격적인 공사가 시작되었다. 기숙사 터 기초 공사를 마치자마자 이번에는 뜬금없이 토속 두부 식당 쪽에 건축 자재들이 들어가는 것으로 시끌벅적해졌다. 들락거리는 트럭 소리가 하도 요란함에 재만이 슬리퍼 짝 끌어 신고 식당 주차장 마당에 들어서니 마당 끝 쪽에서 공사 반장으로 보이는 중년 사내와 함께 도면을 놓고 얘기 나누고 있는 정진의 모습이 보였다.

"여보 법사 양반, 여기는 또 무슨 공사래? 민 사장한테서 식당까지 사들인 거요?"

정진이 재만을 가벼운 목인사로 맞이하는데 민 사장이 빨대 꽂은 요구르트를 두 개 들고 왔다.

"아이고, 회장님 오셨어요? 회장님 것도 하나 다시 갖다 드려야겠네요?"

"됐어요, 내 이가 안 좋아서 단 거 먹지 않아요."

"아, 그러세요?"

"법사 양반, 식당 사들인 거야? 민 사장, 어떻게 된 거요?"

"이거, 공사하는 거요? 아이 참……."

정진과 민 사장의 웃음 머금은 눈길이 묘하게 마주쳤다. 순간 재만은 대번에 눈치를 채었다. 허~. 민 사장 이년이 어느새 이 중놈 자식의 깔개가 되었구나! 저 훤칠한 용모에 구수한 능변, 어디를 보아도 계집 열은 자빠뜨릴 놈이 과부 하나쯤 어쩌지 못했을까? 그것을 생각하니 이해되지 않을 리 없었다.

처음 수돗물 사용 문제로 정진이 인사해 왔을 때부터 그 훤칠한 용모에
홀딱 반한 민 사장이었다. 기도원이 지어지자 초기 며칠 동안 이런저런
잡일을 도와주고 도움받는 것으로 서로 간을 본 두 사람은 길게 미룰 것
없이 곧바로 여보 당신 사이가 되고 말았다. 기도원 공사가 완료된 지 며
칠 후, 민 사장은 야식을 마련해 달라는 정진의 전화를 받고 돼지고기 숭
숭 썰어 넣은 콩비지 한 그릇에 소주 한 병 챙겨 들고 기도원을 찾았다.
테이블 위에 음식을 내려놓고 돌아서려는 민 사장을 정진이 붙잡았다.
"한잔하고 가십시다그려~."
마다할 리 없을 민 사장인지라 곧바로 둘은 대작에 들어갔다. 그렇게 두
어 잔이 오고 가고 나서는 술큰 달큰 기분이 묘하게 좋아지는 중에 정진이
민 사장의 손을 슬그머니 그러잡았다. 정진의 손길은 마치 뱀장어가 쏘아
내는지 전기가 일었고 그 손길을 따라 민 사장의 몸은 파드득 떨어댔다.
"아이, 법사님. 술도 자시지 않고 취하셨나 봐요?"
"술 마시고 얻은 취기야 이내 어디론가 사라지지만, 아름다운 민 사장님
한테 얻은 취기는 가시지 않는구랴."
말을 끝내면서 정진은 민 사장을 제대로 끌어당겨 품에 안았다.
"그동안 많이 외로웠을 것인데……. 우리 민 사장 관상을 보면 신통자와
함께 할 상이란 말이지."
얼결에 정진의 품에 안겨 당황스러웠지만 민 사장은 싫은 기분 대신 그저
심장만 신나게 콩닥콩닥 뜀질시키느라 정신없었다.
"신통자라면, 저기, 어떤 분이신데요? 어마, 단추 떨어지겠다."

정진의 손은 어느새 민 사장의 웃옷 단추들을 풀어내고 있었다.

"아, 그야 나 같은 법사를 말하는 게지요. 내가 천도경을 읊어 부처님 전 상제님 전 말씀을 전하고 받고 하잖소?"

"어머나, 그러시구나~."

"우리 어떻게, 인연을 오래 가져가 보실랴오?"

이미 민 사장의 콧구멍에서는 단내가 열심히 새어 나오고 있었고 숨 또한 새근발딱 중이었다.

"몰라요, 남이 알면 어떻게 해요?"

"아, 내가 속한 종단은 대처 제도가 있으니 그건 염려하지 않아도 되니~."

하는 말과 함께 정진은 민 사장의 등 뒤로 손을 넣어 브래지어를 땄다.

"어머나 어머나, 난 몰라~."

"세상에 누군들 알겠소? 인연의 깊고 넓음을. 그저 뜻을 따라가야지요."

정진의 손놀림은 과연 보통이 아니었다. 이제는 치마 안에 손을 넣어 마무리 작업을 끝내고는 이내 저가 입고 있던 승복마저 훌러덩 벗어 던졌다. 그렇게 저렇게 민 사장의 아잉 콧소리에 할딱 숨소리가 분주히 들락날락하는 가운데 문전 달굼을 마친 정진은 본진을 앞세워 민 사장 몸 위를 올라탔다.

"자, 법봉 한 자루 들어가오~."

"옴마야~!"

그동안 먼지만 폴폴 날리던 민 사장의 궁(窮)뎅이는 이날을 맞이하여 비로소 응(應)뎅이의 화신이 되어 지화자 난리 원무를 요동쳐댔고 정진은 그 좋은 신체에 힘은 또 언제 어디서 잘도 챙겨놓았는지 이날 밤 민 사장을 연거푸 숨넘어가게 만들어 주었다.

그날 밤 아름다운 장성을 쌓고 난 이후 민 사장의 눈에는 콩깍지가 가마 째로 덮일 수밖에 없었고, 그런 마당에 식당 갖다 바치는 것 정도쯤이야 무슨 대수이겠는가? 어찌 되었든 간에 정진의 재간에는 천하의 재만도 두 손을 다 들어주어야 했다. 정진은 터져 나갈 정도로 가득한 즐거움을 잠시 되새김질이라도 하는 것인지 잠시 숨을 고르더니 목에 힘주며 입을 열었다.

"에……, 이게 곧 대웅전이 됩니다그려."

뭐가 어쩌고 어째? 대웅전이 들어선다고?!

"아니, 종교시설을 어떻게 짓나, 여기에?"

"에, 그렇게 되었습니다."

"그렇게 되다니?"

"방첩대 출신이신 분이라서 알고 계시나 했는데, 아직 모르시나 보죠? 며 칠 있으면 삼송리 절반이 제한 풀리고 수용지구 되는 것으로 발표 나올 겁니다."

말을 마친 정진이 머리통을 뒤로 젖힌 채 활짝 웃음을 지어 보이는데 양 쪽 입 끝은 귀에 걸렸고 함지박으로 벌어진 주둥이 안으로는 이빨 삼십 개가 다 보이고 있었다. 그리고 그것을 넋 놓고 쳐다보는 재만의 머리 위 에서는 하늘이 노랗게 물들어갔고. 정진은 그동안 개발 제한이 풀리기만 을 기다렸던 것이요, 이제 때가 왔음에 공사를 개시한 것이다. 수용지구 가 되었으니 그에 따르는 보상은 또 얼마나 짭짤할 것인가? 귀신이 쫓아 와 절을 올릴 정도로 정진의 기가 막힌 계획이 드디어 탐스러운 열매를 맺게 된 것이다.

재만은 마을에서 누구 만나는 약속이고 뭐고 다 때려치우고 집으로 돌아가 여기저기 전화를 해대었다. 그렇게 한 삼십 분 서너 군데 통화를 마친 후 재만은 마룻바닥이 꺼져라, 긴 한숨을 토해냈다.

"나도 이제 늙었군······."

이게 도대체 무슨 사단이요, 이런 일이 어떻게 나 몰래 일어난단 말이냐? 저 뱀 같은 사기꾼 녀석은 처음부터 이렇게 될 줄 알고 나타난 것이다. 그 자식은 어떻게 알았을까? 나도 알지 못한 일을 어떻게 저런 뜨내기 양아치 자식이 꿰고 나타났을까? 내 팔십 가까운 인생을 어떻게 살아왔는데, 이런 치명적인 실수를 저지르다니, 나도 이제 죽을 때가 다 되었구나!

"여보 마누라! 거 시원한 물 좀 줘 봐!"

물을 받은 컵을 재만에게 건네주는 재만의 아내 정숙은 저 영감이 오늘은 또 무슨 일로 저렇게 끓는 죽처럼 부글부글대나, 그 꼴사나움에 입을 비죽였다.

삼송리 서쪽에 해당하는 세수리 윗마을이 은평구 북한산 아랫자락 일대와 함께 그린벨트에서 풀리면서 정부 수용지구로 확정되자 삼송리는 발칵 뒤집혔다.

"아니, 왜 우리 쪽은 풀리지 않는 거야? 뭐 이런 놈의 나라가 다 있어?!"

공교롭게도 삼송리 전체가 아닌 절반에 해당하는 구역만 보상받게 되다 보니 보상받지 못하는 사람들은 악이 바칠 수밖에 없었다. 그런 와중에 웃어야 할지 울어야 할지 모를 경우도 있었다. 어떤 집은 토지 공사로부터 구획 측정 결과 담장 쪽 일부 땅을 반납하라는 통지에 별수 없이 멀쩡한 담장을 허물고는 마당 안쪽으로 새 담장을 만들어야 했다. 그러다 보니 집 꼴이 우스꽝스럽게 쪼그라들 수밖에 없었다. 아주 오래전 처음 집

지을 때 대충 땅 구획 잡고 지어서는 여태까지 잘만 살아오다가 이참에 토지 공사가 시행한 정확한 토지 측정으로 날벼락을 맞은 것이다. 더 황당한 것은, 자기 땅 코앞에서 수용지구 구획이 딱 멈춰 선 우물 마을 사람들 경우다. 그 때문에 우물 마을에서는 뒷골 잡고 뒤로 넘어간 사람들이 제법 나왔고, 삼송리 유일의 보성 약국 김 약사는 우황청심환 재고가 불시에 바닥나는 일을 겪느라 진땀깨나 흘리기도 했다.

그런 앞 씻기 푸닥거리에 이어 보상받게 된 토지 소유자들 역시 앞으로의 행보 문제로 머리가 지근거려질 수밖에 없었다. 토지 공사와의 치열한 보상 합의 싸움이 전개될 것이기 때문이었다. 그것은 겪어 보지 않는 사람은 모를 피 말리는 전쟁이었다. 토지 공사에서 파견 나온 직원들은 측정 작업을 한다, 기록부에 뭘 적어 넣는다, 온 마을 이곳저곳을 쑤시면서 분주히 오고 다녔다. 보상 대상에 속하는 마을들마다 분위기가 흉흉해지는 와중에 대책위원회가 조직되었다. 위원회를 조직하는 데에는 석환이 앞장섰다. 석환네는 삼송리 아랫마을에 위치하는지라 수용지구에 해당하지 않아 속이야 이루 말할 수 없이 끓어올랐으나 그래도 자기가 통장으로 되어 있는 구역 중에 창릉천 일부인 모기골 마을이 수용지구에 포함되어 있는지라 나 몰라라 할 수는 없었다. 공은 공이고 사는 사인 것이다. 석환은 아무래도 재만을 붙잡고 늘어질 수밖에 없었다. 이런 일에 능란한 사람이 삼송리 일대에 방첩대 출신인 재만을 따라잡을 사람이 없었기 때문이다. 석환은 재만 외에 구역별로 통장이나 반장 등 방귀 좀 날리는 사람 다섯 명을 선정하여서는 날을 잡아 그들을 효성원에 모셔 놓고 향후의 추진 계획을 설명했다. 물론 그 계획은 재만의 훈수로 미리 틀이 잡힌 것이었다.

"대책위원회를 세워서 대응할 전략을 짜 놓아야지 토지 공사 놈들이 우리를 쉽게 안 볼 것 아니겠습니까? 삼 일 이내에 제가 해당 주민들에게 통지서를 돌릴 것이고요, 그런 다음에 토지 소유자들이 참여하는 회의를 열고, 그 자리에서 대책위원회를 세운다, 그 말씀입니다. 회의 장소는 고양종고 교실 하나 빌릴 것이고요, 그 전에 우리끼리 대략 자리를 정해 놓고 집회 때 제가 삼송리 통장연합회장 명의로 일일이 추천하면 주민들도 까탈 부리지는 않을 겁니다. 우선 삼송리 통합 대책위원회 위원장으로는 아무래도 여기 함께 계신 세수리 윗마을 박재만 회장님이 맡아 주시는 게 앞으로 대책위원회 진로에 큰 힘이 될 듯합니다. 어떻습니까?"

석환이 똑 부러지게 일 잘하는 것이야 코흘리개 때부터 봐 왔던 노인들인지라 다들 군말 없이 고개를 주억거리며 동의했다. 이어서 석환은 삼송리 주민연대 위원장, 달걀부리 주민 대책위원장, 가시골 큰골 갈갈풀이골 주민 공동 대책위원장, 모기골 대책위원장을 분배하고는 자기는 삼송리 주민 권익 보호 위원장을 맡기로 했다.

"대책위원회 사무실은 마을문고를 임시로 빌려 쓰기로 했고요, 주민 회의에서 대책위원회와 임원들이 확정되면 곧바로 감정평가사를 공모해야 합니다. 이 감정평가사가 아주 중요한 건데요, 한 마디로 삼송리 주민을 대변해서 싸워 주는 사람이다, 그겁니다. 아시겠죠? 공모를 하면 몇 사람이 달라붙을 것이고, 그러면 설명회를 열어서 해당 토지 소유자들이 투표로 선정해야 합니다. 과반수를 얻으면 선정되는 거고요. 그런데 말이죠, 해당 토지 소유자들을 최대한 참여시켜서 투표하도록 해야 한다, 이게 아주 중요한 관건입니다. 왜냐, 잘 들으세요, 투표에 참여하는 토지 소유자들의 토지 면적이 전체 보상 대상 토지 면적의 절반을 넘겨야 한다, 보상법에 그렇게 되어 있어요. 그 이하가 모여서 뽑은 감정평가사는 토지 공사가 인정해 주지 않습니다. 그러면 협상이고 나발이고, 토지 공사 마음대로 휘둘러지게 된다는 거. 그러니까 위원장님들께서는 토지 소유자들이 최대한 설명회에 참여하도록 해야 한다는 말씀입니다. 아시겠죠? 그거 안 되면 다 말짱 도루묵 됩니다?"

전원 비장한 표정으로 고개를 끄덕였다.

"또 하나, 며칠 전에 소똥에 붙은 쇠파리 같은 요상한 놈들이 세수리 윗마을을 껄떡거리며 왔다 갔다 하더랍니다. 우리 박 회장님께서 보셨다는 거예요. 요놈들 요거, 전문 용역꾼들입니다. 감정평가사보다 자기들이 더 많이 보상받게 해 주겠다고 주민들을 일일이 만나서 쏘삭거리는 놈들인데, 이놈들이 설명회 참여를 방해하려고 할 겁니다. 그러니 우리 위원장님들께서 단단히 단속해야 한다는 거, 명심하셔야 합니다. 제가 통지문을 만들어서 대책위원회 사무실에다 넉넉하게 갖다 놓을 거니까, 필요한 만큼 가져가셔서 토지 소유자들한테 설명회 참여 독려할 때 그거 한 장씩 나눠 주세요. 아무튼, 외부 건달 놈들한테 넘어가지 못하도록 신신당부해 놓아야 합니다. 아시겠죠들?"

이날 효성원 모임은 대략 이 정도의 의견 합의 보는 것으로 마무리되었다.

얼마 후 석환의 용씀으로 토지 소유자가 충분히 참여한 가운데 설명회를 통해 주식회사 동국 감정 평가법인 북부 지사의 송 아무개 평가사가 보상법 기준에 맞도록 무난하게 선정되었다. 감정평가사 선정까지 되었으니 재만은 체면치레는 한 듯싶었다. 이제 뒷전으로 물러나 나머지는 대책위원회 사무실에 가끔 얼굴 비치고 무슨 일 있으면 훈수나 해 주면 되겠다고 여긴 그는 그 이후로는 거의 매일 집에만 틀어박혀 시르죽어 지냈다. 그에게 보상이 어떻게 되고 하는 것은 중요하지 않았다. 그의 머릿속은 여전히 정진 법사 생각뿐이었다. 이 개자식을 어떻게 말아 죽이지? 천하의 박 재만이 이렇게 당하고 넘어가야 하나? 그런 생각만 하며 지냈더니 재만의 얼굴에는 없던 기미까지 들고 말았다. 하지만 아무리 생각하여도 정진에게 한 방 먹일 방도는 떠오르지 않았다. 이놈이 분명코 예사 놈이 아니구나, 어쩔 수 없이 인정해 줄 수밖에 없었다. 정진은 어쩌다 기도원 밖에 나왔다가 자기 집 옥상에 올라가 있는 재만이 멀찌감치 보이면 인사말과 함께 승자로서의 여유 넘치는 미소를 보여 주었고, 재만은 시려오는 눈 궁둥이를 비벼대면서 한마디 욕이나 저주하듯 웅얼거렸다.

"에라이, 떡시루에 담아 죽일 놈아!"

토지 공사와 주민들 간 근 이 년이나 이어졌던 지루한 공방도 마침내 합의를 보게 되면서 보상받고 집과 땅을 내준 주민들은 뿔뿔이 흩어져 삼송리를 떠났다. 삼송지구에서 가장 보상을 많이 받은 사람은 마을에서 가장 연장자인 황 노인이었다. 광활한 화훼 밭과 세 채나 되는 집을 내놓는 조건으로 근 이백억 원을 받아 인근 관산동 넓은 신축 빌라로 이사했다. 하지만 멀지 않은 후일에 전해 들려온 소식에 의하면 황 노인은 화병이 나서 죽었다고 했다. 이백억 원에 눈이 돌아가 골육 싸움 벌이던 다섯 자식에게 재산을 나누어 준 후 나머지 돈으로 노년이나 보내자 했으나 새로 얻어 들인 여자는 뒤로 돈을 빼돌려 도망쳤고, 그나마 남아 있던 돈마저 사기 투자로 다 날렸다는 것이다.

정진 법사는 어찌 되었을까? 그는 기도원과 기숙사 건물, 땅 백삼십평, 그리고 민 사장이 들어 바쳐 대웅전이 된 건물과 주차장 공간 등을 모두 합쳐 삼십이억 원을 당겨 받고는 민 사장마저 내처 버리고 깨끗하게 사라졌다. 그가 사라지기 며칠 전 떠나갈 사람들을 일일이 인사차 만나고 돌아다니던 통장 석환을 보고는 어디인지는 말하지 않은 채 종단 본부에서 자기에게 다른 땅을 내줄 것이라 그곳으로 옮겨 다시 기도원을 세울 것이라는 말을 들려주었다.

정진은 처음부터 자기 돈은 일 푼도 쓰지 않았다. 처음 기도원 땅을 임대한 비용은 체어맨과 에쿠스 사모들이 후원해 준 돈이었다. 그렇게 그가 신도 관리 잘하며 기도원을 잘 꾸리고 나아가 과부 하나 잘 얼러 대웅전까지 손에 넣자 종단 본부는 과감하게 땅 매입비에 건물 공사비 일체를 선뜻 지원해 주기까지 한 것이다. 그 후 기도원과 대웅전이 정부 땅으로 수용되어 철수하게 됨에 종단 본부는 한술 더 떠 이참에 그를 지역 어느 절의 주지 후보로까지 명단에 올렸다. 물론 그것은 정진이 진즉부터 안면 터놓은 본부 요직 중놈들과 든든한 뒷돈 거래를 약속해 놓았기에 가능한 일이었다. 정진은 주지 자리를 꿰찰 수 있는 절호의 기회를 놓칠 수 없었기에 조만간 손에 쥘 보상금을 염두에 두고 돈이라면 환장하는 그들을 대상으로 거액을 약속했다. 하지만 아깝게 세 표 차이로 선거에서 떨어졌다. 그러자 돈 생각에 주둥이 벌게진 중놈들은 다른 주지 자리를 반드시 마련해 주마 약속하고는 당분간 경기도 파주에 있는 기도원을 맡도록 해 주었다. 그렇게 정진은 삼송리에서 무일푼으로 수십억 원을 벌었고 파주에 건너가 한숨 돌리고 있다 보면 자기가 평생 꿈꾸어 왔던 떳떳한 주지 자리가 조만간 자기를 찾아올 것이었다. 로또 복권 댓 장은 당첨

되어야 얼추 맞아떨어질 금액이 천하의 재만 앞에서 한낱 사기꾼 놈에게 넘어가고 말았다는 이 이야기는 먼 훗날까지 전설로 전해질지는 알 리 없다. 다만 삼송리 사람들에게 뒷이야기 거리로 오래 전해질 것이 두 가지 있다.

재만은 땅과 집 건물을 합쳐서 이십육억 원 정도 보상받아 관산동 빌라를 얻어 이사하고는 제법 큰돈을 들여 능곡동에 있는 만 오천 평가량의 나대지를 사들였다. 이번만큼은 주도면밀하게 움직여 능곡동 쪽도 수년 지나고 나면 그린벨트에서 풀린다는 따끈따끈한 정보를 챙겼기 때문이다. 그는 사들인 땅 입구에 컨테이너 한 동을 들여 농막으로 삼고는 조경(造景)용 나무를 빽빽이 심어 나대지였던 땅 전부를 농장으로 둔갑시켰다. 조경용 나무를 심어 놓은 농장이 훗날 더 짭짤한 보상금을 타낼 수 있을 것이기 때문이다. 이 정도 투자해 놓았으니 이제 기다리는 일만 남았다. 그로부터 육 년 후 재만이 목을 빼고 기다리던 정부의 신도시 개발이 확정되었다. 신도시 확정안에 능곡동 이야기는 일절 없었다. 대신 창릉천 일대가 개발 구역으로 들어갔다. 정부의 공식 기자회견 발표가 있던 날 밤. 재만은 만취 상태가 되어 자신의 농장 농막 앞에서 팬티만 입은 알몸 상태로 찬물을 밤새도록 뒤집어쓰며 울분을 토해냈다는 것이 그 하나다.

정부의 창릉천 확정 발표가 나기 한참 전으로 재만이 아직 팔십 나이 넘기기 전이었을 때. 보상금으로 현금 부자가 된 재만에게는 오만 여자가 달라붙었다. 그는 그중 사십 중반의 참한 홀몸 과부를 골라 늘그막 여생을 느긋하게 보내자는 생각으로 성사동 쪽에 빌라 한 채 전세 내어 첩살림을 차리고는 본부인 정숙이 사는 관산동 집에는 능곡동 땅 관리 핑계를 대면서 거의 발길을 끊다시피 했다. 그러자 오래전부터 시달려 왔던 우울증에 의부증세까지 심해진 정숙이 흥신소 사람을 고용하여 재만의 첩살림 집을 덮쳤다. 그리고 이어진 이혼 소송. 민법 840조에 의거 '배우자가 부정한 행위를 저질렀고, 배우자가 악의로 다른 일방을 유기했음'이라는 명백한 사유로 소송은 합의가 아니라 거액의 위자료를 놓고 재판으로 진행되었다. 근 일 년 동안 길게 끌었던 재판 결과, 재만이 정숙에게 위자료 십억 원을 건네주게 되었다는 것, 그것이 그 둘이다.

양공주 순애의 귀환

복작거리던 하루가 지나가고 일찍 어둠이 찾아든 어느 겨울날 삼송리에 갑자기 구급차 사이렌 소리가 원당 방향에서부터 들렸다. 잠시 후 삼송 대로에 모습을 보인 구급차는 대로변 패밀리 마트 앞에 급정차했고, 곧 그 안에서 구급요원들이 우다닥 뛰어 내려서는 들것을 챙겨 마트 건물 이층으로 뛰어 올라갔다. 옆집 종묘 가게 여사장과 부대찌개 집 사장이 긴장한 표정으로 나와 지켜보는 중에 이 층으로부터 구급요원들이 사람 하나를 들것에 싣고 나와 냉큼 구급차에 올라탔고 구급차는 그 자리에서 유턴하여 다시 사이렌 소리 질러대며 명지병원으로 직행했다.

지금으로부터 사십 년 전. 그 무렵 삼송리에서 벽제 방향으로 넘어가는 숯돌고개 왼편에 미군 부대가 있었고, 지금은 흔적도 없이 사라진 조그만 시장이 숯돌고개 넘기 전 자리에 있었으며, 그 안쪽에는 미군들을 상대로 하는 방석집이 몇 개 들어앉아 있었다. 그 방석집에서 미군을 받던 양공주들은 대략 열 명 정도였고 필요할 때는 파주에서 불려 올 때도 있었다. 양공주들에게는 똥에 똥파리 들러붙듯 각자 기둥서방이 붙어 있는 법, 그들은 주로 이곳 삼송리 토박이들이었다. 창식은 현재야 편의점 하나 운영하면서 아들자식 공무원으로 잘 키워 냈을 정도로 남에게 꿀릴 것 없이 살고 있으나, 그도 그 시절에는 순애와 영자로 불린 두 양공주의 기둥서방이었다. 오늘 구급차에 실려 간 사람은 다름 아닌 그 창식이었고, 그가 실려 간 이유는 제초제를 들이켰기 때문이다.

순애는 갓 스물 나이 지날 때인 1970년대 초 어느 겨울날 대전 빡촌에서 영자를 처음 만났다. 빡촌에 여인숙이 유달리 많았던 것은 대전역을 품고 있었기 때문이다. 대전은 한반도 이남 땅의 중심지라 할 만한 곳으로, 사람이 모이고 뿌려져 나가는 교통 요충지이다. 언제 어디서든 나그네가 들끓는 곳에는 몸 파는 여인들도 함께 있기 마련이다. 당시 스물 나이 갓 지난 애송이 시절 논산 출신의 순애와 강경 출신의 영자는 이곳에서 만났고, 두 살 차이로 순애가 언니 영자가 동생이 되었다.

그렇게 비린 냄새 곰팡이 냄새 진동하는 여인숙 쪽방에서 삼천 원짜리 '숏타임' 만 원짜리 '롱타임' 몸 파는 짓에 이골날 때 즈음하여 한 사내가 나타났다. 사내의 이름은 창식이라 했다. 쪽방에서 순애와 롱타임을 뛰고 난 창식은 포주에게 미리 화대를 주었는데도 순애에게 거금 이만 원을 따로 챙겨주었다. 창식은 서울 사람인데 출장 차 내려왔다며 순애에게 한없이 친절하게 굴었다. 그런 창식에게서 인간적인 따스함과 돈맛을 느낀 순애 또한 좋은 감정이 들 수밖에 없었다. 밤이 지나고 아침이 되자 창식은 오늘 밤에 다시 찾아오겠다는 말 남기고는 여인숙을 나섰다. 그리고 늦은 밤이 되었고 창식은 다시 나타나 순애를 찾았다.

"아저씬 뭐 하는 사람이래유?"

"응, 장사. 물건을 싸게 떼어다가 서울 시장 사람들에게 푸는 거."

"뭘 파는데유?"

"이것저것. 주로 여자 속옷. 브라자, 빤스, 란제리 같은 거. 겨울에는 내복이나 장갑, 빵모자 같은 것도 다뤄. 돈 되면 뭐든 해야지."

"그런 건 서울에 더 많지 않남유?"

"대전 물건이 싸거든. 서쪽에 도마동이라고 있지?"

"야 있슈, 유천동 지나서 도마동."

"거기에 충남방적이라고, 옷감 만들어 내는 큰 회사가 있어요. 그래서 여기 중앙 시장에 나오는 물건이 서울보다 훨씬 싸."

"응, 그렇구나. 충남방적, 들어 봤어유. 근데 아저씨 서울은 언제 가신데유?"

"내일."

"벌써?"

순애는 따스함이 그리워 불가에 다가들듯 창식의 품에 안기며 콧소리를 살짝 풍겼다.

"내일 짐 부치는 거 보고 낮차로 올라갈 거야."

그렇게 헤어지고 나서 보름 정도 지났을까 싶을 때 창식이 다시 순애를 찾아왔고 하룻밤을 같이 지내며 둘은 뭔가 쑥덕공론 해 놓았다. 다시 창식이 떠나고 나서 이틀 후 뚱뚱이 포주는 아침부터 성을 내며 빡촌 골목을 뒤뚱거리며 재게 돌아다녔다.

"이 썩을 년이 도망을 쳐?! 내 손에 잡히기만 혀 그냥!"

골목 한쪽에서는 늙어빠진 다른 포주가 이맛살 잔뜩 찌그린 채 담배를 피

위대고 있었다. 자기가 데리고 있던 영자도 사라졌기 때문이다. 정리하면, 창식이가 순애를 꼬드겼고 순애는 동생처럼 여기던 영자를 데리고 용케 새벽녘에 빠져나와 창식이 몰고 온 일제 코로나 검정 승용차에 올라타고서는 서울로 내뺀 것이다.

순애와 영자는 창식으로부터 서울 평화시장에 의류 점포 하나를 맡아서 운영해 달라는 제안을 받았고 둘이서 열심히만 하면 한 달 생활비는 물론 저축할 여유도 생길 것이라는 얘기를 철석같이 믿었다. 그런데 서울에 이른 창식의 차는 시내를 들어가지 않고 곧바로 강변도로를 올라타고는 정처 없이 강을 따라 서쪽으로 달리기만 했다.

"아저씨, 시방 우리 서울 가는 거 맞쥬?"

"당분간은 좀 조용한 데 가서 있자. 가게 문 열려면 보름 정도는 기다려야 하거든. 내부 공사 중이야."

꼬불꼬불 화전 시골 길을 거쳐 창식의 차가 도착한 곳은 삼송리였고, 둘은 시장통 안에 있는 자그마한 여인숙 방에 몸을 들였다. 사흘이 지나는 동안 둘은 화장실 갈 때와 마당에 있는 세면대에서 양치질하고 얼굴 씻을 동안만 바깥 공기를 마실 수 있었고, 그 때 아니면 그저 방에 처박힌 채 TV만 지겹도록 봐야 했다. 밥도 여인숙 주인이 챙겨주었다. 어쩌다 군것질이라도 하려고 하는 것조차도 여인숙 주인이 대신 사다 주곤 했다. 그런 식으로 순애와 영자는 여인숙에 갇혀 지내고 있었고, 창식은 매일 저녁 들러서 별일 없이 잘 있나 점호만 하고 이내 사라지곤 했다.

"아저씨, 우리 언제까지 여기 있어야 한데유? 왜 바깥에는 나가지도 못하는 거래유?"

나흘째 되는 날 저녁, 찾아온 창식에게 순애는 자근자근 따져 물었다. 창식은 푸근한 웃음을 머금어 보였다.

"너희들 여기 길도 모르잖아. 그리고 여기는 휴전선하고 가까워서 어쩌다 낯선 사람 나타나면 득달같이 신고 들어간다고. 저 앞 서울 들어가는 큰길에 검문소가 왜 있는 줄 알아?"

창식의 말에 순애는 입을 다물었다.

"너희들 잘못되지 말라고 내가 이렇게 단속하는 거야."

"그래도 뭔가 갑갑하고 좀 이상해서유."

그동안 창식에게는 말 한마디도 않던 영자가 작심하고 한마디 했다. 그러자 창식의 얼굴이 딱딱해졌다.

"왜, 빡촌 다시 가고 싶냐?"

빡촌 말에 둘은 파리 잡아먹은 두꺼비 주둥이가 되고 말았다.

"그래, 니들 답답하고 심심하겠지. 그걸 왜 모르겠냐? 해서, 니들 오늘 밤 좀 놀아라."

"놀다뉴? 뭘 하면서 노는 건데유?"

순애가 어렵사리 물었다.

"응, 이 동네가 미군 부대를 끼고 있거든. 그래서 저녁만 되면 미군 아이들이 나와서 술이고 뭐고 먹으면서 논다 말야. 그런데 이놈들이 한국 여자를 좋아해요. 같이 술 마시고 놀아주면 팁도 두둑이 나오고 하거든? 어때, 그냥 같이 자리만 해 줘도 되는 건데. 어차피 니들이 걔네들하고 무슨 영어로 쌀라쌀라 하겠냐? 나 죽었소, 하고 그냥 입 다물고 살살 눈웃음만 쳐 주면서 오케이 땡큐만 하면 돼."

"워미~, 미군하고 술을……?"

영자 눈에 겁이 묻어 나왔다.

"노느니 염불 왼다고, 간만에 술도 마시고 용돈도 버는 거야. 그리고 말이다, 니들 빡촌에서 빼내 여기까지 데리고 와, 여기서 재우고 먹이고 하는데 들어간 돈이 얼만 줄 알아, 이것들아?"

창식의 말뚝 박는 말에 순애와 영자는 몸이 얼어붙고 말았다.

"그렇지, 그렇게 얌전히 내 말 들어야 하지. 니들 서울 생활하려면 별거다 겪어야 하는 거다. 슬슬 얼굴 좀 그리고 있어라. 때 되면 부르러 올게."

검둥이 미군 애송이 녀석들과 첫 술자리를 갖던 날. 순애와 영자는 창식의 겁박으로 울면서 검둥이에게 몸을 팔고 말았다.

"시키는 대로 안 하고 싹바가지 없이 앙앙거렸다가는 바로 빡촌으로 돌려보낸다?"

순애와 영자의 삼송리 방석집 니나노 인생은 이렇게 시작되었다.

창식의 통제를 받으면서 지내야 했던 순애와 영자는 어디든 저네들 밑바닥 인생, 더 이상 무슨 단꿈 꿀 수나 있을까, 포기한 인생으로 매일같이 빡촌에서 그랬던 것처럼 치마 벗고 뒷물 치는 짓을 이골이 나도록 하여야 했다. 그렇게 몇 년이 지났을 무렵, 창식은 조만간 미군 부대가 이곳에서 없어진다는 것을 알게 되었다. 미국 정부의 한반도 미군 축소 정책 시행에 맞춰 숯돌고개의 미군 부대가 없어진다는 아직은 쉬쉬하는 비밀스러운 정보였는데, 창식의 고등학교 한참 선배 되는 재만에게 들은 것이다. 창식은 이제 그동안 단물 잘 빨아먹었던 방석집 사업도 종 칠 때 되었구나, 하는 생각을 쓰디쓰게 곱씹어야 했다. 그런 창식에게 재만이 큰길가

농협 뒤쪽에 있는 허름한 술집을 주선해 주었고, 창식은 그것을 새로 손 봐서 돼지 부속 집을 열어 보기로 했다. 창식은 일손이 필요했다. 따로 생 판 모를 사람을 찾자니 그 또한 막막했다. 그러자 재만이 넌지시 순애가 어떠냐고 훈수를 두어 주었다. 결국 창식은 이런저런 생각 끝에 순애를 낙점했다. 사실 그동안 자기로 인해 순애의 인생이 얼마나 눈물겼더란 말이더냐, 하는 생각이 들자 못내 미안한 마음마저 든 것이다. 창식은 순 애를 앉혀 놓고 찬찬히 설명했고 말을 듣고 난 순애는 뜨거운 감격의 눈 물을 흘리고 말았다.

미군 부대 이전 소식이 공공연해졌을 무렵 영자는 창식과 순애의 행보를 알게 되었다. 영자는 혼자 버림받은 것처럼 서러워졌다. 결국 막다른 골 목에라도 이른 양 초조해질 수밖에 없던 영자는 끝내 독을 피워 올리고 말았다. 어느 날 저녁 영자는 창식을 자기 방에 불러들여 함께 술 마시면 서 신세타령을 해대다가 창식의 음심을 발동시켰다. 걸핏하면 창식에게 뺏기곤 했기에 가리고 자시고 할 것 없는 몸, 이날만큼은 갖은 정성 들여 창식을 기쁘게 해 주었다.
"어때유? 아무렴 내가 더 낫쥬? 앞으로도 죽을 때까지 내가 이렇게 잘해 줄규."
영자가 없던 교태까지 부리며 돼지 부속 집 얘기를 물고 늘어지자 창식도 어쩔 수 없었는지, "허~. 고민이다, 고민. 좀 생각해 보자고, 응?"이라는 말로 반은 승낙하고 말았다. 그렇게 며칠이 지나고 나서 웬 덩치 좋은 사 내 둘이 나타났고 그 길로 순애는 가방 하나 달랑 든 채 둘과 함께 삼송리 를 떠났다. 창식이 순애를 팔아넘긴 것이다.

그렇게 버림받아 삼송리에서 자취를 감추었던 순애가 오늘 창식을 찾아왔다. 그것도 금의환향이라 할 만큼 비싼 밍크코트 차림에 보석을 귀에 손가락에 목덜미에 주렁주렁 걸친 요란 뻑쩍 차림으로 나타난 것이다. 이름 있는 카페들이 줄줄이 들어서고 있음에도 유구하게 버티고 있는 흙다방 한쪽 테이블 자리에 창식과 순애는 근 사십 년 만에 마주 보고 앉았다. 창식 옆에는 창식보다 연배로 보이는 늙은이가 앉아서 열심히 순애를 뜯어보았다. 그는 양로원에 있다가 창식의 급한 호출을 받고 온 정태로, 창식보다는 연배이면서 창식과 함께 옛 시절 삼송리 양공주 기둥 서방질을 했었다. 정태가 자기를 봄날 땡볕에 서캐 잡듯 일일이 들여다보고 있어도 순애는 낯빛 하나 변하지 않고 창식만 곧추 바라볼 뿐이었다.

"맞는 거 같은 거야 뭐야?"

창식이 이맛살 찡그리며 묻자 정태는 긴 숨을 내쉬며 고개를 천천히 끄덕였다.

"맞네, 순애. 허허 참~."

가래 끓는 소리를 남기고 정태는 휘적거리며 양로원으로 돌아갔다. 팔순 바라보는 늙다리치고 기억력 하나만큼은 한 치도 어긋나지 않는다는 정태까지 나서서 진위를 확인해 주었으니 이제 창식은 꼼짝없이 믿어야만 했다. 어이가 없었지만 어떡할 것인가? 이 사태를 받아들일 수밖에.

"……그래, 순애 니도 많이 늙었다. 살은 조금 붙었네. 어디 아픈 데는 없나?"

순애는 건성 싱긋 웃음을 지으며 담배 한 대 피워 물었다.

"그렇게 말 허시는 분도 용허네유. 여적 짜랑짜랑 살아 있응게 말유."

"그러게 말야. 죽을 때 넘긴 거 같은데도 이리 살아 있네. 부끄럽지, 살아 있는 게. 그나저나 내 아직 살아 있는 건 어찌 알았나?"

유기견으로 버려지듯 삼송리에서 팔려 나온 순애는 덩치 사내들에 의해 끌려온 미아리 텍사스촌 첫날, 밤을 새워가며 울고 또 울었다. 하지만 다음 날부터 순애는 언제 그런 일 있었냐는 듯 얼굴에 결기 잔뜩 심은 채 열심히 몸을 굴려 돈을 챙겼다. 먹을 것 참고, 살 것 참고, 동료들 손님 빼앗고 하면서 악착같이 돈을 모으니 사 년 만에 몸값 제하고 끌려와서 강제로 짊어진 빚도 다 갚을 수 있게 되었다. 몇 년을 버틴 눈물 나는 결과였다. 순애는 이제 자유의 몸으로 몇 년 더 미아리에서 몸을 팔아 돈을 더 모으기로 했다. 그렇게 십 년 가까이 악착스럽게 살다 보니 마침내 어느 정도 목돈을 쥘 수 있게 되었다. 이제 순애는 미아리 텍사스촌을 박차고 나와 새로운 인생을 찾아 나섰다. 우선 지방을 돌며 조금씩 땅 투기를 시작했다. 한 달에 한두 건 건져 고작 일이백만 원 정도 건질 정도로 그 시작은 미미했다. 하지만 부동산의 세계를 알아가면서 순애의 귀는 점점 열렸고 뒤를 잇는 보폭도 넓어졌다. 그러던 중에 고양시 일산에 대한 수상한 이야기가 돌았다. 순애는 언제부터인가 땅에 관한 뛰어난 촉을 가지게 되었다. 촉이 일어나자 순애는 일산 땅을 돈 되는 대로 샀고, 노태우 정부가 들어서면서 일산 일대에 신도시 개발이 확정되었다. 자고 일어나니 돈벼락 맞은 셈이 된 순애에게 또 한 번의 기회가 찾아들었다. 1990년대 후반 IMF 사태가 터지면서 집값이 크게 폭락하자 순애의 손과 발은 바삐 움직였다. 가히 순애를 위한 시대가 펼쳐지고 있었다. 그렇게 떼돈을 번 순애는 이제는 의정부 쪽에 상가 건물 두 채에 상당한 규모의 사채를 굴릴 정도로 갑부가 되어 있었다.

잠시 뜸을 들이던 순애가 창식의 말을 받았다.

"내가 이곳에서 뭘 좀 하려고 해요."

어눌하기만 했던 충청도 말투 대신 갑자기 세련된 말투를 구사하는 순애에게 섬뜩한 기운이 느껴졌다. 창식의 얼굴이 살짝 굳어졌다.

"여기서, 니가 뭘 한다는 거야?"

"여기 샘물 교회라고 있는 게 매물로 나왔더이다. 그걸 사서 좋은 일 좀 하려는 거지."

"그러니까 무슨 일을 하겠다는 거냐고? 술장사 하려는 거야, 뭐야?"

"왜, 옛날 생각 좀 떠올리자고 술장사 얘기 꺼내는 거요?"

"……."

"종삼이라고 알지요? 원체 그 바닥 출신이니까 모를 리 없겠지."

"종삼은 왜?"

종삼은 종로 삼가 종묘 공원 일대의 집창촌을 말한다. 종묘 공원 일대는 나이 칠십을 넘어선 노인들의 세상인지라 이들을 상대하는 꽃들 역시 이제는 허리 펴기도 힘든 노창(老娼)들이었다. 순애는 그곳에서 다 늙도록 여전히 가랑이 벌려 연명하는 사연 딱한 노창들을 빼내어 과거를 묻은 채 삼송리에서 여생을 보내게 해 주려는 계획을 세운 것이다. 순애의 계획을 듣고 난 창식은 앞이 캄캄해졌다.

"그런 식으로 나한테 복수하는 거구먼?"

"여보 창식이 아저씨. 내가 지금 뭐가 아쉽다고 복수를 하고 자시고 하겠어요? 그냥 내가 하고 싶은 일 하면서 살려는 건데."

"그럼, 나는 왜 찾은 거야!"

창식의 목에 핏대가 올랐다.

"오랜만에 만나 회포나 풀자는 거지요. 영자도 불러내서."

"뭐?!"

순애는 곧 핸드폰을 꺼내 어디엔가 전화하더니, "들어와 봐." 짧은 말로 통화를 끝냈다. 잠시 후 건장한 사내 둘이 다방 안에 들어와 순애 옆 테이블 자리에 앉았다. 순애는 핸드폰을 창식에게 건넸다.

"영자한테 전화하세요. 좀 보잔다고."

인상 굵은 건장 사내 둘이 뒷전 자리에서 따로 식사 나오기를 기다리는 중에 창식과 영자를 맞은편에 앉혀 놓은 순애의 테이블에서는 양념 돼지고기가 익어 갔다. 창식이 눈 질끈 감은 얼굴로 물었다.

"그거, 진짜 여기서 할 거야?"

"해야지요. 건물 계약금까지 주었으니, 어쩌겠어요?"

창식은 참담한 표정으로 긴 한숨을 내쉬었다.

"자자, 얘기는 차차 하고요, 먼저 한 잔 하실까들?"

순애의 건배 제안에 창식과 영자는 술 태 씹는 얼굴로 소주잔을 들었다. 셋의 술잔이 어색하게 부딪쳤고 순애는 단박에 잔을 비웠다.

"술은 옛날 술이 맛있었는데, 요즘은 영 싱거워서."

순애가 연신 입에 담는 '옛날'이라는 말은 창식과 영자에게 날카로운 비수가 되어 꽂혔다. 창식은 마지못해 들어 올린 술잔을 화풀이라도 하듯 한 모금에 털어 마셨으나 영자는 어렵게 반쯤 마시고 잔을 내렸다. 그러자 순애는 피식 웃었다.

"영자 너, 옛날에는 나보다 술 더 잘했잖아? 너 고향이 젓갈 많이 나는 강경이라고 젓갈 안주 삼아 술 제법 마셨잖아?"

"언니, 왜 그러우, 진짜?"

영자는 이제 울상까지 지어 보였고 창식은 밑반찬으로 나온 오이소박이를 입고 넣고 와작 씹어대었다.

"아, 왜? 오랜만에 만나서 옛날 얘기하는 거, 좋잖니? 안 그래요, 창식이 아저씨?"

창식은 일그러진 눈으로 순애를 노려보았다.

"잔 비었으니, 한 잔 더 들어갑니다~."

순애는 창식의 잔에 술을 채웠다.

"어떡하나? 젓가락이라도 좀 두드려야 술자리 분위기 좀 살아나? 영자 너는 이제 장단 다 잊어먹었을 것이고, 대신 내가 오랜만에 두들겨 볼까? 창식이 아저씨 기분 좀 나게?"

순애는 쇠젓가락을 집어 들고 노래를 부르며 젓가락을 천천히 두들기기 시작했다.

"아무도 날 찾는 이 없는 외로운 이 산장에~, 단풍잎만 차곡차곡 떨어져 쌓여 있네~. 세상에 버림받고 사랑마저 물리친 몸~, 병들어 쓰라린 가슴을 부여안고~."

순애의 넋두리 같은 노래와 쇠젓가락 장단 소리를 어쩌지 못하겠는지 결국 창식은 자리를 박차고 술집을 나갔다. 영자는 이제 두 손으로 얼굴을 감싼 채 울기 시작했다.

"아, 왜 분위기 깨고 그러나들? 창식이 아저씨 갔으니까 너라도 마저 들어야겠다, 얘."

"내가 잘못했어요, 언니……."

"어디까지 불렀더라? 아, 그렇지. 나 홀로 재생의 길 찾으며 외로이 살아가네~, 아무도 날 찾는 이 없는 외로운 이 산장에~."

그 정도 되니 더는 견딜 수 없게 된 영자는 몸서리를 치며 식당 밖으로 뛰쳐나갔다. 그 뒷모습을 바라보다가 쓴웃음을 짓고는 술 한 잔 따라 마시는 순애의 얼굴에 눈물이 흘러내렸다. 순애가 식당에 남아 그렇게 쓰라린 과거를 눈물로 씻고 있을 때 도망치듯 뛰쳐나가 집으로 돌아간 창식은 편의점 건물 뒷마당 창고에 두었던 제초제를 단숨에 들이켰다.

다음 날 아침, 이른 시간에 석환이 영규의 새장을 찾았다. 새장 문을 여니 따뜻한 난로 열기가 느껴졌다.

"빨리 들어와 문 닫아. 오늘 되게 춥네."

"아이구 손 시려~. 커피 좀 타 주세요."

영규는 커피포트 전원을 올리고는 종이컵에 믹스커피를 털어 담았다.

"서 있지 말고 앉아. 심난혀."

"에이그, 어제 별일 다 있었습니다그려"

"아니, 나 없을 때 그런 일이 일어나면 어떡하는감? 동환이가 닭새끼도 아닌 게 새벽부터 꼬끼오~ 전화해 주어서 듣긴 들었는데, 도대체 뭔 일이야?"

석환은 어제의 일을 정리하여 영규에게 들려주었다.

"상태가 안 좋은가 봐요. 병원에서는 준비하라고 했다는데요?"

"제초제를 들이켰다면야 곧바로 폐부터 오그라들 테니, 숨 쉬지 못하면서 죽는 게지. 그나저나 인생 참 재미있고 슬프구먼. 순애가 그렇게 성공해서 돌아와 창식이 성님한테 복수까지 할 줄이야. 허 참……."

"그러게나 말입니다. 그 할매 참 무섭네요."

"그러니까 남한테 정은 주되 한을 주면 안 되는 것이다~, 세상 편히 살려면 그렇게 해야 하는 거야."

"창식이 아저씨, 아무렴 불편하고 창피해서 그랬겠죠?"

"글쎄……. 그냥 양심 때문이라고 해 두지, 뭐."

"허허, 양심이라."

"한 삼백 년 전 영국에 있는 그 런던이라는 곳에서는 말이야, 여편네 다섯 명 중 한 명은 창녀였다네?"

영규는 벽박이 가져다주어 읽었던 어느 책 중에 그런 내용 실려 있던 것이 생각났다.

"허따요, 형님은 별걸 다 알고 있습니다요?"

"그랬다는구만. 그때가 뭐 먹고 살기 힘들 때였다나 어쨌다나. 삼송리도 옛날에는 뭐 별거 있었남? 죄 밭뙈기 땅에 화훼 농사나 지어 먹고 살던 시골 촌 동네였지. 그걸 내가 다 봤는데, 뭘. 하여튼, 그러다 보니 양공주고 기둥서방이고 들락날락한 것이다, 그거야."

"그건 그렇겠죠만, 그나저나 그쪽 동네는 다섯 명 중에 하나라. 거의 한 집 건너 한 명꼴이겠네?"

"삼송리보다 못했다는 얘기지."

"그쪽 여자들이 여기 와서 살았어야 했네, 그럼? 젠장……."

"그렇지, 그래야 진짜 양공주, 그렇게 되는 거네."

"이제 와 보니, 삼송리가 참, 그럴 때도 있었네요."

"제초제 원샷 할 인간은 또 있어. 미군 부대가 떠나고 나서도 시장 안쪽에 방석집이 한두 개 남아 있었거든? 창식이 성님이야 일찍 손 씻었는데도 정태 성님 그 인간은 참 징그럽기도 한 게, 그때도 여자 둘인가 잡아 놓고 기둥 서방질을 했단 말야. 그 인간 질 안 좋다는 거, 말도 말여. 맨날 그

불쌍한 어린 여자애들 두들겨 패고 말야. 에이~."

"참 어려운 시절 이야기구만요."

"그려, 어려운 시절~."

새장 안에서는 둘의 계속되는 이야기에 십자매가 찌륵찌륵 추임새로 우중충한 이야기를 달래 주곤 했다.

창식은 이틀 만에 호흡기 떼고 영안실로 옮겨졌다. 곧이어 장례를 치렀고 그러고 나서 한 달 정도 지났을 무렵 어떻게 그리 빨리도 정리되었는지 편의점은 외지 출신 젊은 사내에게 인계되었다. 영자는 편의점 이 층 집까지 내놓고 경기도 화성에서 공무원으로 있는 아들 집으로 들어갔다. 창식의 죽음 이후 양로원 붙박이였던 정태는 이후로 두문불출, 집에만 박혀 살았다.

순애는 계약했던 교회 건물을 복지회관으로 고쳤다. 이후 관리는 자기가 동생처럼 여기는 종삼 노창 출신 초령에게 일임했다. 초령은 종삼에서 알고 지내던 언니 동생들을 열 명만 추려 이곳으로 불러들였다. 생활비는 순애가 매달 삼백만 원씩 부쳐주기로 했다. 낯선 할매들이 떼로 들어왔을 때는 서먹하게 대하던 삼송리 사람들이었다. 하지만 할매들이 전철역 개찰구나 아이들 다니는 숯돌고개 쪽 오금초등학교 입구에서 봉사활동 하는 것이 눈에 익어 가면서부터는 서로 눈 맞을 때마다 좋은 얼굴로 인사를 건네는 등 차츰 거리감을 누그러뜨렸다. 초령은 당분간은 소일거리 겸 화투놀이 밑천이나 벌라고 인형 눈알 붙이는 것 같은 소소한 일감들을 가져다 주었다. 이제 자리를 조금 더 잡으면 본격적으로 할 일이 있을 것이었다.

땅콩 장수 한 씨와 초령

한 씨는 일 톤짜리 가리개 덮은 트럭에 뻥튀기 과자와 땅콩을 싣고 다니며 팔기를 벌써 십 년째 해 오고 있다. 고양시 화정동과 능곡동, 행신동 일대에서 오토바이 배달 일로 먹고살던 그는 십 년 전 어느 날 큰 사고를 당했다. 어느 때처럼 오토바이 몰고 도로를 달리다가 사거리 교차로를 통과할 때 신호를 무시한 채 세차게 달려드는 트럭에 치였고, 끝내 오른쪽 다리를 제대로 쓰지 못하는 불구가 되고 만 것이다. 그때 한 씨를 친 차가 바로 지금 자기가 쓰고 있는 일 톤 트럭으로 사고 낸 가해자가 합의금 대신 넘겨준 차였다. 심지가 드세지 않고 그저 착하기 짝이 없는 한 씨였기에 딴에는 불행에 빠진 가해자가 오죽했으면 생업 거리를 통째로 넘겨줄까 싶어 더 이상의 합의금 요구는 포기했다. 어쨌거나 그 트럭을 가지고 그때부터 한 씨가 땅콩 장사에 뛰어든 것인데, 그는 자기의 영업 구역을 화정동, 능곡 시장, 삼송리, 신원동, 원당동으로 정하고는 쉬는 일요일 빼고 주중에 요일별로 돌면서 장사를 했다.

그가 삼송리에 와서 차를 세워 놓고 장사하는 곳이 바로 농협은행 앞이

자 영규의 새장 옆이다. 도로 가장자리 차선을 차지하지만 다른 차량의 흐름을 방해할 정도는 아니기에 지구대나 은행이 나서서 타박할 것까지는 없었다. 시골 마을 정서가 그런 것이다. 어울렁더울렁. 장사 터가 새장 옆인 고로 한 씨는 손님 없을 때면 새장 옆 햇빛 가림용으로 쓰이는 영규의 파라솔 안에 들어앉아 세상 돌아가는 이야기, 사는 이야기, 주워들은 이야기, 들려주고 싶은 이야기로 영규와 함께 시간을 보냈다. 영규가 믹스커피를 끓여 내면 한 씨는 땅콩이나 뻥튀기 과자를 내면서 그렇게 둘은 절친 사이가 되어 갔다.

그의 화정동 장사 터는 화정역 입구 주변이었다. 어느 날부터 전철역 입구 에스컬레이터 시공이 시작되었고, 그로 인해 그곳에서는 부득불 장사할 수 없게 되었다. 그는 공사가 끝날 때까지만 해당 요일에 서울 종로 삼가 종묘 공원을 찾아가 공원 옆 골목에 서 장사하기로 했다. 왜 그가 종로 삼가를 찾아갔느냐 하면 종로 삼가에 붙은 낙원동이 그의 고향이었기 때문이다. 그곳이 하필 그 유명한 종삼, 다 늙어 허리뼈 굽어진 늙다리 창녀들이 아직도 공원 찾는 노인들에게 몸을 팔며 사는 곳이라는 것쯤이야 한 씨라고 모를 리 없었지만 그래도 고향은 고향이었다. 짐승도 죽을 때는 고향 쪽에다 머리를 둔다고 하지 않던가 말이다.

한 씨가 종삼 종묘 옆 골목에서 땅콩 장사를 하는 몇 달 동안의 주 고객은 종묘를 찾아드는 노인네들과 골목 쪽방촌 노창들이었다. 어느 세월에 이미 노창이 되어 있는 초령도 그들 중 하나였다. 춘분이 지났을 무렵 어느 날 초령은 지난 밤 가스 불에 태워져 버린 윗도리 대신 새로 하나 사 입겠다고 세운상가 쪽 싸구려 떨이 옷을 파는 곳에 들러 남자용 검정 가디건 하나를 샀다. 그것을 둘러 입은 채 쪽방으로 돌아가던 길목에 한 씨의 땅콩 트럭을 보았다. 초령은 땅콩 한 봉지 팔아 주면서 한 씨에게 말을 붙였다.

"보소 오라버니요, 땅콩 장사해서 먹고는 살만 합니꺼예?"

"내 꼴을 보슈. 다리 병신 주제에 배운 건 없고, 이 짓 말고 뭘 할까? 이거라도 하는데, 뭐 아무렴 먹고는 살 만하니 하지, 이게."

한 씨는 저간의 땅콩 장사 내력을 대충 들려주었다.

"사는 데는 어뎁니꺼?"

"저기 고양시 원당이라오."

"혼자 사는교?"

"그리된 지 꽤 되었지요, 아마?"

"자식은요? 몇 두었습니꺼예?"

"뭔 호구 조사 나왔나, 허허. 없다고 봐야지, 뭐. 아들 하나 있는 거 애비 볼 생각은 하지 않고 자기 하고 싶은 거 하면서 살겠다면서, 저기 뭐야, 베트남 가서 베트남 삭씨 데리고 살고 있는데, 잘살고 있는지 뭔지……."

초령의 얼굴에 생각의 골이 생겼다.

부산 태생인 초령은 고등학교 때 집이 대구로 이사하는 바람에 별수 없이 그곳에서 대학 생활을 보내야 했다. 모 실업전문학교를 졸업한 초령은 곧바로 서울에 올라와 어느 무역회사에 경리로 취직했다. 그때가 1970년 대 중반 무렵이었다. 젊은 여자의 몸으로 낯설고 빡빡한 서울에 올라와 혼자 생활하는 것은 아무나 못 하던 시절이었으나 초령은 무엇 하나 허술 하게 하는 법 없이 매사 꼼꼼한 성격인지라 봉천동 월세방 생활을 악착같이 해내었다. 그러다가 피 끓는 젊은 나이겠다, 힘든 객지 생활에 혼자 사는 외로움도 보통 아니겠다, 그런 상태에서 회사 건물 일 층에 입주해 있는 은행원 남자와 사랑에 빠졌고, 식도 올리기 전에 덜커덕 임신부터 하게 되었다. 혼전 임신. 그때는 곱게 봐주던 시절이 아니었다. 주변 사람들로부터 눈총깨나 받을 것이 귀찮아서 초령은 남자를 졸라 서둘러 혼인을 치르고는 전업주부로 들어앉았다. 초령의 신혼 시절은 말 그대로 행복만 넘쳤다. 딸아이가 태어났다. 이름은 제비 연에 빛날 희, 제비꽃처럼 예쁘게 자라기를 바라고 연희라 지었다. 초령은 어릴 적부터 제비꽃을 무척 좋아했다.

그렇게 행복했던 시간은 삼 년도 채 넘기지 못했다. 그 순하고 앳되기만 한 남편이 무슨 도깨비 바람이 불었는지 도박에 빠지고 말았다. 남편이 집에 들어오지 않은 지 이틀째 되던 날 아침 험상궂은 사내들이 집으로 몰려왔다. 그들은 초령 눈앞에 저네들에게 등기 이전된 집문서와 초령 명의로 인감까지 찍힌 거액의 차용증을 들이밀었다. 초령의 머리 위에서 하늘이 두 쪽 나는 소리가 들렸다. 숨을 제대로 쉬지 못할 정도로 혼란스러워진 초령에게는 오로지 두 가지 생각만 들었다. 내 인생은 이것으로 끝났다는 것. 그리고 어떡하든 내 딸 연희만큼은 이 구렁텅이에서 벗어나게 해야 한다는 것. 정신을 수습한 초령은 시댁 손아래 삼촌에게 전화를 넣었다. 심상찮은 일 같다 싶었던지 삼촌은 윗 형님 내외와 함께 왔다. 시커멓게 버티고 있는 빚쟁이들에 놀란 그들에게 초령은 앞뒤 이야기를 들려주고 나서 이를 악물었다.

"아주버님요, 형님요, 삼촌요. 얼라 아부지는 우예 되었든 간에 내도 포기하겠심니더. 그라고, 내가 다 짊어지겠습니더. 내는 이제 시댁 식구 아입니더. 남으로 생각하이소. 하지만도 이 핏덩이……. 답다부리하닥케도 우짜겠능교? 우리 연희, 거두어 잘 길러 주이소. 내는, 그래만 해 주시모, 됩니더."

끝내 참았던 눈물이 상처 입은 짐승 울음으로 터져 나왔다. 시댁 식구들에게도 어처구니없는 날벼락이었다. 아주버니는 애꿎은 줄담배를 피워 대었고 큰 동서는 절절히 눈물을 흘렸다. 내내 말없이 앉아 있던 삼촌은 누워 잠자고 있던 연희를 품에 안았다. 초령은 곧바로 보스턴 가방을 꺼내 옷가지를 대충 꾸리고는 빚쟁이들에게 초연한 심정으로 말했다.

"그 빚, 무슨 일이든, 내 뼈가 부서져라, 십 년이든 백 년이든, 갚을끼구마요. 인자, 낼로 델꼬 가이소."

굳은 결심이 묻어나는 그 말에 빚쟁이들은 서로 눈길을 주고받은 후 초령을 앞장세웠다. 초령의 윗 동서는 끝내 기함하며 울부짖었다.

"아이고 이걸 어째! 우리 꽃 같은 동서를, 어디로 데려가는 겁니까? 여보세요들! 사람이 되어 가지고 어찌 이럴 수 있습니까?!"

빚쟁이들이 우악스럽게 그들을 떨치고 초령을 데려간 곳은 미아리 텍사스촌이었다. 악질 빚쟁이들이 이곳에서 매춘 사업까지 하고 있던 것이었다.

그곳에서 초령은 순애를 만났다. 창식과 영자의 배신이 사무칠 수밖에 없던 순애로서는 그 누구도 믿지 않았고 그 누구에게도 정을 붙이지 않았다. 초령에게 역시 눈길조차 주지 않았다. 그렇게 일 년 정도 지나던 어느 때인가 순애가 몹시 앓았다. 잘못 들어선 아이를 없애는 소파 수술 후유증이었다. 그것을 알게 된 초령은 두고 온 아이 생각이 났다. 눈물이 끊이지 않고 흘렀다. 초령은 싫어하는 기색이 완연한 순애를 말없이 돌보았다. 그렇게 치다꺼리하는 중에 순애와 초령은 비로소 말을 섞기 시작했다. 서로 걸어온 길을 얘기하면서 함께 눈물을 흘렸다. 순애는 자기에게 마음 연 초령을 진심으로 동생처럼 여겼다. 그때 순애는 깨우친 것이 있다. 배신을 당하지 않으려면 자기가 강해져야 한다는 것을. 자기에게 힘이 있고 돈이 있고 권력이 있으면 그 누구에게도 절대 배신당할 일 없는 것이다. 순애는 자기와 초령이 걸어온 길을 인생의 화두로 삼았다. 몸을 털고 일어나면서 순애는 더 열심히 손님을 받았다. 그러면서 순애는 빚을 갚고 돈을 저축하여 드디어 미아리를 떠날 수 있었다. 떠나기 전부터 순애는 초령을 데리고 갈 생각을 품었다. 하지만 초령은 사양했다. 그러자면 빚진 몸으로 도망쳐야 하는데 그렇다면 복잡한 일이 생길 수도 있는 것이다. 찰거머리 같은 빚쟁이들이 자기뿐 아니라 순애에게도 해코지할 수 있기 때문이다.

"언니, 낼로는 신경 쓰지 마이소. 언니부터 살길 찾아가이소."

순애도 초령의 걱정을 알기에 곧 다시 찾아오겠다는 말을 남기고는 아픈 마음으로 헤어졌다.

순애는 일 년 정도마다 미아리에 들러 초령을 보고 가곤 했다. 하지만 네 번째 들렀을 때 초령은 이미 미아리를 떠나고 없었다. 빚쟁이들이 초령을 다른 곳에다 팔았다는 것이다.

"아마 서울은 떠났을 것이고 시골 다방에서 티켓을 팔던가, 아니면 여기저기 섬들이나 돌아다닐 거야."

가깝게 지내던 포주가 슬쩍 들려주던 말에 순애는 가슴 찢어지는 슬픔을 느꼈다. 순애는 자기에게 막중한 일이 생겼음을 받아들였다. 자기가 손을 대는 부동산 투기사업들이 제대로 대박을 터뜨리자 그는 사람을 샀다. 초령과 초령의 딸 연희를 찾아야 했다.

초령은 몸에 진기가 다 빠지도록 전국을 전전하며 거친 사내들에 의해 만신창이가 되어 갔다. 그러다가 병에 걸렸다. 에이즈였다. 그러자 마지막으로 초령의 소유권을 갖고 있던 보령의 다방 마담은 인정상 얼마의 돈을 주면서 초령을 내보냈다. 나이 찬 주제에 몹쓸 병까지 걸려 더 써먹을 수도 없었고 다른 식구들에게 전염될 수도 있기 때문이었다. 그 직후 에이즈에 대한 치료제가 생겨났다는 소식에 세상이 들썩였다. 보령을 떠나 서울로 돌아온 초령은 처음 얼마간은 보건소에서 치료를 받다가 어느 때가 되자 처방 약을 챙겨서는 경기도 남양주의 어느 산골 마을로 들어갔다. 마을 위쪽에는 조그만 절 하나가 있었다. 초령은 그곳에 들어가 지내며 약이 떨어지거나 고강도 항바이러스 주사를 맞을 때면 서울로 나왔다 들어가는 식으로 장기간 가료한 끝에 마침내 일 년 도 되지 않아 에이즈에서 벗어날 수 있었다. 결과적으로 에이즈는 그녀에게 저승사자가 아니라 부활의 신이 되어 준 셈이었다. 절 생활이 마음에 든 초령은 주지에게 부탁해서 불목하니로 절 생활을 이어갔다. 당분간 그렇게 견디자고 생각한 것이다. 하지만 그 생활은 오래가지 못했다. 어느 날 밤 중 한 놈이 잠자던 초령을 덮쳤고 초령은 그길로 주지로부터 쫓겨났다. 갈 데 없어진 초령은 막막해진 심사에 며칠 여관방을 전전했다. 그러다가 생각을 끄집어낸 것이 있었다. 언제인가 얘기 들어 알고 있던 그곳. 그 무렵 초령의 나이는 오십 중반을 넘기고 있었기에 이제는 어디 가서 쉽게 몸을 팔 수 없었다. 그렇다고 제조 공장 같은 곳에 취직할 만큼 손재주가 있는 것도 아니었고, 대형 마트 같은 곳에 취직할 수 있는 신원 증명도 불가능했다. 식모나 파출부는 일거리 잡기 또한 쉽지 않았다. 초령이 작심하고 찾아가 안착한 곳은 매춘녀들의 막장인 종삼이었다.

초령의 하루하루는 그 자리에 머물러 있었건만 그녀를 찾아드는 세월은 탁탁 찍어 꽂으며 아픔만 주는 얼음송곳이었고, 인정사정없이 세차게 할퀴어대는 태풍이었다. 종삼에 들어와 몇 년 지낸 것까지 쳐서 어언 사십 년을 바라보고 있는 초령의 객지 생활은 한낱 민들레 홀씨가 되어 가볍게 사라져 가고 있었다.

순애는 새로 목걸이나 하나 맞추자고 종로 삼가의 보석 상가를 찾았다. 옛 단성사 극장과 종묘 일대에 형성된 이곳은 오래전부터 보석류 제품을 만들고 파는 보석 상점과 세공업체들이 모여 있어서 가히 수도권 일대를 대표하는 보석의 메카로 이름을 얻어온 유명한 곳이었다. 순애 역시 어쩌다 보석 하나 장만할 때면 늘 이곳에 오곤 했다. 하지만 공교롭게도 이곳 뒤편에는 종삼 쪽방촌이 자리 잡고 있었다. 그래서 이곳에 올 때마다 꼬불꼬불 골목들이 이어져 있는 안쪽으로는 눈길조차 주지 않고 큰길에 나 있는 어느 한 곳을 정해 놓고 들렀던 순애였다. 노창들이 몰려 사는 쪽방촌은 골목 보석 상가 안쪽에 있었다. 한 걸음이라도 그곳에 가까이 가고 싶지 않은 것은 노창들 모습 떠올리는 중에 초령까지 겹쳐 보일 것이기에 그런 것이다. 찬기가 아직 돌던 때라 날씨가 제법 스산하여서 그런지 오늘따라 초령 생각이 더 들었다. 순애는 몰고 온 차를 종묘 공용주차장에 주차해 놓고는 오늘은 늘 들르던 곳 대신 상가 안쪽 골목을 돌아다니며 여기저기 보석 상점들을 들여다보았다. 자꾸 이곳저곳 들르는 것도 귀찮다 싶어 아무 곳을 들어간 순애는 대충 디자인과 견적 흥정을 마치고는 계약금을 건네준 후 상점을 나와 공용주차장으로 향했다. 돌아서는 발걸음이 마치 초령을 두고 혼자 떠난다는 기분을 일으키는지라 자기도 모르게 긴 한숨이 새어 나왔다. 몇 년 전인가 이곳에도 사람을 풀어 초령의 종적을 훑은 적 있었다. 초령이 이곳만큼은 들어와 있지 않기를 바라면서. 그때가 바로 공교롭게도 초령이 남양주에 있을 때였고, 그 때문에 순애와 초령이 이곳에서 부딪히지 않은 것이다. 종묘 담장 쪽을 바라고 골목을 걸어 나오며 착잡한 심정을 곱씹던 순애는 문득 뭉게구름이 뜻 없이 떠 있는 푸른 하늘을 잠시 올려다보았다. 저 구름이라면 초령이 어디에 있는지 알고 있을까. 부질없는 생각에 쓸쓸한 기분만 더 들었다. 눈길을 거두어 다시 앞만 보며 걸었다. 그렇게 걷다가 종묘 담장에 막 이르렀을 때였다. 순애의 앞을 가로질러 지나쳐 가는 검정 가디간 차림의 늙다리 여인 하나. 허리는 살짝 앞으로 굽었고 한 손에는 무엇인가 담긴 검정 비닐봉지가 들려 있었다. 다른 손은 앞뒤로 조금씩 흔들면서 걷는 모습이 영락없는 쪽방촌 노창이었다. 그 노창의 뒷모습을 잠시 바라보던 순애의 숨이 갑자기 턱 멈추어졌다. 반신반의, 심장이 뛰기 시작했다. 순애는 노창의 뒤를 따라 걸었다. 그녀가 골목을 꺾어 돌아들어 가자 더 참지 못한 순애는 잰걸음으로 따라붙어 가디건 어깨 자락을 붙잡았다.

"너, 초령이지? 맞지?"

초령의 손에서 떨어진 땅콩 봉지는 땅바닥에 닿자마자 툭 찢어지면서 안에 담겨 있던 땅콩들을 주룩 뱉어냈다.

"쓸데없는 소리 말고 언니 따라가자."

초령은 순애의 어르고 달래는 말을 조용히 듣고만 있었다.

"이젠 그 짓 하기도 힘들 때다. 더 썩기 전에 인생 다시 하는 거야."

인생 다시라는 말에 초령은 참았던 눈물이 쏟아졌다. 부끄럽고 속상할 뿐만 아니라 그동안 살아온 역정이 한꺼번에 감정을 후려치는 바람에 한 (恨)의 방죽이 터진 것이다. 어느결에 진정을 되찾은 초령은 단호하게 말을 했다.

"언니한테는 언니 인생이 있는 기고, 내한테는 또 내 인생이 있는기라예."

"이것아. 니가 지금 자존심 내세울 때냐? 잔말 말고 지금 곧바로 나랑 가자. 가지고 갈 짐이 뭐 있겠어?"

다그치는 순애의 말에 초령은 묵묵부답했다. 그런 그녀를 한참 지켜보던 순애는 한숨을 내쉬며 답답해했다. 안 되겠다 싶은 순애는 조심스레 입을 열었다.

"초령아. 너 그동안 딸 얘기는 들었니?"

그 말에 초령의 몸이 한순간에 굳어 버렸다.

"연희. 네가 피눈물로 보낸 그때 그 세 살짜리 니 딸. 어찌 살고 있는지, 궁금하지 않아?"

초령의 얼굴에 경련이 일어났다.

"내가 그동안 사람을 계속 썼어. 너하고 니 딸 찾으려고. 지방에서 종적 끊어진 너를 찾는다고 여기도 한 차례 훑었었고. 그때 너를 여기서 볼 수 없어서 한편으로는 다행이다 싶었어. 여기는 막장 터인데 네가 보이지 않는다면 어디 다른 곳에서 새 인생 시작했으려니 생각했거든. 그런데 너를 끝내 여기서 보니 기가 다 막힌다, 기가 막혀…… 어찌 되었든, 연희 말이다. 찾았다."

"……연희를, 찾았다고예?!"

초령이 연희를 맡기고 빚쟁이들을 따라 떠난 후 그 긴 세월 동안 초령은 시댁 쪽을 찾아가 볼 형편도 아니었고 생각조차도 전혀 하지 않았다. 핏덩이 연희는 죽고 싶도록 보고 싶었으나 그 아이만큼은 더 찾지 말아야 했다. 절대로 그 아이 앞에 내가 나타나면 안 된다. 그런 굳은 다짐을 초령은 골백번도 더 했다. 그렇게 세월이 흘렀고 이제는 만나 보고 싶어도 시댁 사람들을 어떻게 찾을 수 있는지도 모르게 되었다. 아무렴 그동안 이사를 했어도 몇 번을 했을 것이요, 주소를 찾아 추적하는 것은 감히 엄두 낼 일이 아니었다. 그래서 차라리 잘 되었다, 그렇게 여겼던 초령이었는데.

"연희는 니 시댁 삼촌 겨우 설득해서 작년에 찾아가 만날 수 있었어. 연희 엄마를 찾아낸다면, 그때는 연희를 보게 해 주자 그랬더니, 삼촌 되는 사람, 처음에는 그렇게 반대하는 거야. 어미는 오래전에 병으로 죽었다고 알고 있는데 이제 갑자기 나타나면 어떻게 하냐고 성화를 부리는 거지. 그래도 핏줄인데, 어찌 그럴 수 있어? 그 아이도 이제 나이를 먹었으니만큼 엄마를 만나게 되면 엄마 인생, 여자 인생을 이해해 줄 것이다, 혀가 닳도록 설득하고 나서야 겨우 사는 곳이 어딘지 받아 냈어. 연희는 신랑 잘 만나서 애 둘을 봤더구나. 사내 하나, 밑으로 계집애 하나. 지금은 시흥에서 신랑하고 작은 편의점을 하고 있어. 사는 것만 보고 왔다."

초령은 고통스러운 울음을 토막토막 칼로 자르듯 아프게 끊어냈다. 그것을 지켜보던 순애는 긴 한숨을 내쉬었다.

"알았다. 오늘은 그만 얘기하자."

풀 먹은 종이처럼 엎어져 있던 초령의 입에서 한 줄기 말이 흘렀다.

"얼라 아부지는……, 우째 되었다는 말, 없었는교?"

순애의 얼굴에 말하기 불편해하는 빛이 스쳤다.

"저 아래 전라도 땅 어딘가에서 행려병사했다더라. 실종신고를 해 두었는데 그쪽 군청에서 연락이 왔다는 거야. 그 인간 집 나가고 오 년 만이었다지. 왜, 아직도 그 남자, 남편이었다고 걱정되니? 처자식 내팽개친 그 인간이? 니 인생 이 모양으로 만든 그놈이?!"

초령은 순애가 남겨 준 명함과 수표 한 장을 바라보며 결심을 굳혔다. 그동안 어린 나이에 서울로 올라온 이후 남에게 신세 지지 않고 살려고 했고 그런 성격은 자기를 두고 사라진 남편을 위해 핏덩이 연희를 위해 시댁을 위해 제 몸 하나 희생하기까지 했다. 그리고 그런 자기 삶을 초령은 운명으로 받아들였다. 그렇게 한 평생 밑바닥 인생을 살면서도 다만 무엇인가 자기를 잡아 끌어주는 것은 있다고 느꼈기에 쉽게 스스로 목숨 끊을 생각은 하지 않았다. 사랑했던 남편도 낯선 곳 길바닥에서 비참하게 병들어 죽어갔듯이 나도 진즉에 죽었어야 했을 것인데도 모진 것이 목숨이라고 살아남았다. 그렇다고 그렇게 살아남은 목숨이라 하여 내가 연희를 볼 수 있을까? 못 할 짓이다. 연희에게 어미로부터 버림받았다는 주홍글씨를 가슴에 피멍으로 새겨 준 것은 그 어린 나이 때, 그때 한 번이면 되었다. 지금 와서 또 그리할 수는 없다. 딸아이의 행복은 나를 만나는 순간 깨지게 된다. 그것도 그것이고 순애와의 관계도 그렇다. 순애에게 기대어 살지 않는 것도 초령에게는 중요한 일이었다. 나는 순애 언니에게 그저 무거운 짐만 될 뿐이다. 앞으로 언니는 옛 시절 다 잊고 유복한 인생만 생각하며 살아야 한다. 그만큼 초령에게는 미아리에서 맺은 순애와의 인연을 깊게 생각했다. 초령은 종삼을 떠나기로 했다. 그때 그녀는 평생 자기를 잡아 끌어주던 어떤 느낌, 그것에 이끌려 한 씨를 떠올렸다. 그것으로 한 씨와의 새 삶을 결심했다. 그렇게 마음을 정리하니 과연 저 멀리에서부터 자기를 지겹도록 쫓아와 너덜거리는 몸에 핏빛 생채기만 잔뜩 만들었던 그 모든 어두운 족적을 일시에 끊을 수 있을 듯도 했다.

다음 주 같은 날. 한 씨가 종삼에서 차를 세우고 한나절을 보내면서 십 수만 원 정도 어치를 팔았을 까 싶을 때 초령이 나타났다.

"오늘은 왜 안 보이나 했지요~. 조금 더 있다가 가려고 했는데."

한 씨가 반가이 맞이하면서 봉투에 땅콩을 담으려 하는데 그러거나 말거나 초령은 한 씨 앞에 다가와 서서는 대뜸 물었다.

"오늘 여 언제까지 계실 겁니꺼예?"

"글쎄, 뭐. 벌써 저녁 시간 다 되어 가서."

"삼십 분 정도, 기다려 줄 수 있는교?"

"왜요, 땅콩은 그때 와서 사시게?"

초령은 대답도 없이 돌아서더니 걸음을 재개하여 사라졌고 삼십 분 채 되지 않아 다시 나타났다. 오래된 보스턴 가방 하나를 짐으로 들고 온 초령은 한 씨에게 오는가 싶더니 곧바로 트럭 조수석에 올라타 앉았다. 도대체 이게 무슨 일인가 어안이 벙벙하여 자기를 쳐다보는 한 씨에게 초령은 차창을 내리고 조용하게 말했다.

"낼로 델꼬 가이소."

벨로 델꼬 가이소. 오래 전 빚쟁이들을 따라나설 때 했던 그 말. 그때는 암굴로 들어서는 말이었다면 지금은 새 인생을 찾아가는 말일 것이다.

한 씨와 초령이라는 육십 중반 종삼 늙다리 창녀와의 새 인생은 그렇게 시작되었다. 그리고 며칠 후, 한 씨는 집에서 노느니 장사 일을 돕겠다고 따라붙은 초령을 데리고 삼송리에 나타났다. 늘 그랬듯이 새장 옆에 차 대고 오가는 손님들한테 땅콩이나 뻥튀기 과자를 파는 모습에 호기심과 궁금증을 이기지 못한 영규가 새장 쪽 창으로 구두 닦다 말고 한 번 내다보고 밑창 갈다 한 번 내다보고 하니 뒤통수 심하게 간지럽던 한 씨는 소혀로 핥듯 커다란 손바닥으로 계면쩍은 표정의 자기 얼굴을 쓰윽 닦으며 새장에 들어왔다.

"그게 뭣이냐, 그렇게 되었소. 이거, 참. 허허허~."

자초지종이나 마나 가방 들고 그냥 조수석에 올라 따라왔다는 꼴랑 그 설명에 모든 내용이 함축되어 있었다.

"계 탔네그려~. 계가 뭐야? 로또 당첨된 거지~. 아, 밥 지어줘, 빨래해 줘, 밤이면 또 서비스 들어와. 빈집에 소 한 마리 들어 온 거나 다름없구먼. 허허~."

한 씨의 얼굴에 배시시 흐르는 행복한 웃음은 영규 말대로 실제로 그런 일들이 자기에게 일어나고 있음을 보여 주고 있었다.

뒤늦게 얻은 새서방 한 씨를 따라 처음 삼송리에 나타난 초령은 이곳이 삼송리라는 말에 순애로부터 들은 옛이야기를 조용히 떠올렸다. 창식과 영자라고 했던가? 기억을 훑으니 그 이름들이 맞을 것 같았다. 초령은 한 씨를 따라 두 번째 삼송리에 오기 전날, 집에서 한 씨에게 창식에 관한 얘기를 알아봐 달라고 해 놓았고 다음 날 한 씨는 영규에게 물어 창식이 영자와 삼송리에서 편의점을 운영하며 살고 있음을 확인해 주었다.

"한 씨가 창식이 형님을 어찌 묻나? 알고 지내던 사이셔?"

"옛날에 삼송리에 그런 사람이 있더라고 누가 그러더라고요. 그냥 지나가는 김에, 갑자기 생각이 나서요, 허허."

초령은 패밀리 마트에 들러 계산대에 앉아 있는 퉁퉁 붓듯 살찐 영자를 보았다. 저 할망구가 영자이겠지. 이제 창식과 영자의 소재를 손에 거머쥔 초령은 며칠 고민한 끝에 간직하고 있던 순애의 명함을 뽑아 들었다. 이제 자기는 확실한 새 인생길을 찾았으니만큼 순애에게 더 짐 될 처지는 아닐 것이었다. 순애가 연희 이야기를 다시 하여도 그 또한 받아들일 수 있을 것이었다. 초령은 순애에게 창식과 영자 이야기를 그대로 전했다. 그것으로 순애 언니의 한풀이를 도와주고 싶었다.

"전화 잘했다. 실은 그 인간들 그곳에서 여태 사는 거 알고 있었어. 그렇지 않아도 때를 보고 있었는데, 니가 거길 다 가 있다니, 잘 되었다. 슬슬 움직일 것이고, 그나저나 좀 보자. 상의할 게 있으니까."

그렇게 하여 순애가 보란 듯이 삼송리에, 아니 창식에게 나타나 사십 년 만의 복수가 일어난 것이요, 복지회관 일을 순애의 부탁으로 초령이 맡게 된 것이다.

몇 달이 지나면서 복지회관도 종삼 할매들도 삼송리에서 자리를 잡아가고 있을 무렵 어느 날, 삼송리 흙 다방 앞에 검은 제네시스 승용차가 멈추더니 신체 건장한 운전사가 튀어나와 잽싸게 차 뒷문 쪽으로 돌아가 순애의 하차를 에스코트해 주었다. 잠시 후. 다방 안쪽 자리에서는 차에서 내려 순애를 따라 들어간 마흔 고개의 짧은 곱슬머리 중년 여인 하나가 테이블 너머 앉아 있는 고개 숙인 초령을 간절하게 바라보고 있었다. 그녀의 옆자리에서 순애는 착잡한 심정으로 조용히 담배를 피우기만 했다. 초령은 그런 그녀를 감히 마주 보지 못한 채 그저 거친 숨을 고르고 있기만 했다. 중년 여인의 입이 잠시 경련을 일으켰다. 그리고는 꽉 막혔던 것을 어렵게 밀치고 나오듯 그 입에서 뜨거운 한마디가 어렵게 흘러나왔다.

"……엄마?"

그 한마디. 엄마라고 불리던 그 순간. 초령은 냄새나는 소파에 무너져 얼굴을 파묻고는 억겁의 한이라도 풀어 내리려는 것인지 내내 목 끝 갈라지도록 흐느꼈다. 흔들리는 그녀의 몸 위로 천장에 붙은 낡은 형광등의 촉 바란 빛이, 기다란 어항 속 금붕어들의 초점 없는 눈길이, 무심하게 얹히고 있었다.

사십 년 만에 이루어진 모녀 상봉 이후 한 달에 한 번씩 연희는 원당 집을 찾아가 새 아버지 한 씨와 초령을 건사했다. 순애는 삼송리 복지회관 운영 일을 여전히 초령에게 맡기고 자기는 일절 나타나지 않았다. 초령은 복지회관 할매들을 데리고 전철역과 초등학교 봉사활동을 하면서 삼송리 사람들과 충분히 얼굴을 익혀 놓았다 싶자, 이제는 큰일을 좀 하자고 팔을 걷어붙이고 나섰다.

해마다 가을 되어 은행알들이 땅 온 곳에 떨어지는 것은 삼송리의 고질적인 불편함이었다. 고약한 냄새 풍기는 것이 최소한 두 달은 지나야 사라졌다. 사람들 역시 나무 아래 길을 걸어 다닐 때마다 행여나 신에 밟힐까 히끗 해끗 피해 발을 딛는 것은 보통 귀찮은 것이 아니었다. 초령은 영규의 주선으로 박 시인의 도움을 받아 만든 민원서류를 마을 사람들 연명을 얹어 시청에 접수했다. 박 시인의 명문장이 먹혔는지 시청에서 용단이 내려졌고 마침내 삼송대로 변의 모든 은행나무가 앓던 이 뽑히듯 일거에 뽑혀 사라졌다. 대신 그 자리에는 마을 이름에 소나무가 들어간다고 하여 소나무들이 들어서면서 마을 풍경이 일순에 바뀌었다.

삼송대로가 소나무 가로수 길로 변하자 이번에는 길가에 꽃을 심기로 하였다. 삼송역 6번 출구에 바로 붙어 있는 꽃집에서 여러 꽃씨를 받아 삼송대로를 사이에 두고 거리 이쪽저쪽으로 화단을 길게 깔았다. 화단 꾸미는 데 쓰인 플라스틱 박스들은 구복이 나서서 자기가 한때 일했던 동산동 박스 공장에서 하자 있는 것을 대량으로 싸게 받아 내도록 했다. 그렇게 씨를 뿌려 놓으니 봄 되면서 물망초니, 튤립이니, 베고니아니, 장미니, 채송화가 아름답게 거리를 수놓았다. 어떤 곳에서는 더운 여름날만 되면 호박도 여물었고 딸기도 여물었다. 충분하게 심은 부추는 끊어먹어도 계속 이어 올라오기에 온 마을 사람들이 한 번쯤은 부추 한두 움큼씩 끊어다가 젓갈 양념 버무려 부추김치로 먹기도 했고 전도 부쳐 먹고 할 정도였다.

초령은 새장 옆에 따로 화단 두 개를 깔아 제비꽃을 심었다. 심고 나서 처음 보라색 제비꽃들이 활짝 피었을 때 초령은 그 아련한 아름다운 제비꽃을 들여다보며 물기 어린 웃음을 머금었다.

벽박

벽박은 도무지 모르는 것이 없는, 한마디로 대통(大通), 무불통지(無不通知)의 불가사의한 인물이다. 삼송리 정보통 영규를 제외한 마을 사람들은 그의 나이나 이름을 모른다. 그가 한 칸짜리 월세방 들어 사는 집주인이나 대선 중계소 오 소장조차도 임대차 계약서를 한 번 작성하고 나서는 그것을 깊숙이 처박아 놓았을 뿐이지 그의 신상 따위는 진즉에 잊고 있었다. 그의 나이는 오십 중반은 충분히 넘겼으리라 추정될 뿐이다. 가족도 없이 혼자 산다. 그의 생업이 무엇인지도 모른다. 생업을 가지고 있어 보이는데 매일 출퇴근하는 샐러리맨은 분명 아니다. 종일 보이지 않다가 간혹 저녁에 술 마시러 자기 단골집인 부용 식당에 나타나는 것이 그의 일상이다. 어쩌다 그가 아침 무렵, 암흑 굴 같은 자기 방을 벗어나 삼송역으로 향하는 모습을 드러내면 그것을 본 사람들은, '아, 저 친구 오늘은 일하러 나가는구나.' 그렇게 여기곤 했다. 그러면서 삼송리 사람들은 어디서 보게 되든 그에게는 일절 말을 붙이지 않았다. 붙여봤자 묵묵부답 뿐인 것을 잘 알기 때문이다. 벽박이 삼송리에 들어와 산 지는 십수 년 정도 되었다. 마을 사람들은 나이는 이제 대략 눈치챘으나 굳이 이름까지는 알려고 하지 않았다. 그에게는 '벽박'이라는 기가 막힌 호(號)가 있으니까.

벽박이라는 별호는 그의 단골 술집 부용 식당에서 불리기 시작했다. 부용 식당은 가운데에 드럼통 테이블이 두 개밖에 들어가지 못하여 부득이 벽에다 한 뼘 반 정도 폭의 베니어합판을 옆으로 길게 돌려 붙여 붙박이 벽 테이블로 쓰도록 한 구조의 술집이다. 벽 테이블에 앉으면 별수 없이 벽을 바라보게 된다. 그는 드럼통 테이블에는 한 번도 앉은 적이 없다. 언제나 벽을 바라보는 벽 테이블에만 앉는다. 혼자 마시기에 딱 좋은 자리다. 밖에서도 그렇지만 부용 식당에서의 그는 더욱 선명하게 드러나는 이방인이었다. 마치 물과 기름이 같은 접시 위에 놓여 있듯. 삼송리에 사귀어 둔 동년배가 없기도 했고, 그가 처음 부용 식당을 찾았을 무렵 어쩌다 누가 용기 내어 동석하자고 청하여도 눈길조차 주지 않던 그였다. 그 이후에는 사정 모르는 사람이 말을 걸려 하거나 혹은 술을 한 잔 건네려 하면 부용 식당의 주인인 안 사장이 나서서 아예 막았다. 무엇보다도 벽박에게 기이한 술버릇이 있음을 차차 알게 된 사람들은 그에게 접근하는 것을 깨끗하게 포기했다. 벽박은 술 마시다가 느닷없이 떠들기 시작한다. 잠시 쉬었다가 취기가 다시 오르면 다른 말들을 꺼내 늘어놓는다. 큰 소리로 떠들지는 않는다. 그저 조곤조곤 말을 하다가 간혹 감정이 받치면 한두 문장 크게 외치는 정도로 식당 안 다른 이들에게 피해는 주지 않으려 한다.

그의 행동 양식은 이렇다. 혼자 조용히 막걸리를 마신다. 안주는 늘 두부 김치다. 막걸리 한 병을 다 마시면 두 번째 병을 시킨다. 막걸리 두 번째 병이 테이블에 올라오면 첫 잔을 마신다. 이때쯤 되면 그의 상체가 천천히 좌우로 흔들거린다. 취기가 올라오는 표징이다. 곧이어 눈 질끈 감은 채 벽에다 대고 별별 말을 해대기 시작한다. 그가 쏟아내는 말들은 삼송리 사람들이 쉽게 소화해 내기 어려운 내용들이 주를 이루었다. 어떤 분야 무슨 이야기라도 그는 능변으로 토해 낸다. 삼송리 사람들은 그런 그가 아무리 취중이라도 결코 이상하거나 잘못된 얘기는 일절 하지 않는다고 믿는다. 그래서 붙인 호칭이 벽박이다. '벽을 향해 진실과 진리를 말하는 박사'라는 뜻의 벽박. 그런 그가 때로는 안쓰럽게 보일 때가 있다. 그가 왼쪽 눈에 하얀 안대를 한 형상으로 삼송리에 처음 나타났을 때 마을 사람들은 숙덕거렸다. 벽박도 자기 눈을 두고 사람들이 뒷 이야기하는 것을 모를 리 없었다. 그래서였는지 어느 날인가는 부용 식당에서 다른 날과 달리 이 말만큼은 벽을 향해 크게 외쳤다.

"북해의 신 오딘이 왜 한쪽 눈을 희생했는지 아느냐! 지혜를 얻으려고 그런 것이다아~!"

벽박은 그 말을 하고 나서 술값을 테이블에 던지고 횡하니 자리를 떴다. 시골 마을 술꾼들이 오딘이 무엇인지 알 턱이 없을 것이나 지혜를 얻으려고 눈을 버렸다는 의미는 귀에 들어간 모양인지 그 후부터 삼송리 사람들은 벽박의 왼 눈을 경이롭게 바라보곤 했다.

벽박에게는 또 이상한 버릇이 있다. 영규에게 한 달에 한두 권씩 책을 준다. 일 마치고 집에 돌아오는 길 그의 손에 책이 들려 있으면 그 책은 영락없이 새장 영규에게로 건네졌다. 하루 일을 마친 시간에 퇴근하려고 부산떠는 영규에게 말없이 책을 주고는 집으로 향하는 발걸음을 내쳐 걷는

다. 두 번째 책을 받던 날, 영문을 궁금해하던 영규가 그를 붙잡고 연유를 물었으나 벽박은 무표정으로 대답도 없이 그저 총총 사라져 갈 뿐이었다.

"이상한 친구네그려?"

벽박은 어쩌다 해진 신을 들고 새장을 찾아와 영규에게 맡길 때도 손가락으로 해진 부분을 가리킬 뿐 이렇다 저렇다 말 한마디를 하지 않았다. 영규는 상태를 보고 "수선비는 얼마."만 들려주면 그대로 돌아갔다가 찾을 때 되면 다시 와서 수선비 수고 신을 노도 찾아갔다. 그린 그가 책을 주고 가는 행동에는 어떤 계산이 있지 않음을 알게 된 영규는 그때부터 군소리 없이 고마워하는 표정으로 책을 받았다. 영규는 덕분에 독서 취미까지 얻었다. 사실 영규는 어릴 적 보육원 시절 그 열악한 환경하에서도 공부를 몹시 하고 싶어 했다. 그는 눈에 띄는 읽을거리가 있다면 무엇이든 닥치는 대로 읽었다. 원장은 가난한 예산 사정에도 헌책방에서 한 달에 한두 권 정도의 책을 사 주었다. 그렇게라도 해서 손에 쥐어진 책은 영규에게는 환상의 날개가 되어주곤 했다. 그랬던 영규에게 책을 가져다주는 벽박은 옛 시절의 꿈을 소환해 주는 고마운 존재가 되고 있었다.

벽박, 박성남은 1980년대 운동권 학생 출신이었다. 1987년 민정당의 노태우에게 정권 이양을 눈앞에 둔 전두환은 6·29 선언으로 난국을 가까스로 넘겼으나 노태우 정부가 시작되었어도 여전히 대학생들의 반정부 반미 투쟁은 집요하게 이어졌다. 서울올림픽을 목전에 둔 1988년 5월 발족한 '서울지역 대학생총연합 건설 준비위원회(서총련 준비위원회)'는 '1988 올림픽 남북한 공동 개최', '미제 축출', '노태우 처단' 등을 주장했다. 이들은 서울 중심가에서 전격 데모를 일으키며 사회의 이목을 집중적으로 받아 그 세를 과시했으며 전국 각지의 대학도 이에 호응하여 지역 단위 투쟁 데모를 전개했다. 그렇게 전국의 대학이 요동을 치고 있을 무렵 이화여자대학교 총학생회 이름으로 충남대학교 총학생회장에게 예쁜 소포 박스가 등기우편으로 전달되었다. 그 안에 든 선물은 날이 선 가위였다. 충남대학교는 그 가위 하나로 전국의 웃음거리가 되고 말았다.

서총련 준비위원회 시절 초기에 '전국반제반파쇼민족민주학생연맹(민민학련)' 단체가 여기에 흡수 포함되는데 성균관대학교 86학번 국문과 현역 학생이었던 성남은 이 단체 소속이었다. 그는 서총련에 들어가서 부회장 자리에 올라 조직의 중추적 역할을 맡았다. 그는 특히 서울올림픽 이후 서총련이 준비위원회 딱지를 떼고 정식으로 '서울지역총학생회연합', 즉 '서총련'으로 정식 출범하면서 '전두환 이순자 체포결사대'를 조직하기도 하는 등 맹렬한 투쟁을 진두지휘하기도 했다.

그랬던 그가 어느 날 사라졌다. 머지않아 쉬쉬하는 식으로 그에 관한 소문이 그를 아는 학생들 사이에서 돌았다. 성남이 남영동 안기부에 잡혀 들어갔다는. 그런 소문 외에는 확실한 소식은 없었다. 혹시나 하여 같은 과 동기들이 돌아가며 그의 경남 양산 고향 집에 전화해 보기도 했으나 그곳에서도 연락 한 통 없다며 애끓는 말만 들려줄 뿐이었다. 그렇게 반년이 지난 후 1989년도 봄 학기 개강에 맞춰 그가 캠퍼스에 나타났다. 얼굴 살은 거의 빠지고 눈은 움푹 들어간 몰골에다가 왼쪽 눈마저 안대로 덮고 있었기에 동기들도 한참 들여다본 후에야 가까스로 알아볼 수 있었다. 동기들은 그날 점심 지나 있을 한국어학사 오리엔테이션 시간을 땡땡이치고는 학교 정문 오른쪽 골목 안 목포식당으로 성남을 끌고 갔다.

제육볶음과 김치찌개를 주문하여 성남이 먹도록 하면서 저간의 이야기를 추궁하듯 물었다. 하지만 성남은 음식에는 손대지 않고 그저 따라주는 막걸리만 마시면서 대답은 일절 하지 않았다. 시선을 테이블에만 고정한 채 막걸리 한 모금 마시고 나면 미동도 하지 않다가 다시 한 모금, 부동자세, 이것으로 일관했다. 동기들은 속이 탔다. 분명 성남에게 큰일이 있었는데 도통 말을 하지 않으니 답답해 미칠 지경이었다. 그렇게 찌그락짜그락 시간이 지났고 점차 동기 녀석들만 취하여 떠드는 중에 성남은 가방을 둘러매고 홀쩍 자리에서 일어나 식당을 나갔다. 붙잡으려는 동기를 다른 동기가 말렸다.

"그냥 가게 둬라. 잡는다고 뭔 얘기 나오겠냐?"

"에이, 나도 모르겠다."

그렇게 자리를 벗어나 대로에 나섰을 때 길 건너편 구멍가게 안에 옛 서총련 간부 둘이 자기를 바라보고 있음을 알아챈 성남은 천천히 가방에서 책을 꺼내 몇 장을 넘기는 행동을 취하고는 발걸음을 버스 정류장 쪽으로 돌렸다. 성남이 책 페이지를 넘기는 행동은 신호였다. 잠시 후 구멍가게 안의 두 학생은 성남이 간 반대 방향으로 사라져 갔다.

성남은 봄 학기가 다 지나가도록 누구와도 대화하지 않고 혼자 있으려고만 했다. 강의 시간에는 그저 멍하니 앉아만 있다가 방과 후가 되면 어김없이 학교 정문 쪽 벤치에 앉아 정문을 오가는 학생들을 훑어보는 것으로 시간을 보냈다. 항상 안대를 낀 채 말없이 휑하게만 움직이는 그에게 동기들도 더는 가까이하지 않았음은 당연했다. 그는 캠퍼스 가로등에 불이 들어올 때가 되면 비로소 학교를 떠나 공중전화 부스를 찾았다. 하루도 빠짐없이 매일 어디로인지 전화를 걸어야 했다. 그가 누르는 전화번호는 일반적으로 쓰는 숫자 일곱 개가 아니고 다섯 개, 그것도 일상의 번호가 아닌 1번이 맨 앞에 붙는 번호였다. 통화 상대의 음성은 늘 같은 카랑카랑한 사내 목소리였고 통화는 일 분을 넘기지 않았다.

남영동 안기부로 끌려간 직후 성남은 자기 신상과 그간의 조직 활동 내용을 서면으로 적어 내는 것으로 이틀 시간을 보냈다. 다시 이틀 후. 본격적인 고문이 시작되었다. 걸핏하면 머리를 책상에 찧고 몽둥이로 등짝을 내려쳐도, 욕조 물에 머리를 장시간 꼬라박아도, 얼굴에 수건 깔고 주전자로 물을 부어도, 성남은 입을 열지 않고 견뎠다. 그런 기막힌 일들이 일어나는 중에 시간이 어떻게 흐르는지 성남으로서는 알 수 없었다. 대략 짐작으로 열흘 정도는 지났을까 싶은 어느 날은 장시간 아무도 나타나지 않더니 요원 한 명이 방에 들어와 성남을 데리고 나갔다. 매일 취조받던 방에서 끌려 나온 성남은 어둡게 난 복도와 계단을 걸어 어딘지 모를 어두운 지하층의 어느 방에 들어갔다. 그곳에는 그동안 자기를 취조해 왔던 김 과장이라는 중년 사내와 다른 요원 한 명이 대기하고 있었다. 방 가운데에는 무엇인가 시커먼 형체가 있었다. 이 미터 정도 높이는 충분히 될 커다란 장독 형태의 대형 통 구조물이었다. 다른 방과는 달리 상당히 높은 천장에는 갓등 하나가 촛불 밝기 정도의 엷은 불빛을 밝힌 채 매달려 있었다. 통 구조물에는 위로 올라갈 수 있도록 사다리 하나가 걸쳐져 있었다. 그 기이한 모습 자체가 성남에게는 엄청난 공포였다. 요원들은 성남의 뒷짐을 풀어 팔을 자유롭게 해 주고는 입고 있던 겉옷과 팬티를 모두 벗으라고 했다. 알몸이 되자 이제는 사다리를 타고 오르라고 했다. 성남은 이것도 고문이겠지, 두려움 속에 사다리를 밟고 오르기 시작했다. 꼭대기에 이르러 통 윗부분을 잡자 차가운 한기가 느껴졌고 또 다른 두려움이 온몸을 감쌌다.

"통 안에도 사다리가 있으니까 그거 타고 밑으로 내려가."

요원의 말에 통 아래를 내려다보니 그저 시커먼 어둠뿐이었다. 성남은 떨어지지 않으려 어둠 속 사다리를 조심스레 밟으며 밑으로 내려갔다. 이윽고 바닥에 이르렀는지 바닥에 발이 닿았다. 성남은 사다리 잡은 손을 풀고 몸을 세워 바로 섰다.

"다 내려갔으면 통을 두드려 봐."

성남은 어둠 속에서 더듬어 벽이 손에 닿자 두어 번 두들겼다. 그 순간 지금까지 흐릿하게 통 위를 밝히던 빛이 갑자기 둔탁한 소리와 함께 사라졌다. 요원이 올라가 윗 뚜껑을 덮은 것이다. 통 안에는 이제 칠흑 같은 어둠과 깊은 정적만 있을 뿐이었다. 그러다가 성남은 다리 밑에서부터 무엇인가 감촉이 오는 것을 느꼈다. 차가운 느낌이 물고기인가 싶었다. 그런데 이것이 살아 있는 생물인지 다리를 휘감기 시작했고 그 아찔한 상황에서 한두 마리가 아니라는 것을 알게 되었다.

"으어어~!"

성남은 신음을 내면서 다리에 붙어 있는 것을 손으로 잡아 뜯어내었다. 그때 여기저기서 쉭쉭 소리가 들렸다. 성남의 손에 잡힌 것은 뱀이었고 성남의 살냄새를 맡고 그의 다리로 몰려든 것들이 수십 마리의 뱀이라는 것을 감촉으로 알게 된 순간 그는 그 자리에서 찢어질 듯 비명을 질렀다.

"살려줘요! 살려줘요! 으아아~!"

찢어질 듯한 외침 끝에 성남은 기절하고 말았다. 칠흑 같은 어둠 속에서 뱀 수십 마리가 알몸을 타고 오르는 것. 그것은 그 누구도 견뎌내지 못하는 끔찍한 고문으로 이를 두고 사람들은 독종들에게만 시행하는 뱀탕이라 했다.

"그래, 탕 맛 좋았냐? 간이 좀 맞았는지 몰라? 자식⋯⋯."

그 통 안에서 어떻게 끌려 나왔는지 성남은 혼절 상태에서 예전 방으로 끌려와 두 시간 정도 지나서야 겨우 정신을 되찾았다. 테이블 맞은편에 앉아 자기를 바라보는 김 과장의 얼굴에는 푸근한 미소가 실렸으나 건네는 말은 섬뜩하기만 했다. 그 말을 들은 성남은 다시 끔찍한 감촉이 떠오르는지 한 차례 몸을 흐드득 떨고는 고개 숙여 흐느끼기 시작했다. 뒤에 서 있던 요원이 김 과장의 손짓을 받고는 성남에게 커피포트 물을 받아 따끈한 커피 한 잔을 만들어 주었다. 그것을 어렵게 두어 모금 마시고 나자 진술을 써 내려갈 종이 몇 장과 연필 한 자루가 테이블 위로 올라왔다. 잠시 후 성남은 연필을 그러잡았다. 연필을 쥔 성남의 오른손이 곧 심하게 떨리기 시작했다. 그 순간 성남의 머리 속에는 이런 생각이 들었다. '원 안에 갇힌 쥐는 자기 몸을 파헤쳐 들어가는 것으로 그 원에서 탈출한다.' 성남은 연필로 자기의 왼 눈을 힘껏 찔렀고, 곧바로 비명을 지르다가 두 번째로 기절했다.

안기부에서 성남을 담당한 김 과장은 고문을 가할 때는 냉혈한이었어도 성남이 진술서를 쓰고 나서부터는 언제 그랬냐는 듯 진심으로 알뜰하게 챙겨주었다. 무엇보다도 성남이 자기 눈을 훼손한 것이 크게 마음에 걸렸는지 그 정붙임이 남달랐다. 석 달 정도의 정신교육 과정을 마친 후에는 함께 머리나 식히자며 성남을 데리고 전국의 경치 좋은 곳을 데리고 다녔다.

"성남아. 너 말이다, 삼촌이 국비 장학생으로 요청한 게 결재 났다. 미국 가서 한 이 년 머리 좀 식히고 와. 갔다 오면 엘지나 대우에 취직자리 하나 마련될 것이고."

성남에게는 학교로 돌아가 일 년 정도 프락치 짓을 하는 것이 조건으로 주어졌다. 매일같이 일이 있든 없든 신상에 관한 것이든 무엇이든 전화 보고를 하여야 했다. 김 과장은 안기부 건물에서 성남을 차에 태워 나오던 날, 자기와 통화할 수 있는 직통 전화번호를 들려주었다. 15746.

성남은 일일 업무보고 하듯 매일 15746 버튼을 눌러 김 과장과 통화하는 생활을 반년 동안 이어가다가 기말고사 끝내고 여름 방학이 되자 김 과장에게 면담 요청을 했다. 용산역 다방에서 만난 김 과장에게 성남은 지원 입대하겠다는 뜻을 밝혔다. 그뿐 아니라 그는 다니던 학교를 중퇴하고 미국 국비 장학생도 포기하겠다고 했다. 김 과장이 아무리 좋은 말로 달래도 성남은 그저 군대 가서 말뚝 박고 살겠다는 말만 되풀이했다. 그날 김 과장이 끝까지 설득하여 성남이 받아들이도록 한 것은, 군 면제와 함께 충무로에 있는 제법 규모 큰 출판사 직원으로 취직하는 것이었다. 성남은 그조차도 처음에는 거부했으나 김 과장의 인간적인 설득에 마음을 돌리기로 했다. 김 과장은 성남이 마지막 학기까지 마치자 곧바로 충무로에서 가까운 필동 소재의 오래된 개인 주택 방 하나를 자기 돈 들여 전세로 마련해 주었다. 이제 성남은 세상을 잊고 살고 싶었다. 자기의 앞날에 어떤 비전도 보이지 않았고, 그의 곁을 스쳐 지나가는 하루하루는 그저 말라비틀어진 수수깡 같은 날들의 연속이었다. 성남은 그해 연말부터 출판사에 출근하기 시작했다. 그에게 주어진 업무는 출판할 책의 원고 교정이었다. 교정 일에는 대학교에서 국문학을 전공한 것이 도움 되었다. 아마 김 과장도 그것을 알기에 취직자리도 출판사로 잡았을 것이다. 성남이 출판사에 몸담은 지 이 년 정도 지났을 때 김 과장은 안기부를 퇴직하고 같은 회사 전무로 들어왔다. 그런 식으로 김 과장과 성남의 인연은 계속 이어졌고 십 년 가까운 세월이 흐르는 동안 같은 회사에서 매일 얼굴을 보며 지냈다. 직장 내에서 성남은 이제 버릇이라도 되었는지 학교에서처럼 다른 직원들과는 일상의 대화를 나누지 않았다. 그저 업무 관련한 간단한 말만 주고받았다. 그의 진솔한 말 상대는 오직 김 과장뿐이었다. 직원들도 그런 그가 내성적인 성격 때문이려니 여기고 그의 무거운 입을 이해해 주었다. 그러다가 1998년 나라 경제가 무너지는 동안 곳곳에서 출판사 셔터 내리는 소리가 요란하게 들렸다. 성남이 다니던 출판사 역시 쓰러지는 도미노 현상에 끼어 묻히고 말았다. 그러자 김 과장은 작은 출판사를 직접 차려서는 성남을 데려다가 부장 자리에 앉혔다. 김 과장은 자기 출신 배경과 연결되는 인맥을 활용하여 관공서의 홍보 책자나 이런저런 인쇄물 제작하는 일을 끊어지지 않을 정도로 수주하면서 그 어려운 시절에 용케도 근근이 회사를 유지해 나갔다. 그러나 그것도 잠시뿐. 한일 월드컵 대회를 목전에 두고 김 과장은 췌장암으로 죽고 말았다. 성남은 친삼촌 이상으로 자기에게 잘해 주었던 김 과장의 죽음에 큰 충격을 받았고, 그길로 삼송리에 들어와 쪽방 생활을 시작했다.

성남, 아니 벽박은 충무로에 소재하는 몇 군데 출판사에서 원고 교정 일이 있다는 연락이 올 때만 나가서 일해 주는 식으로 먹고살았다. 그러면서 그는 한 가지 어려움에 봉착한 것에 내내 괴로워했다. 그동안 자기가 단절한 사회라는 공간에서 유일하게 말 상대가 되어 준 김 과장, 아니 삼촌이 자기 곁을 떠났다는 것. 그것은 벽박에게 안기부 뱀탕보다 더 무거운 공포였다. 이제 터놓고 대화 나눌 상대가 없어졌다는 것. 이 세상에 그처럼 두려운 것이 또 어디 있을까. 무엇이든 하고 싶은 이야기가 있을 때마다 김 과장에게 털어 놓으면 그렇게 속 편했었는데 이제 그것이 원천적으로 사라지고 말았다. 가슴에 울렁증이 생겼다. 일이 없는 날에는 증세가 더 심해지는 듯했고, 어느 때는 떠오르는 생각을 틀어막자고 암흑 굴방에 틀어박힌 채 온종일 억지로 잠을 자기도 했다. 나중에는 즐기지 않던 술에 손이 가기 시작했다. 그래서 술을 마시는 것이었고 술에 취하면 자기도 모르게 입안의 판도라 상자가 열리면서 머릿속에 저장되어 있는 말들이 자기도 모르게 쏟아져 나오곤 했다. 말의 수도꼭지를 한 번 틀고 나면 그렇게 속이 시원할 수가 없었다.

"전 세계 도시는 그 나라의 성장 발전을 이끈다. 그러나 그 성장의 이면에는 사회적, 경제적 문제를 일으키면서 끝내 신분의 차별까지 일으킨다. 고용 환경은 변화한다. 산업 구조는 사차 산업, 오차 산업, 육차 산업으로 변형해 나갈 것이며, 고등교육자들은 고소득 계층으로 신분이 상승할 것이다. 단순 제조업, 서비스업의 빈자리는 경쟁에서 밀려난 빈곤 계층이나 저개발 국가 출신의 이민자들이 채울 것이다. 두 신분 계층의 격차는 점점 더 벌어진다. 선순환과 악순환의 대립구조가 끝없는 평행선을 유지할 것이다. 그렇게 됨으로써 양극화 현상은 인류가 멸망에 이를 때까지 영원할 것이다. 양극화 현상의 핵심 요인은 경제적 차이가 아니라 문화적 차이에서 기인한다. 고대 인류는 공산 사회를 이루었고, 중세 인류는 약육강식 사회를, 근세 인류는 침략 사회를, 현대 인류는 양극 사회를 이루었다. 미래 인류는 어떤 사회를 이룰 것인가? 이것으로 끝이다. 이것으로 끝이다!"

"천구백구십칠 년 십이 월 십팔 일 김대중이 이회창을 삼십구만 표 차이로 누르고 차기 대통령에 당선되었다. 그 이틀 후 십이 월 이십 일 김영삼 대통령과 김대중 대통령 당선인은 공동으로 전두환 노태우를 사면 복원시켰다. 김영삼은 자기에게 대권을 준 것에 대한 보은을 생각했고, 김대중은 정치 보복에 두려움을 가질 보수층을 품는 것으로 국가 사회적 대통합을 생각했다. 김영삼은 국가 지도자가 아닌 정치 기술자였다면 김대중은 국가와 민족을 생각한 영웅이었다."

"지구촌 랜드마크인 상하이 타워, 텍사스 휴스턴 헤스 타워, 두바이 부르즈 칼리파를 디자인 한 자는 마샬 스트라발라다. 그가 세계 최고층 건물 두바이 칼리파를 지을 때 많은 사람이 물었다. 엄청난 모래 폭풍에 과연 이 괴물 같은 건물이 견뎌낼 것인가? 그는 대답했다. 나는 건물을 디자인한 것이 아니라 바람을 디자인한 것이다. 디자인의 핵심 요체는 만들고자 하는 그 대상이 아니라 주변과의 조화다."

"내 집의 개가 죽으면 아첨하는 자가 찾아오고, 내 마음이 죽으면 친구가 찾아온다."

"어느 색은 홀로 있는 것으로 강렬하다. 어느 색은 홀로 있는 것으로 우아하다. 어느 색은 홀로 있는 것으로 쓸쓸하다. 함께 어우러짐으로써 빛나는 색이 있다면 함께 어우러짐으로써 구겨지는 색이 있다. 너는 어떤 색이 되고 싶으냐!"

"뿌리에서 나온 싹은 줄기로 자라고, 줄기는 여러 갈래의 가지를 뻗어내어 결국 잎과 꽃과 열매를 내보인다. 결산물인 이들의 형태는 다 제각각이다. 그것은 각자에 대한 뿌리의 노력이 다르기 때문이다. 찾아가는 길도 다르고 정성 또한 차이가 있을 수밖에 없다. 이것은 지극한 자연현상이다. 사람에게는 일등 인생, 이등 인생, 삼등 인생이 있다. 내가 삼등 인생이라고 느껴져도 불행하다 생각하지 마라. 그 안에서 최선을 다하면 그것이 행복이다. 삼등 인생이 일등자리를 욕심내면 그 인생은 불행하게 된다."

"형체는 움직여 형체를 만들지 않는다. 그림자를 만드는 것이다. 소리는 움직여 소리를 내지 않는다. 울림을 내는 것이다. 움직이는 것은 무다. 움직이지 않는 것은 유다. 예술은 유형이 아니다. 무형이다. 여기서 말하는 형이라는 것은 정신을 말한다. 예술은 정신의 감동이 따라야 한다. 정신은 애초에 형태가 있는 것이 아니다. 느끼고 나서 사라지는 것이다. 그 느낌에 대해 기억하는 것은 기억 그 자체로 머문다. 기억은 당시에 느꼈던 그 느낌을 온전히 되돌려 주지 않는다. 화가가 그린 그림은 물질적 형태로 존재할 뿐이다. 그 그림이 예술이 되려면 관자의 타당한 느낌이 있어야 한다. 즉, 관자가 그 그림을 보고 어떤 감흥을 느끼는 그 순간, 그림은 예술이 될 수 있다. 관자가 눈을 돌리면 그림은 다시 물질적 형태로 돌아간다. 훌륭한 거문고 역시 그 자체로는 물질적 형태에 불과할 뿐이다. 거문고의 존재적 목적은 소리를 만들어 듣는 사람들이 정신적 감동을 얻을 수 있게 하는 것이다. 그때의 소리는 소리로 끝나는 것이 아닌 울림일 경우여야 한다. 이때 악사가 만들어 내는 울림이나 듣는 이가 느끼는 그 감동은 유라는 형태가 아니다. 형태가 없는 무인 것이다. 지극한 예술은 결국 형태가 없는 무인 것이다."

"두렵다고 나무 위로 오르지 마라. 오를수록 가지는 가늘어져 결국 땅에 떨어지고 만다. 두렵다고 숨지 마라. 숨을수록 너의 존재는 희미해지고 만다. 두렵다고 해서 포기하지 마라. 포기하는 순간 세상은 너를 포기한다."

"세상의 모든 일. 그리고 사람들에 대한 너만의 고유한 그 시선. 가능하면 일일이 구분하지 말라. 구분하면 할수록 그 대상의 너를 향한 존재 가치는 더욱 미약해질 뿐이다. 너의 눈은 작지만 너의 세상은 넓게 보라. 그리고 산다는 것을 진지하게 사랑해 보라. 너의 삶은 빛나게 될 것이다!"

"진정한 사공은 노를 잘 저음에 있지 않다. 진정한 사공은 물길을 훤히 아는 것에 있나니, 물길에 맞춰 노를 대기만 하면 배는 평온하게 나아갈 뿐이다. 이것이 바로 무위이다. 무위는 무위가 아니다. 허하면서 굴하지 않고 움직이면 더욱 이치에 맞는 것이 무위이다."

이런 어마어마한 이야기가 한 번 물꼬 터지면 정신없이 속사포로 쏟아지는 식이었다. 그의 입이 분주히 움직일 때면 식당 안 사람들은 경이로운 눈길로 벽박의 뒷모습을 우러러보았다.

벽박은 이날도 부용 식당에서 벽과 태화를 나누었다. 조금이나마 후련해진 기분으로 방에 돌아가 잠을 청하려는데 핸드폰에 문자가 떴다. 내일 아침은 일찍 일어나야 한다. 그는 저번에 건네준 책을 영규 영감이 다 읽었을까 헤아려 보았다. 내일 출판사 일 끝나면 인쇄소에 들러야겠군.

벽을 바라보고 진실과 진리를 말하는 박사, 벽박은 시대의 희생자일 수도, 우리네 불필요한 여러 인생 중 한낱 눈에 띄지 않는 하나일 수도 있다. 하지만 무엇이든 간에 그는 삼송리에 들어온 이상 앞으로 삼송리의 구성원으로 살아갈 것이다. 그런 그로부터 영규는 앞으로도 책을 건네받을 것이요, 부용 식당 벽은 여전히 벽박의 말 상대가 되어 줄 것이다.

홀닭 반한 집과 망사스타킹

석환은 동트기 무섭게 동환의 득달같은 호출을 받았다.

"아침 아직 먹지 않았쥬? 우리 집 와서 같이 아침밥 혀유,"

"진짜 닭은 닭이네, 이 인간. 아, 꼭두새벽부터 뭔 전화래? 뭐 부탁할 거라도 있어?"

"어여 오기나 해유."

동환네 가게에 건너오는 동안 몸에 내려앉은 아침 찬 공기를 털고 방에 들어서자 구수한 시래기국 된장 냄새가 석환의 식욕을 끌어올렸다. 가게 안쪽의 살림 방안에는 나이 오십을 바라보는 동환의 마누라 순영이 요새 고생 중인 허리 통증을 참아 가며 진즉에 차려 놓은 아침 밥상이 그를 기다리고 있었다.

"무슨 일이기에 아침부터 오라고 한 거야?"

"들어유, 우선. 어제도 술 꽤나 퍼마시더구먼, 해장은 혀야 할 거 아닌가벼? 형수 어디 며칠 갔다면서."

석환이 부지런히 밥 먹는 동안 TV에서 흐르는 뉴스나 건성건성 듣고 보고 하면서 겨우 두어 술 정도 뜨던 동환은 석환이 밥 다 먹고 숭늉으로 입가심까지 마치자 들고 있던 숟가락을 딱 소리 나도록 밥상에 내려놓고는 자세를 고쳤다.

"형 말유. 저기 거시기, 옆 가게에 누가 보러 왔더라고."

잠시 석환은 무슨 이야기인가 생각하다가 곧 옆 건물에 빈 가게가 생각나서 맞장구쳤다.

"으응, 이제야 가게가 나가게 생겼나?"

"나가는 건 좋은디, 문제가 있으니께 문제쥬."

동환의 닭집 옆 건물 일 층은 그동안 연신내에 사는 중년 여인이 옷 가게를 하다가 석 달 전에 계약 만기로 나간 이후 내내 임자가 들지 않았는데, 어제 대선 중계소 오 소장이 누구 한 사람 엮어 데리고 와서 빈 가게를 보여 주었다. 가게를 보러 온 사람은 삼십 중반 갓 넘어 보이는 젊은 여인으로, 오 소장을 따라 마을 안쪽 거리에 들어서면서부터 가게 사람들이 거의 모두 튀어나와 구경했을 정도로 상당히 요란스러웠다. 물 가득 담은 풍선을 좌우 각각 한 개씩 넣었나 여길 정도로 풍요로운 가슴살은 걸을 때마다 그곳에서 누가 줄넘기라도 하듯 박자 맞춰가며 출렁 춤을 추어 댔다. 통통한 엉덩이를 아슬아슬하게 가린 미니스커트와 허벅지 아래쪽을 감싼 망사스타킹은 그녀의 초 육감적인 몸매를 더 돋보여 주고 있었으니 이 정도면 가히 삼송리 유사 이래 최고의 육덕 현신으로 봐도 무방했다. 몸매뿐 아니라 얼굴 생김새도 흘려보낼 수준은 절대 아니었다. 떡칠 화장한 얼굴은 짙고 커다란 선글라스가 실컷 가리고 있었음에도 예쁜 용모를 여실히 보여 주고 있었다. 그런 그녀를 바라보는 사내들은 벌어진 아래턱이 떨어져 나가도 몰랐고, 심사 편치 않은 여인네들은 눈 궁둥이가 몹시도 시렸다. 가게 밖에서 담배 피우고 있다가 이 심상찮은 젊은 여인을 보게 된 동환은 왠지 불안감이 느껴졌다.

가게에 도착한 그녀는 오 소장의 설명을 듣는 내내 만족한 표정을 지었다. 그녀가 오 소장을 따라 사라진 후 다음 날, 평소 남의 일 참견하기 좋아하던 동환 가게 맞은편 장군곱창 홍 사장이 오 소장에게 그녀가 어떤 가게를 차릴 것인지 물었고, 돌아온 답이 치킨집이었다. 홍 사장은 쪼르르 동환 가게에 들러 그 이야기를 들려주었다. 계약도 며칠 이내에 할 것이라는 말까지 덧붙여서. 이에 가만히 있을 동환이 아니었다. 동환은 그 즉시 오 소장에게 전화하여 같은 마을에 살면서 이런 경우가 다 있냐며 불같이 몰아붙였다.

"왜 나한테 화를 내나 내길? 나야 빈집 소개하고 소개료 받아먹고 사는 놈이잖아? 화를 내어도 건물주인 최 회장님한테 해야지. 그 양반이 누구든 간에 들이라고 했으니까 그 양반한테 화를 내고 따져야 하는 거 아니냐고~."

"아무리 그래도 그렇지, 소장님이 꼭 이곳을 짚어서 소개해 줄 필요가 있냐 말유, 나 말은!"

"전철역 근처에 빈 가게가 거기 말고는 없는데, 이 동네는 빈 가게 없습니다~. 그럼 나는 뭐 손가락 빨고 살란 말인감?"

"하아~. 어찌 인정이 그럴 수 있는규? 누구 망해서 죽는 꼴 보고 싶은규? 야?"

"어이고 김 사장님아, 그쪽 닭도 잘 팔리잖아. 다른 치킨집들 차고 넘쳐도 아직 가게 잘되고 있고. 아, 안 그래?"

동환은 속에 걸린 말을 터지는 화에 얹어 욱 질렀다.

"그 요란스러운 술집 여우 같은 게 옆구리에 붙어서 엉덩이 흔들어 댈 텐데, 아무렴 내 가게가 잘 되겠냐구유!"

"에이, 김 사장~. 고정하고, 김 사장네 닭이 맛있어 봐. 사람들이 그 여자 한테야 잠깐 눈길 뺏길 수 있다고 해도 언제까지겠어? 여기 삼송리 사람들, 잘 알잖아? 시골 인심 아직 어디 안 갔어. 닭은 충청도 튀김 닭이 최고니까, 너무 염려 마서, 응? 앞으로는 나부터 더 자주 사 먹을게."

오 소장이 아무리 듣기 좋은 말을 해 주어도 이번 일은 심각하다는 것이 온몸으로 느껴지는지라 그런 말이 귀에 들어올 리 만무다. 아무래도 석환을 앞세워 최 회장을 만나 말이라도 한 번 넣어 봐야 그나마 속이 달래질 수 있을 것 같았다. 하지만 석환이 보기에는 분명코 이미 엎질러진 물이었다. 찔러서 피 한 방울 나오지 않는 사람이 최 회장이고, 새 가게 주인 될 여자가 변심하면 모를까 그렇지 않고 오 소장 말대로 계약한다면 그것으로 끝인 것이다. 그래도 아침밥 얻어먹었겠다, 통장 이름값도 해야겠기에 다음 날 오후 건물주 최 회장과의 자리를 어렵사리 만들었다.

"내가 마을 인심을 모르는 것도 아닐 것이요만, 들어보쇼들. 내가 이 장사는 된다, 저 장사는 안 된다, 무슨 교통순경인가? 파란불 빨간불, 직진 좌회전 다 따지고 챙기게?"

최 회장은 너털웃음을 지었으나 동환의 속은 부글부글 끓어올랐다.

"회장님, 아무리 그래도 그렇지, 바로 옆 건물에 닭집이 있는데, 이건 경우가 그렇잖유? 다른 치킨집들 봐유. 다들 멀찌감치 물러나서 가게 터 잡았잖슈. 그런데 이건 뭐냐구유. 같이 죽자는 것도 아니고 말유."

석환은 초장부터 이 사람 말하면 고개 끄덕, 저 사람 말하면 또 고개 끄덕거리는 식으로 이 불편한 자리가 어서 빨리 끝나기만을 기다리다가, 그래도 자기가 만든 자리인지라 동환에게도 얼굴은 세워야 하겠기에 한마디 끼어들었다.

"회장님께서도 잘 아시겠습니다만, 삼송리에서 수용지구 되지 않은 곳이라면 회장님 건물이 들어 있는 이쪽 주변이고 여기에 사는 사람들은 또 대부분이 오래전부터 살아온 토박이들이잖습니까? 풀 농사 지어먹거나 겨우 작은 구멍가게 하나로 수십 년 살아온 사람들입니다. 요즘 들어 타지 사람들이 많이 들어오고는 있지만, 그래도 우선으로 생각할 것은 원래 살고 있던 사람들 입장 아니겠습니까? 저야 통장이다 보니 이런 생각 안 할 수도 없고 말이죠. 회장님께서도 이런 것이야 잘 알고 계실 테지만, 다시 한 번 잘 살펴봐 주십사 부탁 말씀드립니다. 마을 인심도 있고 마을 정서라는 것도 있지 않겠습니까? 그게 깨지면 삼송리, 어디 가겠습니까? 자칫하다가 옛날 모습 다 잃게 되지 않을까, 그게 걱정입죠, 예."

듣고 있던 최 회장은 짐짓 이해한다는 표정을 지으며 고개를 몇 차례 끄덕여 주었으나 그의 입에서 나온 말은 단호했다.

"우리 통장님 말씀이야 왜 모르겠소? 하지만, 바꿔 생각해 봅시다. 그렇다면 삼송리는 타지 사람들 들어오지 말아야 편하겠다는 말 아니요? 그 사람들이 들어올 때 삼송리 사람들 눈치 보면서 들어와야 한다는 얘기가 된다면, 그건 말이 안 되는 거지. 그 사람들도 큰돈 써 가며 인생을 걸고 들어오는 건데, 무슨 눈치 보고 따지고 해야 하오? 안 그렇소? 사람은 원래 그렇게 치고받고 어울리면서 살아가는 거요. 누구는 웃고 누구는 울고, 그게 다 세상살이인 게지. 나보다 한참 젊은 분들이니 잘 알 거 아뇨? 어차피 경쟁 시대요. 닭만 맛있게 잘 튀기면 되는 거지, 무슨 자리 타령하고 그러시나, 그러시길? 허허허~."

최 회장이야 어차피 이 마을 사람도 아닌 객지 사람이었다. 그는 삼송리의 삼 층짜리 건물주이지만 김포에 적을 두고 살고 있으면서 조만간 그쪽 시의원 되는 것을 일생 목표로 삼고 있다. 애초에 삼송리 인정을 들어서 이리저리 사정해 봤자 들어줄 귓구멍 하나 없을 사람이었다.

그렇게 최 회장과의 면담은 아무 소득 없이 끝났고 며칠 후 가계 임대차 계약이 이루어졌다는 말까지 동환의 귀에 들어왔다. 닭을 튀겨내는 동환의 손끝에는 신명이 붙지 않았다. 손님이 튀겨놓은 닭 주문하면 예전처럼, "잠시만 기다려 주세유, 다시 따끈하게 대펴 드릴께유!"하는 기분 좋은 외침도 이제는 사라졌다. 대충 재탕 튀겨 내어 건성건성 봉투에 담아 내주기나 했고, 배달 주문 전화를 받아도 귀찮기만 했다. 그렇게 짓이겨진 두부 같은 심정으로 며칠을 보내던 중 마침내 어느 날 아침인가, 다시마와 마늘을 넣고 끓여 만든 육수에 생닭들을 재우는 중에 갑자기 웽~ 하는 전기톱 돌아가는 소리가 귀를 찢더니 이어서 둔탁한 드릴로 벽을 뚫어대는 소리가 진절머리 나도록 울려 퍼졌다. 동환은 이것이 분명 그 젊은 년이 들어올 가게 내부 공사 소리렸다, 싶어 가게 밖으로 나섰다. 고개를 삐죽 빼고 옆 건물을 바라보자 아나나 다를까, 비어 있던 가게에서 기운차게 돌아가는 전기 톱질로 생겨난 목재 파편 가루들이 바깥으로 뿜어지듯 솟구쳐 나오고 있었다. 그쪽으로 비스듬히 비켜서듯 조금 더 가까이 다가가자 미니스커트에 망사스타킹 차림인 문제의 여인이 손바람으로 먼지를 헤치며 인부들 사이로 왔다 갔다 하고 있었다. 그런 모습에 동환은 뿌드득 이를 한 차례 갈았고 그녀를 쏘아보는 눈에서는 독 발린 화살이 쏘아지고 있었다.

"근데 저년은 왜 다리에다 물고기 뜰 망을 두르고 다니는겨? 꽃샘추위 지난 지 얼마 되었다고 저렇게 홀라당 벗고 댕겨 댕기길? 아주 미친년이구먼, 보니께?"

동환이 속 탕 끓이며 구시렁거리거나 말거나 가게 공사를 진두지휘하고 있는 망사스타킹은 틈만 나면 싱긋 싱긋 묘한 웃음을 머금었다. 한쪽 입꼬리만 올리는 저 웃음 짓는 상판이 분명 삼송리 사내들 죄 녹이고도 남겠다는 생각까지 들자 동환의 속은 더 끓어올랐다.

공사는 초고속으로 진행되었고 한 달 후 마침내 건물 외벽 상단에 가게 간판이 올라갔다. 홀닭 반하는 집. 간판 아래 전면 유리창에는 시트지로 발라 붙인 홀닭 바비큐와 홀닭 소금구이 문구가 붙었다. 튀김 닭은 다루지 않고 오로지 이 두 가지 메뉴로 장사를 하겠다는 것인데, 이것은 그야말로 획기적인 시도라 할 만했다. 그동안 삼송리 일대에는 브랜드 치킨집들조차 바비큐와 소금구이를 메뉴로 하지 않았기 때문이다. 브랜드 치킨집들이 왜 두 메뉴를 기피했느냐, 프라이드 통닭과 양념 첨가 통닭처럼 일괄적으로 정해진 조리법을 적용하는 것이 어렵기 때문이었다. 바비큐와 소금구이는 오로지 만드는 사람의 감각과 기술에 의존하여야 했다. 바비큐 경우는 고기에 바르는 양념 레시피가 핵심이었고, 소금구이는 구워내는 시간을 예민하게 조절하는 감각이 절대적으로 필요했다. 조금이라도 일찍 뒤집거나 늦게 뒤집어 가며 구우면 맛이 달라지고 고기 씹는 맛이 달라진다. 닭고기는 원체 불에 약하다 보니 그런 것이다. 그렇기에 삼송리 어느 치킨집도 이 두 가지 메뉴는 억지로 한다면 하겠으나 하는 것 자체가 귀찮고 손이 더 가기에 웬만하여서는 손을 대지 않았었는데, 그것을 망사스타킹이 치고 들어온 것이다. 그렇다면 사전 시장 조사를 하고 달려든 만큼 남들이 넘볼 수 없는 경쟁력을 이미 확보한 것으로 봐야 한다.

봄 날씨 완연한 화창한 오월 초 주말 토요일. 오후 두 시. 예정된 시간이 되자 홀딱 반한 집의 개업 이벤트가 시끌벅적하게 시작되었다. 가게 앞에 설치된 스피커에서는 신나는 뽕짝 노래가 터져 나오기 시작했고, 입구에는 작은 아치형 구조물에 울긋불긋 하얗고 노란 풍선들이 촘촘하게 매달려 지나가는 사람들의 눈길을 끌어당겼다. 풍선 장식 앞에서는 작은 콩알만 한 무선 마이크를 헤드폰 쓰듯 얼굴에 붙인 젊은 홍보 도우미가 틈만 나면 흥에 겨워 떠들어 대었다. 도우미의 열변과 뽕짝 노래는 이날 오후 일곱 시까지 내내 이어졌고 삼송리 사내들은 젊은 놈이고 늙은 놈이고 가리지 않고 가게 바깥쪽 테이블까지 채워 주면서 망사스타킹의 빵빵 출렁 가슴과 미어터질 듯 실룩대는 엉덩이에 시켜 마시는 맥주보다 흘리는 침이 더 많았을 정도로 넋을 잃어대었다. 바비큐든 소금구이든 먹는 사람마다 모두 엄지손가락을 세워 주는 들뜬 분위기에 망사스타킹은 그저 신이 날 뿐이었다. 그녀는 지나가는 사람들이 보이기만 하면 빠짐없이 홍보 전단을 건네주었다. 고등학생 녀석 하나가 전단을 받아 내용을 들여다보며 동환 앞을 지나가는데 동환이 그 녀석 어깨를 잡아 돌려세우고는 냉큼 전단을 빼앗았다. 전단에는 거의 팬티로 보이는 핫팬츠와 커다란 가슴이 드러나 보이는 탱크 톱 차림의 망사스타킹이 활짝 웃으며 바비큐와 소금구이 닭을 양손에 각각 한 접시씩 들고 있는 모습이 전면을 장식하고 있었다.

"아저씨도 저기 가서 받아 보세요~."

학생은 자기 전단을 동환의 손에서 채어 가져갔다. 저 자식이 저걸 도로 가져간다? 그렇다면 앞으로 시켜 먹겠다는 거네? 어린 학생 놈에게까지 이런 질투심을 곱씹어야 하는 동환으로서는 참담한 심정이 되지 않을 수 없었다.

이십 중반 나이에 친척 고모가 산다고 이곳 삼송리에 들어와 말뚝 박고 닭 튀겨 파는 것으로 살아온 지 이십오 년을 넘기고 있는 동환. 유명 프랜차이즈 치킨집들이 속속 들어설 때만 하여도 불안했으나 동환의 튀김 닭을 좋아하는 마을 사람들도 제법 있어서 용기를 가지고 견뎌낼 수 있었다. 세련된 브랜드 치킨집도 아닌 초라한 튀김 닭집 하나로 착한 마누라 순영과 힘을 모아 아들자식 하나 있는 것 대학 졸업까지 무사히 마친 장한 인생을 사는 동환이었건만, 이제 나이 오십을 막 넘기고 있는 요 때 어디서 요상한 계집이 치고 들어와 바로 옆 건물에 치킨집 차려놓고는 그 육덕 좋은 몸뚱아리로 매일같이 마을 사람들 홀릴 것을 생각하자니 그저 앞날이 캄캄해질 뿐이었다.

망사스타킹의 홀닭 반하는 집은 번창 일로를 걸었다. 가게 이름대로 삼송리 사람들은 망사스타킹의 바비큐 닭과 소금구이 닭에 홀딱 반하고 만 것이다. 그렇게 된 것에는 단연 망사스타킹의 농염한 육덕도 큰 역할을 했으나 맛이 뛰어나다는 것 또한 분명한 요인이었다. 먹는 사람마다 혀를 내두를 정도로 기가 막힌 맛은 삼송리 일대를 강타하면서 삼송리 치킨집들을 단체로 초긴장에 빠뜨렸다. 그중에서 가장 큰 타격을 받고 있는 곳은 물론 동환이었다. 가게는 안 되지, 마누라라고 하나 있는 순영은 허리 병 끌어안고 매일같이 골골대지, 삼송리에 망사스타킹이 나타난 이후 흘러간 석 달은 동환의 피를 말리는 지옥 같은 날들이었다.

여름이 막바지로 달리고 있던 어느 날. 삼송 능이버섯 전골 식당 여사장 선자가 헐떡거리는 뜀박질로 찾아와 새장 문을 탕 소리가 나도록 급히 열었다. 방금 점심밥 잘 먹고 온 영규는 그 벼락같은 소리에 놀라 믹스커피 가루를 담던 종이컵을 떨어뜨리고 말았다.

"아 깜짝야! 왜 문을 그렇게 씨게 연데?"

"아저씨, 식당에 좀 와 줘요. 얼른요!"

"왜? 주방에 불이라도 났대? 왜 날 찾는거?"

영규가 허이허이 선자를 쫓아 식당에 들어가자 입구 바로 안쪽 자리에서 차려놓은 밥 깔끔하게 다 먹고 난 해병대 땜통이 밥상 밑으로 다리를 주욱 뻗고는 역팔자로 드러누워 있었다. 그는 영규가 들어온 것을 아는지 모르는지 여전히 눈 감은 채 그 꼴을 하고 있을 뿐이다.

"이게 뭔 일이래?"

그러자 선자는 영규를 식당 밖으로 데리고 나가 울화통 터지는 것을 겨우 참아 가며 자초지종을 들려주었다. 남에게 시비 걸어 상대방의 폭행을 유도, 합의금 뜯어내어 연명하던 해병대 땜통이 근래 들어서 자기의 수입 활동이 예전 같지 않음에, 딴에는 머리를 쓴답시고 선자 식당에서 매일 점심 한 끼를 외상으로 먹게 해달라고 열흘 가까이 찾아와 야료를 부렸다는 것이다. 처음 두어 번은 돈 받지 않고 밥을 내주면서 달랬다고 한다. 하지만 낯짝에 철판 깐 해병대 땜통은 끝까지 막무가내로 요구해 왔다. 아무리 마음이 천사 같다고 소문 난 선자라 하여도 이것은 참을 수 없었다. 계속 식당을 찾아와 밥 달라고 앙앙대어도 눈길조차 주지 않았다. 너댓 번 그러다가 그때마다 결국 제풀에 지쳐 물러가던 그가 오늘은 돈 내겠다며 밥을 주문하고는 저렇게 밥 잘 먹고 나서는 돈 내기는커녕 아예 그 자리에서 드러눕더라는 것이었다. 그런 꼴을 손님들이 보면 얼마나 짜증 낼 것인가? 해병대 땜통의 남의 장사 망쳐나 보자는 양아치 심통 짓에 지금까지 사람 좋게만 대해 주었던 영규의 표정이 이내 일그러졌다.

"시망스러운 잡놈 같으니라구!"

"여보, 대장님. 저 친구 좀 어떻게, 방법이 없을까?"

선자의 신고로 지구대에서 어린 순경 두 명이 달려와 해병대 땜통을 지구대로 끌고 간 후 영규는 지구대장을 흙 다방으로 데리고 갔다. 커피가 나오는 동안 영규가 부른 석환도 자전거 타고 달려와 합석했다. 새로 부임해 온 지 얼마 되지 않는 신임 지구대장인지라 전임과는 달리 해병대 땜통 건을 엄하게 보는 듯했다.

"신상 조사에는 저 사람 해병대 출신도 아니고, 후방 사단 단기병 출신이더군요."

"단기병이면, 똥방위? 이 자식이, 해병대 삼백 몇 십 기니 뭐니 뻥은 잘만 치고 다니더니!"

석환은 아랫입술 당겨 물며 분해했다.

"행패가 제법 심하다는 보고도 있었고, 오늘 하는 짓을 보니 안 되겠네요. 정리하겠습니다."

"제발 부탁 좀 합시다. 물고기 한 마리가 온 물을 흐린다고 저 인간 하나 때문에, 삼송리 사람들 단체로 혈압 올랐다는 거, 내 통장이 되어 가지고 저 인간 하나 때문에 있는 체면 다 구겨지고 있지 뭐요?"

석환은 말에 힘을 넣어가며 신임 지구대장의 결심에 바람을 넣었다. 염려 말라는 표시로 지구대장은 고개를 여러 차례 끄덕여 보이고는 먼저 일어나 지구대로 돌아갔다.

영규와 석환도 남은 커피 털어 마시고는 다방을 나섰다. 석환이 자전거를 올라타려는데 영규가 불렀다.

"어이 석환이, 이따 문 단장하고 박 시인하고 우리끼리 쐬주나 한잔 혀."

"어디서요? 동환이 가게?"

영규는 이마를 접으며 흙 다방 지나 맞은편에 있는 동환네 충청도 통닭집을 바라보았다.

"……동환이는 부르지 말고, 우리끼리 하자고."

그날 저녁. 동환의 통닭집이 효성원 부근에 있다 보니 동환 빼고 저네들끼리 따로 모이는 모습이 자칫 눈에 뜨일 수 있겠다 싶어 석환은 효성원 대신 길 건너 옛 시장길 입구에 있는 순대집으로 영규와 문 단장, 박 시인을 불렀다. 진주 할매가 슴덩슴덩 푸짐하게 썰어 내준 모듬 고기 한 접시와 뜨끈한 술국을 가운데 둔 채 소주잔을 기울이면서 넷은 장시간 의견들을 주고받았다. 문 단장이 의견 두어 개 정도 내면 박 시인과 석환이 여기에 초를 치고 영규는 그것을 되묻거나 살을 보태곤 했다. 사뭇 진지한 그들의 대화는 소주 다섯 병이 비워지고 추가한 술국 하나가 다 비워질 때까지 이어졌다.

다음 날 영규는 효성원에서 점심 끼니를 해결하자마자 동환네 가게에 들렀다.

"밥 먹었고?"

그러는 영규를 그저 심드렁하게 맞이하는 동환이었다.

"오셨대유?"

"워뗘, 요즘 좀 견딜만 헌 거여 뭐여?"

충청도에서 군 생활을 했던 영규인지라 동환을 볼 때마다 충청도 말이 자연스럽게 나올 수밖에 없다.

"죽지 못해 사는규 이건. 마누라는 저러고 드러누워 있지, 나는 하루 죙일 파리만 잡느라 팔 빠지겠슈."

"망사스타킹이 문제구먼. 참 저건 해도 너무 했다, 그렇지?"

"두 번 말하면 숨차고 세 번 말하면 혀 닳어유. 난, 모르겠슈~."

"석환이가 여사장 이름을 알아두었다는데 뭐라더라? 잉, 효숙이라고 하데 이름이? 효숙."

"효숙유? 거, 노래 부르는 가수 효숙?"

"그건 현숙이고, 여긴 효숙이여, 효숙."

"그러거나 말거나유."

"그런데 말여, 내가 한 번은 두 가지를 고루 사서는 집에 가서 마누라랑 장모랑 같이 먹어봤더니, 진짜 맛 좋데. 선녀 주둥이 빠는 맛이더라니까? 마누라도 장모도 완전 따봉이라 하고."

"시방 약 올리는규, 뭐유?"

"이 사람아, 내가 무슨 약을 올리겄는가? 아, 상대를 알아야 이길 수 있는 거 아닌감? 상대를 알지도 못하고 어떻게 싸워 이기겄어? 그런 차원에서 응? 작전상 내가 맛을 본 거다, 그거여."

"형님이 내 편 들어주시는 거야 고맙쥬. 그래도 뭘 중뿔 낼 방도가 있어야 싸우든 말든 이기든 지든 하는 거 아니겄슈? 나는 작전이고 뭐고 개뿔은 커녕 쥐뿔도 모르겄고, 머리통에 소뿔이나 생겼으면 어디 칵 들이박고 죽고 싶을 뿐유."

"뿔뿔거리지 말고 내 말 좀 들어봐."

"그류, 말씀해 봐유."

"맛으로 싸울 수 없는 것은 분명하다 이거지. 어차피 저쪽은 바베큐에 소금구이고 자네는 튀김 아녀? 그렇다면 사람들 마음에 호소하는 거여."

"뭔 말씀이 그렇게 어렵대유? 마음에 호소하는 건 뭐데유?"

"자네는 요즘 인간들이 브랜드니 뭐니 하면서 현대적인 것만 얘기하는데, 그거 다 지들끼리 박 터지게 싸우자는 헛소리여. 자네는 뭐시냐, 반대로 가란 말이지."

"반대루유?"

"내가 실은 어제 문 단장과 박 시인, 석환이와 이바구를 좀 나눴잖어."

"뭔 얘기를유?"

"뭐는 뭐겠어? 다 자네 얘기지. 그러니까 자꾸 토 달지 말고 찬찬히 들어 보라고."

넷이 만나서 무슨 이야기를 나누었다는겨? 그때까지 영규의 말에 퉁명스럽게 따박따박 말대꾸만 하던 동환은 그제야 귀 세우고 촉까지 세우면서 상체를 영규에게 가까이 들이대었다.

"……그류, 들을 테니 말씀해 봐유."

"에, 뭔 말이냐 하면, 자네 장사하는 스타일을 바꿔보자는 거지, 한마디로."

"스타일?"

"응. 그러니까 자네는 아예 옛날식으로 뛰란 말여. 가게 이름도 봐줘. 옛날에 시장에 가면 가마솥 같은 데다 닭 튀겨 팔았잖여? 생각나지? 밀가루 옷 같은 거 입히지 않고 생닭째 튀겨대던 거 말여. 어렸을 때 엄마 따라 시장 가면 꼭 닭집 하나씩 있고 시키면 가마솥으로 닭 튀겨 내던 거, 그거~."

"그건 뭐, 그렇쥬. 어렸을 때 그거 안 먹어본 놈 있간디유?"

"그렇지! 내 말, 아니 문 단장과 박 시인 말이 그거였다니까? 어렸을 때 그거 안 먹어본 놈 있간디? 요것이 정답이다, 그거여. 그러니까 자네는 완전 옛날식으로 가서 가마솥으로 닭을 튀겨 팔아서 사람들의 옛 추억을 되살리게 하자는 거, 응? 알아듣지?"

동환의 눈이 잠깐 빛났다.

"말이 되는 거 같기도 허네……?"

"말만 되겠냐? 소도 되고 용도 되고 남지. 자, 가마솥 튀김 닭은 추억의 맛이다, 그것으로 브랜드로 삼자는 거여, 잉? 워따, 나 오늘 제법 씬 말 쓴다."

"씨긴 씨네유. 하여튼, 저 머시냐, 거시기, 이제 좀 알겠슈. 괜찮을 거 같긴 하네유."

"그리고 까짓거 이참에 가게 이름도 확 바꾸고."

"가게 이름은 또 어떻게 바꾼대유?"

동환은 이제 신이 났다. 입가에 웃음기도 번졌다.

"뭐였더라? 그게, 응, 그렇지. 충청도 옛날식 가마솥 튀김 닭! 워떠? 요건 박 시인 아이디어다."

동환의 귀에 쏙 들어오지 않을 리 없다.

"그거 괜찮은디유?"

"그렇지? 그리고 옷도 좀 맞춰 입고."

"워메! 옷까지유?"

"내 마누라가 원당 시장에 있잖은가? 시장에 있는 한복 가게에서 바지저고리 한 벌에 행전 토시, 두건까지 일습으로 얻어다 줄 테니까, 그걸 입어서 옛날 분위기를 더 살리라는 말이지."

"허~. 형님두 참, 언제 그런 것까지 생각하셨데유?"

"야 이 사람아, 나도 충청도에서 군대 짬밥 먹은 사람인데, 아무럼 가재게 편이지 문어 편 들겠어?"

동환은 결심이 서자 곧바로 새 간판 주문과 화덕 설계, 가마솥 주문 등등을 석환과 의논하며 한 달에 걸쳐 준비해 나갔다. 순영은 매일같이 삼송리 화타로 일컬어지는 젊은 원장의 천수 한의원에 다니며 찜질과 침술, 물리치료로 아픈 허리에 생기를 되찾아 예전만큼 거동을 할 수 있게 되었다. 동환도 순영도 부부가 일심으로 운기조식하는 모습에 영규 일당은 진심으로 응원을 보냈다. 개업일은 순영이가 쪼꼬미 할매 무당을 찾아가 복비 오만 원에 받아왔고, 개업을 며칠 앞두고 석환은 실력 발휘하여 가게 입구 옆에 화덕을 멋들어지게 지어 양생되도록 하였다. 그러는 와중에 동환과 문 단장, 박 시인은 극단 연습실에서 고사 연습까지 해 두었고, 개업 전날 가마솥이 도착하는 등 모든 일이 착착 알차게 준비되는 것에 동환은 마음이 들떴다. 개업일 아침이 되자 동환과 순영, 석환은 모든 사항을 최종 점검했다. 문제는 없을 것이었다. 그날 초저녁. 삼송리 서편 멀리 달걀부리마을 너머로 붉은 석양빛이 진한 마리골드꽃 색으로 넓게 걸쳐지고 마을 상점들도 하나둘 외등을 밝혀 가는 중에 동환의 가게 개업 고사가 드디어 거행되었다.

이날의 주인공인 바지저고리 차림에 두건, 행전, 토시까지 쌍으로 갖춘 동환 부부를 중심으로 영규와 호 사장, 문 단장, 박 시인, 석환이 배석했다. 그 외에 주변 가게 사람들과 몇몇 마을 사람들이 몰려서 있었다. 먼저 동환 부부와 영규 등이 간판을 덮었던 천을 당겨 벗겨내었다. 이어서 동환이 점등 스위치를 켜자 맑은 흰색 바탕에 빨간색의 옛 글씨체로 쓰인 충청도 옛날식 가마솥 통닭 간판 문구가 예쁘게 드러났다. 지켜보던 사람들의 축하 박수를 받으면서 이제 본격적으로 고사를 시작했다. 가게 밖 입구 왼쪽 공간에는 각 제대로 잡힌 화덕 위로 검정빛이 기름지게 배어 있는 커다란 가마솥이 놓여 있었고, 그 앞에는 돗자리와 고사상이 차려져 있었다. 고사 집례를 맡은 문 단장이 먼저 고사상 왼편 대야에 담긴 물로 자기 손을 씻고는 자기 자리로 돌아가 근엄한 목소리를 뽑았다.

"자, 제주 집사 배석자 행 관세례~ 전부 손들 씻으세요."

분명 문 단장은 유교식 제례를 어디서 보고 들었는지 거창한 홀까지 지어 외치는 것으로 예사롭지 않게 의식을 시작했다. 동환 이하 배석자들 전원은 앞서니 뒤서니 손을 씻고 다시 각자 자리로 돌아가 섰다.

"제주 진작~."

창홀을 했는데도 동환이 의식용어를 알아듣지 못한 채 뚱해 있자 짜증이 난 문 단장이 작은 소리로 독촉했다.

"어이, 동환 사장. 술 올리라고, 술."

그제야 알아들은 동환이 경건하게 첫술을 따라 상에 올렸다. 몇 번 연습

한 것은 다 허사다, 모양은 빠지겠지만 이제부터는 일일이 설명해 주는
식으로 진행하는 것이 낫겠다, 그렇게 생각을 고쳐먹은 문 단장은 이제
의식용어를 쉽게 풀어 가면서 진행하기로 했다.

"절 올리시고 부복하시고~. 부복, 무릎 꿇는 거~."

동환은 큰절 한 번 올린 후 무릎 꿇은 자세로 앉았다.

"그렇지, 무릎 꿇고 움직이지 마시고~. 자, 이제 독축~."

문 단장의 손짓 신호를 받은 박 시인이 동환 옆에 무릎 꿇고 앉아 준비한
축문을 품 안에서 꺼내 읽기 시작했다.

"유세차 금년 구월 십삼 일 술시에 삼송리를 굽어 살피시는 천지신명께
고하나이다. 오늘 이 자리에 김 건명 동환이 새로 가게를 여나이다. 이에
천지신명께 엎드려 비나니, 그저 봄에는 경칩 날 땅거죽 불끈 박차고 튀
어나오는 개구리처럼 흥하게 하여 주시옵고, 여름에는 억수장마 나린 뜰
녘에 어여쁜 여치들 날아오르듯 번성하게 하여 주시옵고, 가을에는 기러
기 나는 달밤 사각사각 님 발자욱 소리처럼 반겨지게 하여 주시옵고, 겨
울에는 길고 긴 동지 밤 꼬끼요 새벽 여는 홰소리처럼 온 삼송리에 울려
퍼지게 하여 주옵소사~!"

"축문 한 번 예쁘다아~!"

누군가의 경탄대로 예사롭지 않은 축문이었다. 역시 시인은 시인이었다.
독축 마친 박 시인은 그것을 동환이 쥐도록 하고는 불을 붙여 준 후 제자
리로 돌아갔다. 불붙은 축문 한지는 꺼질 듯 날아갈 듯 동환이 손안에서
쓸까슬러지면서 두 치 한 치 줄어들다가 마침내 스러지는 불꽃과 함께 허
공으로 사라져 갔다. 문 단장이 동환을 일으켜 세웠다.

"제주 진화라, 이제 불 넣을 차례입니다. 준비들 하시고, 뒤에 제수씨, 가

스 불 준비!"

순영이 뒤에서 가스 꼭지를 쥐어 잡은 채 기다렸고 동환 역시 가스 불 점화 라이터를 손에 그러쥐었다.

"어이, 박. 주문 읽어, 주문."

문 단장이 퉁겨주자 박 시인은 다시 앞에 나서서 준비한 다른 원고를 꺼내 엄숙하게 읽기 시작했다.

"인간 오간 술간 덕에 밝은 불 힘껏 밝혀 가사를 밝히옵나니! 신간 자간 진간 덕으로 물이 넘쳐나 재물이 그처럼 될 지리이다! 해간 묘간 미간 덕으로 천 번 달군 무쇠처럼 굳게 굳어지사! 사간 유간 축간 덕으로 온 천지에 큰 나무 그늘 넓게 드리우리이다~!"

무슨 도사 한 마리 하늘에서 내려왔나 싶은 정도로 묘한 주문이 읊어지는 내내 언제 불을 넣어야 하나 동환은 문 단장 주둥이만 고양이 쥐 노려보듯 하고 있었고, 순영도 뒤에서 목 길게 뺀 채 숨죽이고 문 단장의 신호를 기다렸다. 마침내 주문 읽기가 끝나자 문 단장이 외쳤다.

"자! 이제 불 들어갑니다~! 불 켜요, 불!"

이에 기다렸던 순영이, "가스 들어가유~!" 하면서 가스 밸브를 열자 동환은 엄지손가락에 기를 모아, "얍~!" 기합과 함께 탁 소리 나도록 라이터 버튼을 눌렀다. 그러자 화덕 안에 설치한 가스 판에서 어김없이 팍 소리를 내며 불이 번져 올랐다. 아까부터 지켜보고 있던 사람들은 화덕 안에서 가스 불이 붙는 것을 보고는, "와~!" 탄성과 함께 박수를 길도록 보내주었다. 모르는 사람이 있어서 지나가다가 봤다면 마치 포항제철소 거대 고로에 불을 넣는 것에 전혀 손색없을 것이라고 추켜세울 수 있을 만큼 이때의 장면은 진정 장엄하기 그지없었다. 문 단장은 이번에는 순영을 불러 동환과 함께 가마솥을 향해 절을 올리게 했다. 뒷전에 서 있는 영규와 호 사장, 박 시인, 석환은 절 올리는 동환 부부를 감격스러운 표정으로 바라보았다. 화덕 안에서 비쳐 나오는 붉은 불빛은 절을 마치고 간절한 표정으로 서 있는 동환 부부를 따뜻하게 밝혀 주었다.

"아까 보니까 불 잘 들어가더구먼?" - 영규
"그러게나 말예요." - 석환
"내 고사 축문 어땠냐? 좋았지?" - 박 시인
"남의 꺼 베낀 거 아녀?" - 석환
"지랄하고 자빠졌네, 어젯밤에 쓴 솜털 뽀송뽀송 완전 신품이다, 이것이."
- 박 시인
"시인 주둥이에서 고운 말 나온다." - 호 사장
"주둥이가 사복개천이라니깐." - 석환
"육갑~." - 박 시인
"축문 좋긴 좋더구먼. 역시 달러." - 영규
"그것도 그거지만 옆에서 보니까 말야, 응? 라이터 한 방에 바로 불이 붙은 거, 이거 아주 중요하거든. 한 방에 안 붙고 계속 덜 떨어진 쪼랭이 등신처럼 틱틱 거리기나 했어 봐. 틱틱 거리다가 가게 망하지. 불길도 아주 예쁘게 나오는 게 거 정말 보기 좋았다니까?" - 호 사장
"문 단장과 박 시인 덕에 고사 잘되네." - 영규

가마솥과 고사상을 중심으로 흡족한 불빛이 번져 나갔다.
"아따, 이 집 장사, 누가 말려도 잘되겠다~!"

"효성원보다 잘되겠다~!"

사람들 다 들으라고 영규와 호 사장이 덕담을 재담으로 쳐주자 주변에 둘러서서 오랜만에 보는 가게 개업 고사를 재미있게 지켜보던 사람들 사이에서 따스한 웃음이 일어났다. 그렇게 저렇게 십 분 정도 지나자 기름 끓는 고소한 냄새가 올라오기 시작했다. 이제 동환이 순영으로부터 건네받은 닭 한 마리를 조심스럽게 가마솥에 넣었다. 파자작! 하는 영롱한 소리는 끓어오른 기름과 밀가루옷 입지 않은 완전 누드의 닭 겉살이 만나 애증으로 융합하는 소리요, 오! 하는 감탄사는 지켜보는 사람들의 군침을 끄집어내는 소리였다. 다시 십 분 가까이 시간이 흐른 후 동환은 철망 뜰채로 닭을 꺼내 잠시 기름을 뺀 후 그것을 고사상에 올렸다.

"자, 절 한 번 더 하시고~. 제수씨도 절해요, 같이."

문 단장 말에 이번에는 동환과 순영 두 사람이 닭을 향해 다소곳이 절을 올렸다.

"충청도 옛날식 가마솥 튀김 닭! 천지신명님이시여~! 그저 우리 가게 박터지게 잘되게만 해 주소사~!"

문 단장이 마무리 기원사를 넣는 것으로 고사는 마쳐졌다. 이어서 동환은 주변 사람들에게 잠시 기다렸다가 시식하시라 안내했고 순영은 가마솥에 닭을 몇 마리 더 집어넣었다. 석환은 주민센터장과 지구대장의 반 윽박으로 협찬 얻어낸 원당 배다리 막걸리 한 말을 풀었다. 그러자 언제 고사 음식 얻어먹나 지금까지 기다렸던 사람들이 너 먼저 나 먼저 몰려들어 막걸리 한 잔씩 받으면서 동환과 순영에게 덕담을 건네주었다. 분위기가 무르익어 가는 중에 지구대장이 고사 판의 영규를 찾아왔다.

"아이구 대장님, 덕분에 막걸리 잘 쓰구 있슈~. 시방 다들 잘 마시고 있는 거 보이쥬? 대장님도 한 잔 허시구유."

"개업 축하드리고요, 술은 근무 중이라서, 그냥 마음만 받겠습니다."

"워따, 고사 음식여유 이게, 술이 아니라. 한 잔만 허유~, 야?"

"술 마시러 온 건 아니고, 좋은 소식 들려드리려고 왔습니다."

지구대장이 영규에게 들려주고 간 말은 해병대 땜통의 징역살이 선고 이야기였다. 공무집행 방해죄, 협박죄, 무전취식, 금전 탈취 등 가져다 붙일 수 있는 모든 죄를 얹어서 입건했고 선고 결과 이 년 육 개월을 얻어맞았다는 것이다. 그러면 자연스럽게 삼송리 월세방도 잃는 것이요, 결국 삼송리에서 퇴출당하는 신세가 되는 것이다. 그것은 정말 기쁜 소식이었다. 영규는 사람들 들으라고 지구대장으로부터 들은 소식을 크게 외쳤다. 그 자리에 있던 사람 중에서 아무렴 그 소식에 기뻐하지 않을 사람 있을 리는 없었다.

"과실 치사로 사람 죽이면 대개 일 년 정도 뚜드려 맞거든? 그런데 이건 사람 죽인 거보다 더 쎄네?" - 박 시인

"원래 공무 집행 방해죄가 커. 그것만 가지고도 일 년 육 개월이거든. 가중처벌 받으면 더 나갈걸?" - 문 단장

"하여튼 이참에 아주 잘되었지 뭐. 좆도 방위 자식이 말야, 해병대 흉내나내고 말야." - 석환

"어이 통장 나리, 그 인간 나올 때 맞춰서 마을 사람들에게 통지문 돌려. 땜통 자식한테 셋방 내주면 내가 그냥 절단낼 거라고." - 영규

"뭘 절단을 내? 그냥 볶아 버리는 거지." - 호 사장

"볶다 남는 거 있음 나 줘유. 확 튀겨 버릴랑게." - 동환

그렇게 가게 앞 분위기가 달궈지고 있는데 어디에선가 스윙 리듬의 옛날 뽕짝 노래가 흘러나왔다. 츠윽 쿵닥 츠윽 쿵닥~. 전주에 이어 한 시대를 풍미했던 가수 박단마가 시원시원한 목소리로 〈나는 열일곱 살이에요〉를 부르기 시작했다.

"나는 가슴이 두근거려요. 가르쳐 드릴까요, 열일곱 살이에요. 가만히 가만히 오세요, 요리조리로. 별빛도 수줍은 버드나무 아래로. 가만히 오세요~."
맞은 편 장군곱창 홍 사장이 오늘도 참견 기질을 발휘하느라고 센스 있게 옛 노래 하나 뽑아 가게 밖에까지 들리도록 볼륨을 왕창 올려 틀어댄 것이다. 사람들은 이제 막걸리와 통닭뿐 아니라 흥겹게 만드는 묘한 스윙 리듬에 맞춰 빙글빙글 돌거나 꺼떡꺼떡 어깨를 흔드는 춤까지 즐겼다. 옆 건물 홀닭 반하는 집의 망사스타킹, 아니 효숙은 진즉부터 가게 밖에 머리를 내밀며 이 광경을 살짝살짝 지켜보고 있었다. 사람들이 음악에 맞춰 흥겨운 시간 보내는 모습이 보기 좋았는지 그것을 지켜보던 그녀는 한쪽 입꼬리를 올리는 웃음을 입에 머금었다. 오늘의 주인공일 가마솥에서 백 구십 도로 달궈진 기름으로 생닭이 맛깔나게 튀겨지는 중에 삼송리의 저녁은 아름답게 저물어 갔다.

고사 발이 먹혔는지, 문 단장과 영규의 작전이 맞아떨어졌는지, 하여튼 그날 이후 동환의 통닭은 전에 비해 두 배 이상 팔려 나갔다. 거추장스러운 튀김옷을 입히지 않은 누드 상태의 닭을 튀겨내는 것이라 그동안 튀김 옷 입혀 튀겨 나오는 튀김 닭에 질린 사람들이 통닭 본연의 맛을 생각

하며 동환 가게를 찾았다. 물론 가격 싸다는 것도 큰 도움이 되었다. 중치 생닭 한 마리 원가가 대략 이천오백 원 정도요, 동환네는 프랜차이즈 가맹점이 아니기에 이리저리 뜯기는 것 없이 그저 가게 월세 내고 기름값 전기세 수도세 등 정도만 안배하면 다른 프랜차이즈 튀김 닭집에 비교하여 삼분지 이 가격을 받아도 충분히 이익 남기는 장사였다. 사실 전에도 동환의 닭이 다른 프랜차이즈 가게들보다 유달리 싼 것을 두고 플랜차이즈 튀김 닭집 사장들이 두어 번 찾아와 실랑이를 벌인 적도 있었으나 콧방귀로 버티는 동환에게는 달리 어떻게 해 볼 도리가 없었다.

늦가을 날 저녁 영규는 동환네 가게에 들러 집에 가서 먹겠다며 통닭 두 마리를 샀다.

"거, 독일인가 어딘가에 어떤 유명한 사람이 있었어. 헤겔이라고."

"독일에, 해갈유? 그런 이름이 다 있대유? 뭐 하는 사람이간디유? 그 양반 두 거기서 튀겨유?"

"정반합이라는 말을 했더라고, 그 해갈 씨가."

"정, 반합이면, 무슨 도시락인감?"

"좀 들어라, 인간아. 그게 뭐냐 하면, 한쪽이 주먹을 내면 다른 쪽도 주먹을 내어서 서로 부딪치는데 이게 아주 좋은 결과를 내는 거다, 쉽게 말하면 그런 건데, 나도 그 정도밖에 모르구. 아무튼, 저 홀닭 집이 맛있는 닭을 만들어 팔고, 잉? 거기에 자네까지 옛날 통닭을 맛있게 만들어서 팔잖아. 그러면서 서로 잘되고 있으니까 결과적으로 보면 삼송리의 닭 서비스업이 한 차례 발전하고 있다, 그 말이지."

"뭔 말씀인지는 모르겠지만, 뜻은 좋은 거 같네유."

"암만, 어른 말은 늘 좋은 거여, 인간아."

동환의 빛나는 역사는 한 차례 더 이어졌다. 다음 해 설 지나고 며칠 후 되는 이월 어느 날, 희한한 일이 터졌다. 엄동설한 추운 날 늦은 밤 웬 여자의 찢어질 듯한 고성이 마을에 퍼져나가기 시작했다. 그 소리는 한 삼십 분 정도 이어졌고 누군가 신고를 했는지 순찰차 출동하는 소리가 들렸다. 잠든 석환을 말숙이 흔들어 깨웠다.

석환은 두툼한 오리털 점퍼를 입고도 아랫도리 쪽의 한기에 몸을 떨어가며 소리 나는 곳을 향하여 종종걸음을 쳤다. 순찰차 서 있는 곳은 효숙의 가게 앞이었고, 마을 사람들 열 명 정도가 둘러서 있는 중에 가게 앞 길바닥 위에서 웬 여자가 이 추운 날씨에 거의 반라 상태로 쓰러진 채 소리를 지르고 있었다. 현장에 도착한 석환은 놀라지 않을 수 없었다. 지금껏 그 난리를 치고 있던 여자가 다름 아닌 효숙인 것이었다. 눈알은 이미 썩은 동태눈 되어 있는지라 스쳐봐도 그것이 주사 부리는 것임을 알 수 있었다. 평소에는 전혀 그럴 것 같지 않던 젊은 여자가 어쩌다 주사를 부려도 저런 주사를 다 부리는지 말이 나오지 않을 정도로 기가 막혔다. 효숙은 어린 남자 순경이 쩔쩔매는 중에 연신 빽빽 소리를 내는데, 중간중간 누구에게 듣기 힘한 질펀한 욕까지 퍼부었다. 가게 안에는 사내 한 명이 앉아 있었고, 그와 동행임이 분명해 보이는 다른 한 명이 밖에 나와 팔짱 낀 자세로 효숙을 내려다보고 있었다. 석환에게는 밖에 나와 서 있는 사람이나 가게 안의 일행이나 처음 보는 얼굴들이었다.
"수고 많으시네~."

석환은 중년 경사의 팔을 끌며 어떤 일이냐고 턱짓으로 효숙을 가리키며
물었다. 얼굴에 주름 제법 깊게 패어 연륜까지 보이는 경사는 자기도 이
게 무슨 일인지 모르겠다며 고개를 흔들었다.

"어쨌든 이렇게 구경만 할 게 아니라 좀 말리던가, 생판 처음 보는 사람들
이 술 드시러 온 모양인데, 지금 시간이 늦은 밤 아닌감? 이렇게 난리를
치는데 구경만 하면 되겠냐, 그거지."

"글쎄 말입니다."

그러자 효숙이 석환의 말을 그 와중에 어떻게 들었는지 발딱 상체를 일으
켰다.

"그래! 왜 안 말리는 거야! 왜 안 말려!"

벼락같은 소리를 지른 효숙은 우다닥 일어나 가게 안으로 뛰어 들어가더
니 닥치는 대로 생맥주잔을 집어 던졌다. 그제야 가게 안에 있던 사내가
불에 덴 듯 효숙에게 달려들어 몸부림치는 효숙을 억지로 잡아 의자에 주
저앉혔다.

"서로 아시는 사이입니까, 아니면 그냥 손님이십니까들?"

경사가 가게 안으로 따라 들어와 물었고 일행 중 한 명이 경사에게 몸을
돌려 보였다.

"제가 이 집 사장 오빠 되는 사람입니다."

가게 셔터가 내려지자 효숙과 두 남자는 순찰차에 태워져 본청으로 사라
졌다. 석환은 구경나와 있던 사람들을 돌아가도록 하고는 자기도 집으로
돌아갔다. 잠자리에 다시 든 석환에게 말숙이 무슨 일이냐고 두어 차례
다그쳤으나 그는 그저 입 꾹 다물고 못다 잔 잠을 청했다.

그 일 이후 효숙의 홀닭 집은 내내 문을 열지 않았다. 동환은 굳게 닫혀만 있는 홀닭 집을 내다볼 때마다 의아스럽고 궁금하기만 했다. 문 열지 않고 있는 것이 벌써 일주일 넘기고 있다. 재료 준비를 마친 동환이 가게 밖에 나와 담배 한 대 태우며 늦겨울 날 한낮의 따스한 태양을 맛보고 있을 때 석환이 창릉천 쪽에서 자전거를 타고 오는 모습이 보였다. 동환이 불러 세웠다.

"저 집 워떻게 된 거래유?"

"홀닭 집? 그렇지 않아도 시방 효숙 사장 만나러 가고 있어."

"그류?"

"가서 만나보면 뭔 일이 어찌 돌아가는지 알 수 있겠지. 기다려 봐. 갔다올 테니까."

"알았슈, 후딱 댕겨와유."

한 시간도 되지 않아 석환이 돌아왔다. 그가 전한 효숙의 일은 대충 이렇다. 그날 가게를 찾아온 사내 둘 중 오빠가 아닌 다른 사내는 효숙의 남편이었다. 효숙은 바람피운 남편과 현재 이혼 소송 중이었고, 위자료 문제가 해결되지 않고 있었다. 그런 때에 오빠가 남편을 데리고 가게를 찾아왔다. 효숙은 자기가 삼송리에 들어와 있는 것을 남편에게 비밀로 해 달라고 신신당부해 두었으나 엉뚱하게 오빠가 친구이자 매제를 데리고 가게를 찾아온 것이다. 남편 되는 사내는 번듯하게 장사 잘되는 가게를 가지고 있으니 위자료를 적당한 선에서 조정해 주길 부탁해 왔다. 효숙은 두 사람에게 열불이 터졌다. 매제는 타인이고 여동생은 가족인데, 오빠가 그것을 깨뜨리고 가족이 아닌 타인 편에 선 것에 어이가 없었고, 여기에 남편이라는 작자는 위자료 삭감 어쩌고 하며 치졸하게 굴어대니 둘 다 열 손톱으로 낯짝을 후벼 파주고 싶도록 얄미웠다. 그래서 그날 그 야밤에 술 먹고 주사를 부려가며 난리굿을 지긴 것이었다. 그런 미친년 널뛰는 추태를 삼송리 사람들에게 보여 주고 말아 장사에 영향도 있을 것이었지만 무엇보다도 효숙은 오빠와 남편을 피해 몸을 숨겨야 했다. 그런 까닭으로 가게는 결국 문을 닫을 수밖에 없었다. 효숙은 사람들 눈 피하자고 세수리 윗마을 한 귀퉁이에 붙어 있는 카페에서 석환을 만나 사정 이야기를 해 주고는 헤어지기 전 무엇인가 적어 넣은 편지 봉투를 건네주었다.

"이것 좀 건네주라고 하데?"
석환은 편지 봉투를 동환에게 주었다.
"뭔데유?"
"몰라 나도. 그냥 주는 대로 받아온 거야."
동환은 접혀있는 편지지를 꺼내 주섬주섬 폈다. 편지지에 효숙의 친필 글씨가 제법 많이 쓰여 있었다.
'처음에 저 때문에 많이 힘드셨던 것은 정말 미안했습니다. 이제야 사과 말씀드리게 되네요. 새로 가게가 번창하실 때는 저도 기뻤습니다. 미안한 마음이 조금 가셔지는 듯했어요. 저는 이제 삼송리를 떠납니다. 정 붙이고 오래 살고 싶었습니다만 형편이 도와주지 않는군요. 떠나기 전에 사장님께 작은 도움이라도 드리고 싶어서 바비큐 레시피를 드립니다. 이것은 서울 흑석동에서 오십 년 동안 닭을 구워 온 어느 할아버지로부터 전해 받은 것입니다. 저도 이것으로 삼송리에서 장사 잘했고요. 옛날식 통닭도 계속하고 바비큐 닭도 곁들여 보세요. 바비큐 닭 하시는 데에는

조리 기구가 필요 없습니다. 작은 불 하나만 있으면 됩니다. 그것이 기구
많이 필요로 하는 프라이드 닭보다 나은 장점이기도 합니다. 소금구이는
하지 마세요. 요즘 사람들은 양념 묻힌 닭을 더 좋아합니다.'

바비큐 닭의 레시피는 대략 이러했다.

'첫째, 밑간이 중요하다. 우유에 담아 두면 비린내가 제거되면서 고소한
맛이 배어 바비큐 맛을 더 살린다. 둘째, 비린내를 뺀 후 소금으로 염지할
때 후추와 중국 향료 열매인 화자오 가루도 뿌려라. 그 양은 후추 뿌리는
양의 삼분의 일 정도가 좋다. 염지 시간은 네 시간이 가장 좋다. 셋째, 젊
은 손님에게는 버터를 발라 구워주면 더 좋아할 것이다. 넷째, 고기를 굽
는 불은 좋은 숯불을 써라.'

메모에는 참숯 제조업체 전화번호와 함께 양념 배합 비율이니 숙성 시간
이니 등등이 친절하게 적혀 있었다. 그런 것들을 들여다보는 동환의 눈
은 숨겨져 전해지는 무예 비경을 보는 듯 연신 빛을 내었다.

남모르는 사연을 품고 삼송리에 등장했던 효숙 사장은 삼송리에 일대 풍
파, 아니 닭파를 일으키고는 뒷모양 처참하게 사라져 갔으나, 그녀 역시
사람이었기에 따뜻한 마음 한 자락을 동환에게 남기고 갔음이요, 그것은
분명 칭찬받을 만하였다. 영규 일당은 효숙의 뒷얘기를 삼송리에 널리 전
하였고 머지않아 효숙은 아련한 추억으로 삼송리의 한 켜가 될 수 있었다.

효성원 불패 신화

효성원 호 사장은 중국 사천성 출신 가문의 사람이다. 젊은 시절 서울 화양리에 있던 자래향(自來香)이라는 오래된 중식당에서 주방 보조로 요리사의 길에 들어섰다. 당시 주방장이자 사장이었던 사람은 산동성 출신으로 삼 대째 가업을 이어온 사람이었다. 산동요리는 한국인의 식성에 딱 맞아떨어진다. 식자재가 비슷하기 때문이다. 한국인의 식성에 빠지면 안 될 파와 마늘이 어느 음식에든 반드시 들어간다. 식성 까다롭기로 유명했던 공자의 고향인지라 음식 종류도 많고, 소금보다는 숙성 장을 쓰기에 감칠맛이 풍부하게 우러난다. 해산물 요리는 가히 세계의 모든 해산물 요리를 다 갖다 붙여도 모자랄 정도로 종류가 다양하다. 그런 요리의 본향 산동 출신으로서 요리의 대가였던 주방장은 사천성 출신의 젊은이를 처음에는 받아들이지 않으려 했다. 하지만 젊은 호 사장의 패기와 진득하게 일하는 모습을 보고 결국 제자로 받아들였다. 그는 당연히 산동요리를 배워야 했고, 그의 솜씨는 일취월장 비약했다. 그런 그를 흡족하게 지켜보던 주방장은 그에게 외동딸을 내주어 사위로 삼은 후 식당을 물려주고는 은퇴했다.

여기서부터 호 사장의 비극이 시작되었다. 그는 마침내 남몰래 연구해 온 사천요리를 의사줌치에서 무엇인가를 하나씩 꺼내듯 정식 메뉴에 슬금슬금 올렸다. 1970년대까지만 하여도 당시에는 사천요리라는 말 자체가 흔하지 않았던 때였고 중식당, 하면 대개 산동요리 일색이었기에 처음 그가 선보이기 시작한 사천요리는 그 희귀성으로 좋은 평가를 받았다. 매운맛을 톡 쏘는 사천요리의 맛이 사람들의 혀를 자극한 것도 어느 정도 주효했다. 이제 호 사장은 용기를 내어 이런저런 사천요리를 본격적으로 가동했다. 식당 근처에는 세종대학교 전신인 수도여자사범대학교가 있어서 여학생들이 점심때만 되면 짬뽕이나 우동, 짜장면 등 값싼 음식을 먹으러 몰려들곤 했다. 사천요리의 매운맛은 젊은 학생들에게 적격이었기에 폭발적인 호응이 있었다. 하지만 점차 매출이 줄어드는 기현상이 보이기 시작했다. 호 사장은 저녁 장사에 대한 관념이 부족했다. 저녁은 주로 단골손님이 찾아든다. 그 무렵 상거래를 위한 접대는 거의 중식당에서 행해졌다. 그래서 회사 사장이나 영업부장 몇을 단골손님으로 두면 그 집은 망하지 않는다는 속설이 있을 정도였다. 호 사장은 저녁에 찾아드는 중년 이상의 손님들에게 사천요리를 추천했으나 그들은 혀가 얼얼할 정도로 심한 매운맛에는 적응하기 힘들어했다. 전에 먹던 산동 요리를 주문하여도 사천요리의 매운맛이 꼭 들어갔다. 호 사장은 스승의 단골이었던 회사 사장과 영업부장들을 일일이 초청하여 사천요리 맛의 세계를 인정받으려 했다. 공짜로 얻어먹는 주제에 함부로 가타부타할 바가 아니었기에 엄중한 평가를 받을 리 없었다. "잘 먹고 가네~." 그 한마디가 자기의 사천요리를 인정해 주는 듯하여 호 사장은 더욱 맹진하기만 할 뿐이었다. 하지만 잘 얻어먹고 간 저녁 단골손님들은 그 이후 발길을 뜸하게 했다. 그렇게 반년 정도 지났을까, 호 사장의 사천요리 솜씨는 사실 아직은 갈 길이 멀었기에 드디어 낮 시간대의 매출도 급락을 보이기 시작했다. 학생들에게는 일 년에 석 달씩의 방학이 여름 겨울에 있는 것까지 계산에 넣으면 그럴 수밖에 없었다. 호 사장의 중식당은 참담하게 망했다. 호 사장은 그길로 술독에 빠져 인생을 포기했고 딸의 눈물 어린 호소를 받은 아버지는 제자와 딸을 위하여 다시 워크를 잡았다. 백 년 가까이 한국인의 입맛에 들어와 있던 산동요리였거늘 어찌 감히 낯선 사천요리가 당해낼 것인가? 그런 말을 충분히 해 줄 스승이었건만 그는 아무런 꾸짖음도 하지 않았다. 다만 딸에게는, "사업이라는 것은 늘 그렇다. 새로운 것을 시도하면 반드시 어려움이 따르는 법. 너무 남편을 탓하지 말거라." 그렇게 일침을 놓고는 아무 불만 없이 사위를 감싸주었다. 그것이 호 사장을 더 괴롭게 만들었다. 그렇게 옛 주인이 다시 나섰으나 이미 쏟아진 물 격으로 식당은 예전의 명성을 되찾지 못한 채 근근이 하루하루를 이어갈 뿐이었다. 어느 날 영업이 마쳐진 늦은 시간, 홀 바닥에 호 사장이 무릎 꿇은 채 대성통곡하며 가슴을 처댐에 아내 역시 그의 옆에 엎어져 눈물을 흘렸다. 스승이자 장인은 이렇게 말했다.

"화양리를 떠나거라. 서울을 떠나란 말이다. 새로운 곳에 가서 새롭게 시작하여라. 아직은 산동요리의 그늘이 넓다. 그렇다고 사천요리를 포기하지 말거라. 너의 사천요리는 흉볼 데 없이 훌륭하다. 하지만 때라는 것이 있다. 힘든 길로 들어선 이상 새로운 곳을 찾아가 너의 사천요리를 새롭게 시작하거라. 우리 가 씨 가문의 산동요리는 이것으로 끝났다."

스승도 많은 생각이 담긴 뜨거운 눈물을 흘렸다. 호 사장은 그 자리에서 이를 악물고 작심했다. 반드시 성공하리라. 사천요리로 보란 듯이 성공하여 정신적 지주인 스승이자 장인을 모시고 효도하며 살 것이다! 그런 그가 삼송리에 들어와 허름한 중식당을 차리고 간판을 건 것이 바로 효성원(孝成園)의 시작이었다.

효성원의 성공에는 근 오 년 가까운 뼈 깎는 고통의 시간이 따랐다. 한국 땅에서는 어디를 가도 외지인에 대한 배척이 반드시 있었기에 그것을 녹이는 데 그만큼 시간이 걸린 것이다. 그것을 가까스로 극복하고 어느 정도 기반을 닦았을 때 삼송리 사람들은 사천요리 맛에 중독이라도 된 듯 효성원 음식이라면 일 순위로 찾아가고 주문해 먹는 곳으로 여기기 시작했다. 스승은 팔순 생일상으로 그동안 갈고 닦은 사위의 사천요리를 받아먹고 흡족해했다. 마침내 호 사장의 사천요리가 경지에 오른 것이다.
호 사장은 요리 솜씨로 날개를 달았다면 이제 다른 쪽으로 돛을 달았다. 오토바이 배달원을 늘렸다. 점심이든 저녁이든 주문이 몰릴 때면 걷잡을 수 없을 정도로 정신없이 돌아가기 마련이다. 그래서 웬만한 중식당들은 그럴 때면 한 번에 두세 곳을 묶어 배달하다 보니 주문부터 배달받을 때까지의 소요 시간이 최소 한 시간 넘기는 곳까지 나오곤 했다. 그러면 면발은 퉁퉁 부르트게 되기 일쑤요 그로써 맛의 절반은 상실하고 만다. 하지만 효성원은 일 주문 일 배달 방식을 가동할 수 있었기에 요리하는 것에 빠르면 오 분, 길어야 십여 분, 배달하는 것에 오 분, 그렇게 초고속 배달 서비스를 시행하니 단연 삼송리 일대에서의 중식 주문은 효성원이 압도해 나가게 된 것이다. 배달로 승부를 걸어 좋은 평판을 얻은 것은 당연히 홀 매출 증대와도 직결되었다. 그런 식으로 효성원이 성공 가도를 걷는 중에 삼송리에 들어와 반년도 되지 않아 망하고 나간 중식당이 중원반

144

점, 중국성, 북경반점, 만리장성 등 네 곳이나 되었다.

"어디든 또 들어오라고 해~. 내가 끄떡이라도 하나. 효성원은 어떤 놈들이 들어오든 나가든 신경 안 써, 암!"

호 사장의 큰소리에 누가 토를 달겠는가? 그는 삼송리 사람들이 인정하는 삼송리 중식계의 황제였다. 어쩌다 마을 길을 돌아다니면 사람들이 그의 뒷모습만 봐도 짜장면 생각난다며 한 사람 두 사람 가던 길 멈추고 효성원으로 발길을 돌릴 정도였다. 어느 날 스승은 때가 되어 마음 편히 눈 감았고, 호 사장과 아내는 그의 뼈를 산동성 곡부의 집성촌에 있는 조상 묘에 안장했다.

이후에도 스승의 혼령이 보우하는 듯 효성원은 나날이 발전했다. 식당 옆집을 사서 홀을 확장했고 단체 예약 방을 두 개나 만들었다. 마을 규모로 볼 때 어울리지 않는다고 생각할 수도 있겠으나 그만큼 사람들이 찾아왔기 때문에 필요했다. 시대가 바뀌었다. 그런 만큼 호 사장은 배달원 여덟 명 전원을 정규 직원으로 채용했다. 전체 매출액이 매달 대략 적게는 팔천만 원, 많게는 일억 원 정도가 찍혔기에 얼마든지 그럴 수 있었다. 넉넉하지는 않으나 그렇다고 부족하지도 않은 월급은 밀리는 적 없이 꼬박꼬박 지급하였고 때마다 보너스도 챙겨주었다. 자기들을 가족처럼 여기는 호 사장의 본심에 배달원들은 일심으로 똘똘 뭉쳐 효성원 지킴이가 되었다. 효성원 초기 시절 배달원으로 일한 적이 있는 석환은 지금의 배달원들을 보면 부럽기도 했다. 그때보다 지금 그들이 누리는 혜택이 많았기 때문이었다. 그것은 그것이고, 어차피 옛날이야기로 여기면서 석환은 출출할 때마다 효성원을 찾아가 '석기 시대 고참 선배님' 왔다며 흰소리를 날리곤 했다.

배달원들의 면면을 보면 제법 다양하다 할 만했다. 회계사로 일하다가 은퇴한 강 씨 노인도 막강 배달 전사로 뛰었고, 삼송리 창릉천 보수공사 때 일용직으로 찾아와 효성원에서 짜장면으로 점심을 때운 어느 막노동꾼은 그날부로 현장 공사 일 때려치우고 배달원으로 입사하기도 했다. 배달 가서 음식 전해 줄 때마다 각도 나오게 거수경례를 올려붙이는 직업군인 출신도 있었다. 재만의 집에 월세로 들어가 살다가 파산 신고 낸 회사택시 기사도 있었다. 그가 오도 갈 데 없어지자 그를 딱하게 여긴 재만이 효성원 근처에 한 칸짜리 월세방을 잡아 주고 효성원 배달원으로 일하게 해 준 것이다. 그는 통일교 신자였고 부인되는 여자는 일본사람이었다. 여자는 그가 파산 신청을 하자 곧바로 보따리 싸 들고 일본 친정집으로 돌아가서는 다시는 삼송리에 나타나지 않았다. 그 때문에 배달원이든 마을 사람들이든 그의 앞에서는 일절 가족 얘기를 삼가곤 했다.

이들 중에 유독 눈에 띄는 사내가 있다. 농협대학교 안쪽의 서삼릉 입구 앞에는 드넓은 초원이 펼쳐져 있다. 자유롭게 방목해 놓은 한국마사회의 종마들이 자유롭게 노니는 종마장이다. 종마장이 있다 보니 자연스럽게 회원들을 모집해서 승마 기술을 가르치는 민간 승마클럽도 두어 개 자리 잡게 되었다. 회원들을 가르치는 코치는 대개 경마 기수 출신들이다. 그들 중 우 원태라는, 경마 기수로는 크게 이름 날리지는 않았으나 '우 기수' 하면 말 타는 솜씨만큼은 알아주는 그런 사람이 있었다. 그 무렵 나이 서른 중반을 막 넘기고 있던 우 코치는 젊은 나이에 미남형이어서 여자들

146

에게 인기도 많아 그가 지도하는 클럽에는 중년 여성 회원들이 꼬였고, 그들과 제법 심심찮은 뒷이야기도 만들 정도로 우 코치의 인기는 대단했다. 어느 날 어느 때와 같이 그는 회원들을 이끌고 클럽을 떠나 원당 배다리 쪽의 코스를 탔다. 이날의 코스 훈련은 역시 전원 여성 회원들로 이루어졌다. 날씨는 화창했다. 또각또각 말 걷는 박자에 맞춰 안장 위에서 허리 아랫배와 엉덩이에 살짝살짝 힘을 팅기듯 하며 요분 치는 것 역시 여인들에게는 은근한 쾌감이었다. 무엇보다도 멋쟁이 코치님의 뒷모습을 바라보는 것도 이들에게는 여고 시절 총각 선생 흠모하던 그 심정과 다를 바 없을 가슴 떨리는 일이었다. 그런 들뜬 기분으로 말을 타는데 어찌 수다가 빠지겠는가? 그렇게 조잘조잘 신랑이 어떠네, 자식들이 어떠네, 요즘 땅값이 올랐네, 내렸네 등등, 끊임없이 이어지는 수다 행진 중에 그만 사고가 일어났다. 행렬 중간에서 걷던 말 한 마리가 여인들의 수다에 질리기라도 했는지 갑자기 제자리에 멈춘 채 고개를 좌우로 획획 돌리기만 했다. 말이 무엇인가에 흥분한 것이다. 그러자 말을 타고 있던 회원이 놀라서 급히 우 코치를 불렀고 우 코치는 그쪽을 돌아보자마자 얼른 말을 돌려 몰았다. 그때 그의 말이 산자락 길에 박힌 돌멩이를 잘못 밟았는지 오른쪽 앞 다리 무릎이 꺾이면서 앞으로 고꾸라졌다. 그와 동시에 우 코치의 몸은 말 등잔을 떠나 전방 오 미터 정도 거리의 길옆으로 날아갔다. 원래 말 기수는 말에게 무게 부담을 주지 않게끔 몸이 작아야 하기에 키가 150cm를 넘지 않는다. 우 코치 역시 신체 조건이 그리했기에 그 작은 몸덩이가 가볍게 말 등에서 팅겨 나간 것이다. 순식간에 일어난 상황에 회원들은 넋을 놓칠 수밖에 없었다. 문제는 우 코치의 몸이 거꾸로 땅바닥에 곤두질 할 때 들렸던 둔탁한 소리였다. 그 소름 돋는 소리에 회원들은 화들짝 몸이 굳어졌으나 곧 정신들 차리고 주섬주섬 말에서 내려 그에게 가까이 다가들었다. 우 코치는 정신을 잃은 상태였고 그의 머리 보호구는 박살 나 있었다. 그리고 그의 머리 주변으로는 선지피가 이미 흥건하게 흐르고 있었다.

"배달하고 돌아올 때 세수리 윗마을 십일 다시 삼호, 그릇 수거해 오는 거 잊지 말고요~!" 심해진 척추 협착증에 다리까지 제대로 쓰지 못하여 집에만 있는 엄마 대신 계산대를 맡아 보기 시작한 호 사장 딸 효정의 외침에 우 코치는 씩 웃음을 지으며 고개를 끄덕였다. 그는 조끼 주머니에 넣어 두었던 승마용 장갑을 꺼내 정성 들여 끼었고 말총머리를 한 차례 쓰다듬은 후 멋진 동작으로 헬멧을 썼다.

"갔다 옵니다."

그가 배달 철가방을 얹은 오토바이를 시원하게 몰고 사라지자 효정은 재미있다는 듯 깔깔거렸다.

"우 코치 아저씨는 언제 봐도 재미있다니까. 헬멧 쓰는 폼이 딱 무슨 로보트야. 하하하~."

주방 일을 마친 호 사장이 앞치마로 손 닦으며 홀로 나왔다.

"저 인간 또 가불 달라는 소리 안 하디?"

"아뇨. 이번 달에는, 아직요."

"한 번만 더 가불 소리 했다가는 저거 통째로 볶아 버린다. 너, 아빠가 말한 거 알지? 이제는 아예 가불 같은 건 내주지 말라는 거."

"그럼요. 염려 말아요."

우 코치는 그 사고로 뇌를 다쳐 정신상태가 이상해졌다. 사물이나 상황을 알아보지 못하는 그런 정도는 아니고 무엇인가 상태가 맹해진 것이다. 사람도 알아보고 배달 일은 한 치 어긋남 없이 잘 해낸다. 다만 변한 것이 있다. 성격이 변했다. 일할 때 빼고는 매사 느릿느릿이었다. 어떨 때는 넋 놓고 앉아 맹구 흉내 내듯 배시시 웃으며 멍청한 표정을 지을 때도 있다. 그 반면에 외모 치장은 놀라울 정도로 각별하다. 머리를 잔뜩 길러 노랗게 염색하여 말총머리로 묶고, 매일같이 다림질로 날을 세우는 흰색 긴 팔 셔스 차림도 눈에 띌 뿐 아니라 그 위로는 어디서 구했는지 모를 기막히게 멋진 양복 조끼를 덧입는다. 여기에 역시 다림질로 날 세운 양복 바지를 입고 딱 달라붙는 검은 가죽 부스를 신는다. 그의 칼 각 먹인 흰 셔스와 바지가 과연 배달원 복식으로 어울릴 것인가 따지는 것은 둘째 치고, 양복 조끼와 가죽 부스만큼은 분명 의미 있는 것이다. 그것은 경마 기수의 선수용 유니폼과 동격으로 보아야 한다. 우 코치의 이런 모습은 비록 불의의 사고로 정신상태가 심하게 흐려졌어도, 중식당 배달원이 되어 오토바이를 타고 다녀도, 자기는 여전히 말을 타는 기수라고 여기는 무의식 속 의지로 볼 수 있을 것이었다. 여기까지야 그렇다 처도 문제는 따로 있었다. 호 사장이 볼 때마다 열불 내는 것으로 우 코치는 금팔찌며 금반지며 금목걸이에, 심지어 금 귀걸이까지 하는 것으로 자기만의 패션 정점을 찍는다. 그런 그의 치장에 삼송리 사람들은 그를 삼송리 패션 선도자로 인정해 주어야 했다. 우 코치는 금붙이 착용에 집착했다. 월급만 받았다 하면 곧바로 다른 모양의 금붙이를 사서 몸에 걸치고 돌아다녔다. 월급을 받았으면 저축도 하고 그러면서 앞날을 준비해야 할 것인데, 언제나 은행 통장 계좌는 비어 있음에도 마음에 드는 금붙이가 눈에 띄기만 하면 이제는 가불 하면서까지 반드시 손에 쥐어야 했다. 지난달에는 가불 이야기 꺼내는 것을 두고 하도 호 사장이 호통쳐대는 바람에 이제는 함부로 가불 이야기 꺼내지 못하겠다는 것을 깨닫고는 엉뚱한 작전을 펴서 끝내 가불을 빼갔다. 멀쩡한 앞니를 하나 뽑아 임플란트 해야겠다며 가불을 요청한 것이다.

"멀쩡하던 이가 왜 빠진 거야?"

"……에, 그게 있잖아요, 저기, 딱딱한 아이스크림 물어뜯다가 그만……. 요즘 아이스크림, 딱딱해서."

"아이스크림이 무슨 장작이야? 장작이냐고!"

호 사장의 치켜떠 뒤룩거리는 황소 눈에서는 이걸 죽여 살려? 하는 말이 쏟아지고 있었다. 하지만 어쩔 수 없이 가불해 줄 수밖에. 이빨 빠졌다는데 어쩔 것인가. 하지만 그다음 날 우 코치는 보란 듯이 금으로 된 팔찌와 반지 한 쌍을 착용하고 출근했다. 그것을 본 효성원 식구들은 배 잡고 웃어대느라 뒤집어졌고, 호 사장의 눈은 호랑이 눈이 되어 용암 불을 토해 냈다. 그런 호 사장 앞에서 우 코치는 또 천진난만한 웃음을 머금으니 이빨 빠진 맹구가 어디에 따로 없을 정도였다. 이제 호 사장은 그런 그의 행동에 단호히 선을 긋고 나서야겠다고 이를 갈며 작심했다.

"앞으로 우리 효성원에서는 어떤 놈도 가불이니 뭐니, 가짜를 입에 담았다가는 사그리 볶아 버린다! 니먼 도우 밍빠이마(모두 알아들었나)?!"

다들 힘없이 주억거리는 중에 효정은 고개를 갸우뚱했다.

"근데 아빠, 엄마 성이 가 씨인데, 그건 어떡해?"

딸의 엄중한 의문 제기에 호 사장은 괴기스러운 웃음을 띠었다.

"그럼, 니 엄마부터 볶아야지."

그의 이빨 사건 이야기는 온 마을에 퍼졌고 이후 삼송리 사람들은 음식 주문할 때 우 코치가 배달해 달라는 주문까지 덤으로 했다. 그러면 우 코치는 씨익 웃는 표정을 지으며 신나게 배달을 나가곤 했다. 삼송리 사람들은 이미 희한한 존재로 여기고 있던 그에게 이빨 이야기까지 더해지자 이제는 삼송리 명물로 인정해 주어야 했다. 배달원 중에서 호 사장 스승인 가 씨 문중과 같은 강태공 강상의 직계 후예, 진주 강 씨라는 것 하나로 효성원 내에서 큰 점수 먹고 들어가는 고참자요 연장자인 회계사 출신 강 씨 영감이 한 번은 진짜 궁금하다는 표정으로 물었다.

"쩌그 자네, 전에는 안 그르드만, 잉? 요즘은 머덤시 오토바이 달릴 때 꼭 웃고 다남? 이빨 빠진 거 자랑하려고 그러나? 암만 생각을 허봐싸도 모르겄더라, 말이시."

우 코치는 몇 번 눈 끔벅이고 나서 강 씨를 똑바로 바라보며 대답했다.

"바람 들어오라고요. 시원하잖아요."

그 말에 이어 씨익 웃는 모습, 그것은 천상 맹구였다.

삼송리 일대에 아파트 단지가 속속 조성되면서 삼송리 본 터라 할 세수리 아랫마을은 행정적으로 신도동, 윗마을은 원흥동이 되었다. 그 원흥동 신축 아파트 단지를 끼고 새 교회 들어서고 치킨집 들어서고 반찬가게 들어서고 편의점에 약국에 미장원 등이 들어서더니 마침내 대형 중식당 하나가 보란 듯이 거창한 모습으로 등장했다. 식당 이름은 동방불패. 중국 전통을 따라 붉은색 바탕에 황금색 글씨로 새긴 간판은 가히 그 위용이 대단했다. 건물 자체가 새로 지은 건물이다 보니 식당도 현대식 스타일로 꾸며졌다. 세련된 입구와 실내 넓은 홀 공간에 중국풍이 물씬 풍기는 화려한 장식들은 충분히 사람들의 눈을 휘둥그렇게 만들고도 남았다. 개업 날 찾아간 사람들은 사장이자 주방장이 여자임을 알게 되었고, 동방불패 임 청하를 흉내 낸 복식으로 나타난 그녀는 주방 앞 홀 공간에서 커다란 테이블을 내려쳐 가며 수타면 만드는 화려한 쇼를 보여 주었다. 그녀의 동작에는 화산 무당파 장문이 쫓아와서 누님으로 모셔도 좋으리라 여길 만큼 절묘한 내공이 있어 보였다. 종업원이 손님 테이블들을 돌아다니며 찻물을 따라주는 것도 특이했다. 완전 본토식으로 기다란 주둥이를 갖춘 중국식 주전자를 척척 어깨에 돌려 메고 어쩌고 하며 멀리 떨어져 있는 손님의 찻잔에 찻물을 정확하게 날려서 한 방울 흘림 없이 담아주는 신통방통 기예까지 선보였다. 사람들은 앞을 다투어 요리를 주문했고 먹으면서는 예외 없이 모두가 기가 막힌 요리에 감탄사를 연발했다.

효성원에서는 하루 일을 마친 밤 아홉 시에 긴급회의가 열렸다. 테이블 위에는 배달원 몇이 각각 동방불패 식당에 가서 손님 행세를 하며 몰래 챙겨온 네 가지 요리가 놓여 있었다. 호 사장이 그것들을 일일이 맛을 보았다.

"어때요, 아빠?"

몇 번 더 입맛을 다시던 호 사장의 미간이 살짝 접혔다.

"이건 도대체 어디 요리야?"

아빠를 따라 효정이 두어 점 집어 먹고 나서 입맛을 평했다.

"꼭, 뭐, 강남에서 퓨전요리 먹는 것 같은데, 이거?"

강 씨 이하 배달원들도 한마디씩 거들었다.

"저희도 좀 뭔가 이상하다 느꼈고요, 그런데 맛은 있더라 그거죠."

"맛은 있긴 있다."

호 사장은 요리를 집던 젓가락을 조용히 내려놓으며 신음을 흘렸다.

동방불패는 원홍동 일대의 아파트 단지 사람들을 주 고객으로 삼아 열띤 홍보전을 펼쳤다. 덕분에 전단 돌리는 용역 아수머늘이 뻔실나게 아파트 단지 이곳저곳에 나타났고, 집집마다 현관문에는 홍보 전단이 매일같이 붙는 바람에 아파트 단지 관리실의 청소부 할머니들은 관리소장에게 제발 구청에다 신고 좀 해 달라고 매일같이 닦달했다. 물론 관리소장이라고 가만히 있을 리 없고 당연히 진즉에 구청에다 불법 홍보 전단 무단 배포를 신고했으나 관청 일이라는 것이 조치 한 번 하는 데 최소 몇 달 걸리는 것이요, 처음에는 계고장 날리는 것으로 시작할 것이고 끝에 가서는 고작 몇 푼 되지 않는 벌금 고지나 보낼 것인데, 그 기간이 길게는 반년이나 걸릴 정도였으니 동방불패로서야 나중에 낼 몇 푼 안 되는 벌금 따위야 가볍게 여기고 그저 날이면 날마다 들입다 홍보 전단을 돌릴 뿐이었다.

"아, 진짜! 이놈의 전단은 교회도 뿌려 미장원도 뿌려 헬스장도 뿌려, 그게 좀 잠잠해졌다 싶더니 이제는 짜장면집이 뿌려대네. 이것들은 또 무슨 달구지로 찍어내나, 버려도 버려도 끝이 없다니까요! 복도 청소하는 것보다 그거 주워 버리느라 하루해를 다 보낸다고요, 매일같이~! 니기미 씨부럴, 이럴 거면 월급이나 더 주던가. 코딱지만 한 월급에 하루 쟁일 종이나 치우고 자빠졌네. 야들야들이나 하면 모아다가 똥이라도 닦지, 씨

부럴!"

평소 주둥이 공력 둘째가라면 주둥이 댓발 튀어내는 고 씨 할매가 청소부 중에서 대장 격이라고 관리소 권 과장에게 불같은 항의를 해대어도 권 과장으로서도 그저 구청에 신고하는 일이 전부이니 같이 스트레스만 쌓일 뿐이었다.

"정 힘들면 그만들 두시던가요! 나도 몰라, 아 법대로 해!"

동방불패의 무차별 홍보 전단 무단 배포는 사실 과도하긴 과도했다.

어찌 되었든 동방불패는 삼송리 외곽인 원홍동 일대 상권 내에서 저네들의 입지를 확고하게 굳혀가면서 슬금슬금 삼송리 중심 쪽을 향하여 구역을 넓히고 있었다. 효성원은 삼송리 중심인 신도동을 비롯하여 신원동, 창릉천 너머 동산동, 삼호선 전철 기지가 들어서 있는 지축 일대만큼은 예전과 같이 흔들림 없이 패권을 장악하고 있었으나 삼송리 전체 중 일부가 흔들리고 있음을 절감하기 시작했다.

어느 날, 석환에게 처음 보는 번호로부터의 전화가 걸려 왔다. 하는 일이 통장이니 별 곳에서 다 전화가 오는 만큼 석환은 평소처럼 아무 생각 없이 통화 수신 버튼을 눌렀다.

"예, 전화 받았습니다~."

"안녕하세요? 김 석환 통장님이시죠?"

여인의 목소리였다.

"누구십니까요?"

"여긴 원홍동 동방불패 식당입니다~."

"동방불패요? 아, 저번에 새로 생긴."

"예, 맞습니다. 저는 장 사장이라고 해요."

"장 사장님? 아, 예~. 근데, 어쩐 일로 저에게 전화를?"

"한번 모시고 싶어서요. 통장님이신데 얼마나 공사다망하시겠어요? 가까운 두어 분하고 한 번 들러주시면 직접 뵙고 인사도 드리고, 좀 그럴까 해서요."

그다음 날 점심 직전 석환은 영규와 함께 동방불패를 방문했다. 여사장이 쪼르르 입구까지 나와 반가이 맞이하여 안쪽 자리로 이끌었다. 예쁘장한 어린 여종업원이 따라 들어와 물수건이며 컵이며 수저 젓가락을 세팅하고 사라지자 제법 키 큰 사내 종업원이 주둥이 기다란 주전자를 들고 와 멋진 기예 동작으로 찻물을 잔에 담아주었다. 여사장은 준비한 명함을 석환과 영규에게 건넸다. 명함에는 '장미화'라는 이름이 금박으로 새겨 있었다.

"장미화 사장님이시라? 저야 명함이 없어서……."

"통장님 얼굴이 명함이죠, 뭐."

"그나저나 부르신다고 덥석 오기는 했는데, 영 좀 그렇구만요. 염치없어서, 허허~."

"부담 갖지 마시고 제가 인사드리려 모시는 거니까, 준비한 요리 많이 드세요."

따라온 영규도 인사차 한마디 넣었다.

"폐 끼치게 되어 죄송합니다. 오늘 신세 좀 지겠습니다."

"폐는 뭐고 신세는 뭐예요? 호호~. 아무 염려 마시고 그저 저희가 준비한 요리 맛이 어떤지 맛 좀 봐주세요."

"어 참, 이래도 되나 모르겠네? 허허허~."

이 정도면 인사치레는 마쳤고 곧바로 전채 딤섬이 나왔다. 장 사장의 설명을 들어가며 몇 개 맛을 보니 송편 맛과는 달리 달달하고 부드러운 별다른 맛이 괜찮았다. 이어서 깐풍기가 나왔다. 깐풍기에 이어 두 가지 요리가 더 나왔고 마침내 이름도 모를 희한하게 생긴 요리가 쟁반만 한 접시에 담겨 나왔다.

"이건, 당나귀 고기로 만든 특별 요리랍니다."

"예?!"

"놀라셨죠? 호호~. 당나귀 고기 구하는 게 보통 힘들어야죠. 어렵게 구했지 뭐예요? 이건 중국에서는 귀빈에게만 내는 요리거든요. 오향장육이다, 생각하고 드시면 되어요."

평생 입 근처에 대기는커녕 생각조차 하지 못한 당나귀 고기라니, 영규와 석환은 서로 마주 보고 뜨악해했으나 장 사장의 재촉에 어쩔 수 없이 한 점씩 집어다 입에 넣고 씹었다. 잠시 후.

"오~!"

영규와 석환의 입에서 감탄사가 동시에 튀어나왔다.

"드시기 괜찮죠?"

"괜찮은 정도가 뭡니까? 이건 둘이 먹다 옆자리 사람 불러 셋이 죽어도 모를 정도로 맛 기가 막히네요, 그냥 아주~!"

영규는 평소와 달리 기분이 올라왔다. 이런 요리도 세상에 있구나 싶었다. 그저 매일 보는 게 효성원 짜장면에 짬뽕에 울면, 우동, 볶음밥이요 어쩌다 잡채밥에 마파두부 밥 정도에서만 맴돌던 자기의 식단 취향 수준이 비참하게 느껴졌다. 장 사장은 옆에 앉아 음식을 석환과 영규의 앞 접시에 연신 분배하면서 자기가 수련한 북경에서의 요리 수업 얘기를 들려주었다.

"저희 스승님께서는 제자들이 마지막 관문을 통과하는 시험을 치를 때 지나가는 사람 다섯 명을 붙잡고 심사관으로 모셨답니다."

"스승님이 심사하지 않고요?"

"스승님은 전혀 관여하지 않고 생판 모르는 사람 다섯 명을 앉혀놓고 먼저 배부르게 음식을 먹였죠."

"에?"

"그 상태에서 제자들의 요리를 맛보고 품평 같은 것 일절 하지 않고 그저 맛이 좋다 싶으면 표를 주는 것으로 최종 수제자를 뽑았죠."

"오~. 거 말 되네그려."

"그러게요. 배 터지게 부른 사람들 입에 뭐가 들어가든 그게 맛있겠어요? 그런데도 맛있으면 그게 진짜 맛있는 요리다, 그렇게 되는 거네요."

"그렇지!"

영규와 석환은 체면이고 뭐고 생각할 것 없이 이제 장 사장의 혀 발림에 녹아나고 있었다.

"그래서, 어떻게 되었수?"

영규의 재촉에 장 사장은 눈웃음을 지어 보이며 대답했다.

"어떻게 하다 보니, 제가 만든 요리를 세 사람이 뽑아 주어서……."

"그렇게 해서 수제자가 되셨다! 그거네요?"

"예, 그렇게 되었답니다."

석환과 영규는 앞을 다투어가며 장 사장의 요리 솜씨를 극구 칭찬해 주었다.

"올 것이 왔군."

동방불패 장 사장은 석환을 통해 요리 시합을 요청해 왔다. 아니, 이것은 시합이라기보다는 도장 깨기 결투라 불러야 했다. 누구든 간에 지는 순간부터 망하는 길로 접어들 수도 있으니까. 결투 방식은 신도동과 원흥동, 신원동 등 일대 주민들의 자유 참여로 이루어지는 심사단을 아홉 명 갖추어 각각의 요리 두 개를 내놓아 승부를 가리는 식이었다. 물론 장 사장의 제안에 따라 심사단은 전원 배 터지도록 뭘 먹이고 나서 심사에 들도록 하는 것이고.

"아빠, 어떻게 할 거예요?"

효정의 얼굴은 걱정으로 그늘을 지고 있었다.

"사장님, 그냥 무시하세요."

"이겨봤자 본전인데, 왜 붙어 줍니까?"

"그럼. 지면 개망신이고."

"야, 개망신이 뭐냐. 그길로 가게 문 닫는 건데."

"염병~, 야 이 호로 잡것들아!"

고심에 잠겨 있는 호 사장 대신 역시 나이 값한다고 군기 반장 강 씨가 큰소리로 나무랐다.

"개망신이네 문을 닫네, 어디서 느자구 없이 주둥이들 나불대야?"

"걱정되니까 그렇죠."

"머시 걱정! 우리 호 사장님 요리가 어디 가는감? 가? 암시랑토 않은디, 어디서 굴러들어온 어린 계집년이 떵까떵까 까부는 거 가지고 말여, 잉?"

강 씨의 설레발을 끊는 호 사장의 말이 신음 섞여 흘렀다.

"요리 두 개로 붙자?"

호 사장이 아래턱 양쪽을 끌어 물면서 나직이 읊었다.

"사장님? 참말로 한 판 붙을 게라우?"

강 씨의 걱정이 호 사장을 감쌌으나 호 사장은 고개를 들고 두 눈에 힘을 넣었다.

"오냐. 받아 주지. 날짜 장소, 정하라고 해!"

효성원과 동방불패의 요리 시합은 다음 주 월요일 오후 세 시, 소방서 옆 신축 교회 앞마당에서 열기로 했다. 중식 요리라는 것은 센 불을 써야 하기에 야외에서는 고압력의 LPG 가스를 써야 한다. 그 가스통이 혹여 터지거나 그로 인하여 화재 등 사고가 일어나면 곧바로 소방서에서 제압하기에 위치상으로 좋았고, 교회로서는 또 마을 사람들 모아 놓고 벌이는 행사이다 보니 교회 홍보도 할 수 있다는 것에 입맛 당겨 장소를 제공하기로 했다. 시합 당일 호 사장은 배달원들과 함께 테이블에 조리대에 각종 조리 도구들을 챙겨 교회로 향했다. 교회 앞마당에는 이미 장 사장 일행이 와서 거의 세팅을 마무리하고 있었다. 장 사장이 호 사장에게 다가와 인사를 올렸다. 장 사장과 호 사장은 시합 전에 상견하는 것은 생략했기에 이날 처음 서로 얼굴을 보는 것이다.

"사장님, 인사드립니다. 동방불패, 장미화입니다."

"아, 예. 효성원 호원강입니다."

"요청을 들어주셔서 고맙습니다. 오늘 한 번, 제대로 붙어 보시죠."

"그러십시다."

장 사장은 자신만만했다. 베이징 스승으로부터 배워 익힌 중국요리들을 엄선하여 자기가 갈고 닦아 개발한 기술을 발휘하면 그 누구도 넘어가지 않을 리 없을 것이다. 그렇게 효성원을 무너뜨리고 삼송리 전역을 손에 넣는 것이다. 장 사장은 종업원들이 가져오는 식자재들을 이곳저곳에 각각 놓으라고 일일이 지시하는 등 활기찬 모습을 보이고 있었다. 그에 비하여 호 사장은 그저 준비한 식자재를 테이블 한쪽에 직접 가지런히 놓으며 뭐 하나 빠진 것 없는지 다시 한번 살피는 것으로 준비를 마무리해 갔다.

오늘의 사회는 문 단장이 맡기로 했다. 그는 사회를 맡는 김에 극단에서 가지고 있는 음향 시스템을 설치했고 접이식 천막 네 동 또한 들고나와 호 사장과 장 사장의 조리 공간에 각각 한 동씩, 그리고 심사관들이 앉아서 심사할 공간용으로 두 동을 설치했다. 심사관을 비롯하여 관객들이 앉을 의자와 요리용 식수는 교회에서 내놓았다. 그런 식으로 현장 세팅은 어디 하나 부족한 것 없이 잘 이루어졌다. 주민들은 진즉부터 꾸역꾸역 몰려와 자리를 채웠고 아홉 명의 심사관도 제시간에 맞춰 전원 참석했다.

"에, 만장하신 삼송리 주민 여러분. 그리고 심사관 여러분. 저는 오늘 사회를 맡은 극단 별마루 대표 문익성입니다."

문 단장의 깎듯 인사가 있었고 이에 맞춰 객석에서 박수 소리가 일었다.

"에~. 오늘 날씨 좋죠? 아주 화창하고 바람도 불지 않고 있습니다. 원래 야외 행사라는 게 날씨를 잘 만나야 하는 건데 오늘은 이보다 더 좋은 날씨 없을 정도로 쨍쨍하다 보니, 오늘 여기서 치러지는 효성원과 동방불패, 동방불패와 효성원, 두 중식당이 벌이는 세기의 요리 대결! 분명 성공적으로 치러질 것이라 믿습니다. 자, 오늘 여기 많은 분이 오셨습니다. 특히 오늘 행사에 물심양면 지원해 주신 분들이 계셔서 먼저 소개해 드리겠는데요, 요리 경연이다 보니 식재료 상태를 신선하게 유지하기 위해 축사는 생략하기로 했습니다. 이 점 양해 바라고요."

문 단장은 삼송리 주민센터장과 지구대장, 소방서장, 농협은행장, 삼송리 마을부인회장, 교회 목사 순으로 VIP 소개를 했고 그때마다 호명된 사람이 자리에서 일어나 인사하면 사람들은 손목 운동 삼듯 심드렁 박수만 보냈다. 이어서 문 단장은 호 사장과 장 사장을 불러 인터뷰했다.

"자, 오늘의 두 주인공이십니다. 여러분, 뜨거운 격려 박수 부탁드립니다! 효성원의 호 사장님과 동방불패 장 사장님!"

이제 본격적으로 시작되는 분위기인지라 주민들의 호응이 축사 때와는 전혀 다르게 뜨거웠다.

"경연에 앞서 두 분의 각오를 한 번 들어보시겠습니다. 먼저 효성원 호 사장님."

"……뭐, 저는 별거 없고요, 평소의 솜씨를 보여드리는 데 최선을 다하겠습니다."

"네, 사십 년 내공이 빛나는 효성원 호 사장님의 결의를 들어 보았고요, 이번에는 떠오르는 신성, 동방불패 장 사장님, 한 말씀 부탁합니다."

"저는 중국에서 정통 중화요리 최고 장인의 수제자로 중국 전통 요리의 비법을 전수해 왔습니다. 오늘 제가 준비하는 요리, 자신 있습니다. 감히 말씀드리는데, 저는 대한민국 최고 중식 요리사라고 자부합니다! 믿어주세요, 감사합니다아~."

"예. 아주 다부진 말씀, 잘 들었습니다."

이 대목에서 문 단장은 두 사람의 투지를 북돋는다는 차원에서 얄궂은 질문을 호 사장에게 넌지시 던졌다.

"효성원 호 사장님, 동방불패 장 사장님께서 자기가 대한민국 최고 중식 요리사라고 하는데, 어떻게 생각하십니까?"

그 질문에 모두가 호 사장의 입을 노려보았다. 잠시 후 호 사장은 덤덤하게 말했다.

"장 사장님이야 대한민국 최고 중식 요리사 되시라고 하고요, 저야 뭐 그냥 여기 삼송리에서만 제일 잘하는 요리사가 되겠습니다. 예."

호 사장의 대답에 사람들은, "그럼 누가 최고야?"라며 수군거리며 키득거렸고, 장 사장의 얼굴에서는 납빛이 살짝 스쳤다.

"아……, 예. 그렇군요. 대한민국 최고와 삼송리 최고. 아리송한 두 분의 대결, 기대가 큽니다. 자, 이제 본격적으로 경연을 시작하겠습니다. 두 분 모두 자리로 돌아가시고요, 오늘의 요리 경연은 두 분이 가장 자신 있어하는 두 가지 요리를 만들어서, 여기 참석하고 계시는 아홉 분의 심사관들로부터 누가 더 많이 점수를 받느냐, 하는 것으로 승패를 가리도록 하겠습니다. 심사에 앞서 심사관분들은 곱빼기 비빔밥을 한 그릇씩 드시게됩니다. 이건 뭐냐, 배가 부른 상태에서 두 분의 요리를 평가한다, 그겁니다. 배고프면 라면도 맛있습니다. 배부른 사람은 산해진미를 보아도 손대지 않습니다. 바로 오늘 심사 방식이 그겁니다! 배부른 분들의 입을 즐겁게 하라~, 입니다. 아시겠습니까? 에~, 그리고, 참고로 심사관분들은 사전에 공개 모집으로 선발된 분들로 효성원이나 동방불패와 개인적인 관계는 전혀 없는 분들입니다. 그렇게 알아주시고요."

사람들은 문 단장의 친절한 설명에 이해하는 표정을 지으며 고개를 끄덕거렸고 호 사장과 장 사장은 조리 도구를 든 채 시작 신호를 기다렸다.

"자, 요리하는 데 주어지는 시간은 각각 삼십 분입니다. 두 분, 준비되셨으면, 시작하세요!"

문 단장의 큐 신호를 받은 단원이 음향 기계를 만졌고 곧바로 태징 소리가 스피커를 통해 크게 울려 퍼졌다. 잠시 후 길 건너 백반 식당에서 주문한 아홉 사람 분 곱빼기 비빔밥이 심사관들 앞자리에 한 그릇씩 놓였고, 심사관들은 그릇을 받자마자 열심히 비벼 먹기 시작했다. 두 사람이 바쁘게 요리하는 동안 가벼운 중국풍 배경음악이 장내를 지루하지 않게 만들었고, 문 단장은 마이크를 잡고 두 사람을 오가면서 요리에 방해되지 않는 선에서 요리 진행 상황을 초반 정도만 중계하고는 이내 송포호미걸이의 풍물 연주 놀이를 객석 앞 공간에서 펼치도록 하여 잔치 분위기를 고조시켰다. 연극 연출가라서 그런지 행사 구성을 신명 나게, 물 흐르듯 이끄는 문 단장이었다.

장 사장은 자기의 솜씨를 최대로 발휘한 이름도 어려운 휘황찬란한 정통 요리 두 가지를 내놓았다. 심사관들은 잔뜩 기대에 찬 표정을 지으면서 그녀의 요리가 보여 주는 아름다운 세팅 모습에 탄식했다. 그에 반해 호 사장은 튀김옷 입히지 않은 돼지 간으로 만든 사천 식 탕수육과 효성원 대표 음식이라 할 짜장면을 심사관 앞에 내놓았다. 요리만 놓고 봤을 때는 누가 봐도 장 사장의 승리를 예견할 수밖에 없었다. 하지만 맛을 보고 난 심사관들은 의외의 심사 결과를 내었다. 칠 대 이. 호 사장의 압승이었다. 효성원의 효정과 배달원들은 만세를 부르며 '효성원!'을 연신 외쳤고 장 사장은 천만 낙심, 어이없다는 표정을 지었다.

그날 저녁, 효성원 홀에서는 조촐한 자축 파티가 치러졌다.
"아빠, 건배사 한 말씀 하셔야죠?"
효정의 말에 호 사장은 계면쩍은 웃음을 머금었다.

"건배사는 개뿔, 아 오늘 뭔 일 있었던 거야? 마시기나 해."

한바탕 웃음이 일어났고 이어서 술잔 빠는 소리에 크으~ 탄성 내는 소리 등이 섞여 홀을 울렸다. 고추잡채 한 젓가락 집어 먹고 난 영규는 호 사장을 대견하게 바라보며 한마디 했다.

"처음에 요리 낼 때 보고 지는가 싶었지. 고작 탕수육에 짜장면이라니. 허허 참~."

"그래요, 저도 그 부분이 이해 안 되더라, 그건데."

"아따, 나는 포도시 지켜보자니 겁나 심장이 떨려 죽는 줄 알았으라~."

석환과 강 씨가 맞장구쳤고 다른 사람들도 궁금해하는 표정으로 호 사장을 바라보았다.

"사람들은 말야, 천하절색 미녀를 보면 처음에는 눈이 돌아가도 가까이하기가 조심스러워지는데, 가까이에서 쉽게 볼 수 있는 평범한 여자를 보면 마음 편히 대하게 돼. 음식도 그래. 요란한 요리를 내면 볼 때는 좋게 보여도 막상 대하려면 부담을 갖기 마련이여. 그런데 매일 대하는 맛은 편하게 손이 가는 것이고. 결론적으로, 매일 먹던 것이 맛있는 것이다~, 맛없으면, 매일 먹지 않는다~."

영규는 장 사장의 당나귀 고기 요리를 얻어먹을 때 매일같이 효성원 음식만 먹는 것을 가볍게 생각했음을 부끄러워했다. 영규뿐 아니라 같이 자리한 모두는 호 사장의 이야기에서 깊은 의미를 새기고는 다시 환한 표정으로 건배했다.

삼송리의 도장 깨기 음식 결투는 동방불패가 아니라 효성원 불패를 증명해 주었다. 그 이후 동방불패는 도장 간판 깨지고 문 닫았네 하는 그런 삼

류영화 같은 진부한 길을 걸은 것은 아니다. 여전히 식당을 운영했다. 예전 같은 매출은 나오지 않았지만 그래도 꾸준히 버텨낼 만은 했다. 호 사장이 처음 삼송리에 들어와서 오랜 세월 견뎌내어야 했던 것처럼 장 사장에게도 그녀만의 또 다른 인고의 시간이 필요할 뿐이었다.

그 이후 얼마 지나지 않은 어느 날, 장 사장이 늦은 밤 시간에 호 사장을 찾아왔다. 영업 마치고 효정이와 배달원 모두를 퇴근시킨 채 기다리고 있던 호 사장은 말없이 그녀를 주방으로 안내했다. 주방에 들어가자마자 호 사장은 준비한 재료를 가지고 곧바로 짜장면 요리를 시연했고, 장 사장은 고개를 끄덕여 가며 예리한 눈으로 호 사장의 레시피를 꼼꼼하게 익혔다. 그로써 둘은 짜장면 스승과 제자가 되었고 이 일은 둘만의 아름다운 비밀로 지켜졌다.

이십 세기 섹시 스타와 슈코르비엔나

석환은 코흘리개 꼬맹이 시절부터 마을 머슴처럼 삼송리의 오만 심부름을 도맡다시피 했다. 원체 한 자리에 가만히 있지 못하는 성격에 동전 백 원만 손에 쥐여 주면 어디든 다람쥐처럼 잘도 뛰어다니며 심부름을 해치우다 보니 자연스럽게 삼송리의 독보적인 배달 기수가 될 수 있던 것이었다. 주인집 아주머니가 저녁에 김치찌개를 끓인다면 정육점에 가서 돼지고기 목살을 끊어다 주었고, 집 맞은편 철 대문 집 할아버지가 소화가 안 될 때는 냅다 약국으로 달려가서 가스 활명수와 노루모 산을 사다 드렸고, 옆집 고 삼 멍게 낮짝 성곤이 형이 써 준 연애편지는 도도한 경숙이 누나에게 직통으로 전달해 주었고, 세수리 윗마을 화훼 치는 김 씨 할아버지로부터는 돈과 통장을 받아서 우체국으로 달려가 대신 입금해 드리곤 했다. 마을의 유일한 중학교와 고등학교를 합친 고양 종합학교를 졸업한 그는 일찌감치 군대 문제부터 해결하더니 제대하자마자 이륜차 면허증을 따서는 효성원 배달원으로 짜장면 그릇깨나 들고 온 삼송리 일대를 눈썹 휘날리며 누비고 다녔다. 아침부터 밤늦게까지 온종일 부지런한 석환. 그것만큼은 삼송리 사람들이 입을 모아 인정하고 칭찬하던 바였다. 그런 석환은 효성원 배달원 생활 오 년 만에 창릉천 옆 거의 버려지다 시피 한 호박이나 심어 먹던 마당 낀 낡고 낡은 집을 제 것으로 마련했다. 어떻게 하려나 지켜보던 사람들의 궁금증은 얼마 가지 않아 탄성으로 이어졌다. 석환은 누구 도움받지 않은 채 그 무너질 것만 같던 농막 헌 집을 제 손으로 뜯어고치고 바르고 붙이고 세우고 단장해서는 완전히 새집으로 만들어 내고 말았다. 그런 후 그는 삼송대로 변에 철물건재상 가게까지 차렸다. 그렇게 인생 설계 흡족하게 해내고 나서 홀어미를 모시며 알뜰하게 사는가 싶더니, 마을 사람들 눈에 띄지 않으며 어찌어찌 비밀스레 연애했는지 어느 날 갑자기 경숙이 언니 못지않게 콧대 높던 셋째 동생 말숙이와 떡 하니 혼인 올린다고 공표하여 마을 사람들을 깜짝 놀라게 만들기도 했다. 석환은 가히 삼송리의 인물인지라 둘의 혼인을 누구 하나 축복하지 않은 사람이 없었다. 결혼식 또한 훌륭했다. 연탄공장에서 삼십 분 단위로 연탄 찍어 내듯 하는 뻔한 예식장 결혼식으로 쓸데없이 돈 쓰는 대신 농협은행 앞 주차장 공간을 빌려서 차일 천막 서너 개 쳐 놓고, 마을 어르신들 제대로 모셔 놓고, 고양 종합학교 교장 선생님 주례로 번듯하게 식을 치렀다. 뒤풀이는 홍릉갈비 집 사장 희나가 이끄는 송포호미걸이 풍물 연주놀이패가 트럭 타고 찾아와 온 마을이 떠나가도록 신명나는 연주 놀이를 한 시간 정도 풀어주어 잔치 분위기를 제대로 돋우었으니 훗날 그 전설 같은 이야기가 원당과 관산동, 성사동, 멀리로는 화정동과 백석동 일대에까지 두루 퍼져 오래 전해졌을 정도였다.

그런 석환에게 불행이 있다면 자식이 없다는 것이었다. 어떻게든 아이를 가져보려고 별의별 용쓸 일은 다 해 보았어도 말숙의 배에는 애가 들어서지 않았다. 무엇인가 문제가 있는 것이 분명하다는 결론에 이른 둘은 함께 병원에 가서 정밀 검사를 받았다. 그리고 문제는 석환에게 있는 것으로 판명되었다. 성인 남자 백 명 중 한 명 정도 걸린다는 무정자증이었다. 석환의 홀어미는 애미가 못나서 애를 잘못 나아 저 지경 되었다고 통곡했고, 양로원의 노인네들은 석환이 코흘리개 시절부터 사타구니에 새남 소리 나도록 하도 싸댕겨서 씨가 말라 버린 것이라는 진단을 내리기도 했다. 그러거나 말거나 정작 본인인 석환은 무덤덤하게 받아들일 뿐이었다. 그 이야기가 알려진 얼마 후 영규 일당은 문 단장 극단 사무실에서 동환네 통닭 세 마리나 튀겨 올려놓고 석환을 위로하는 자리를 마련한 적이 있다.

"아니, 애 없다고 인생 뭐, 어떻게 되는감?" - 석환
"그렇지, 그건 그래." - 영규
"꼬매지 않고도 어디 가서, 응? 바람 쐬는 데 부담 없고, 좋지 뭘~." - 문 단장
"때 봐서 애 하나 입양하는 건 어떨까 싶어. 그러면 복 받는 거라." - 박 시인
"미쳤어? 애 만들어서 집값보다 비싼 교육비 대느라 허리 휘지게?" - 석환
"그래도 애는 하나 있어야 햐. 그래야 부부 사이 오래가는 것이여." - 영규
"애 교육비로 쓸 돈 가지고 마누라 데리고 좋은 데 여행 다니면서 꽁냥꽁냥 잘 살다 죽을랍니다." - 석환
"에 참, 거 도와 드릴 수도 없구, 참. 거시기 하네요, 잉~." - 동환
"뭘 어떻게 도와준다는 거야 이 자식아!" - 석환
"맴이 그렇다는 거쥬. 화를 내구 그래쌰~." - 동환

아침 일곱 시 무렵 석환은 잠자리에서 일어나 주방으로 나오며 연신 고개를 갸우뚱거렸다.

"왜, 뭐, 잠 잘 못 잤어, 자기?"

미역국에 넣을 마늘을 다지던 말숙이 힐긋 돌아보며 물었다.

"아니, 그게 아니고……."

"자고 일어나자마자 고개만 갸우뚱거리는 게, 뭐 개꿈이라도 꿨나 봐?"

"개꿈? ……그렇네. 개꿈이네, 그게. 돌아가신 아버지가 나타나더니 주머니에서 자꾸 뭘 꺼내 주는 거야. 먹는 것도 있고 물건 같은 것도 있고 뭐 그랬는데, 나중에는 지겨워서 그만 달라고 하는데도 뭘 또 건네줘. 뭔지 모르는 꼬물꼬물 움직이는 덩어리였어. 그냥 허여멀건, 뭔지 몰랐거든? 근데 이제 생각해 보니 맞어, 개새끼다 싶네, 그게."

"개꿈은 개꿈이네. 자기야, 얼른 씻고 와. 밥 먹어야지."

"꿈에 조상님 보면 좋은 일 생기는 거라 하던데, 개새끼가 나타나 가지고 개꿈으로 만드네, 빌어먹을."

그렇게 투덜대던 아침이 지나고 점심되기 전 즈음 가게에 앉아 매출 장부를 들여다보던 석환에게 전화가 걸려 왔다. 창릉천에서 텃밭을 넓게 갈아먹고 있는 삼철 망통 노인의 전화였다. 창릉천은 여름철 장마나 폭우 때 북한산으로부터 나오는 물로 조금 불어나는 것 빼고는 언제나 실개울 건천이었다. 그래서인지 천 좌우로는 빈터가 많았고 그것들은 삼송리 사람 몇이 텃밭으로 활용하고 있었다. 그중에 윗대부터 창릉천 일대를 휘어잡았던 삼철 망통 노인이 가장 넓은 텃밭을 가지고 있으면서 옥수수니 콩이니 호박이니 가지니 오이니 등을 만만찮게 소출해 내곤 했다.

"예, 영감님. 어디 편찮으신 데는 없고요?"

"응, 가랑이 사이에 잡히는 게 없어서 그렇지, 다른 건 아직 멀쩡해. 거, 점심 먹고 잠깐 건너와 봐."

내일모레면 칠성판이 어른거릴 다 늙은 영감탱이 입에서 잡히네, 잡히지 않네, 하는 소리가 다 나오나 싶어 석환은 피식 웃음을 흘렸다.

"왜요? 무슨 일 생겼어요?"

"와 보면 알게 돼."

삼칠 망통 노인의 이름에 관하여서는 진한 사연이 있다. 그는 1937년생으로 요코하마에서 태어났다. 그의 친조부는 고향 삼송리를 지키고 있었으나 친부는 일찌감치 일본으로 건너가 요코하마에 있는 제철 공장에서 일했다. 가정을 이루고 오붓하게 잘 살던 중에 일본이 패전하고 한국이 독립하자 친부는 요코하마 생활을 정리하고 1946년 봄 무렵 되어서 가족과 함께 삼송리로 돌아왔다. 삼송리에 돌아오자마자 먹고사는 것 챙기랴 집안 내부 일 정리하랴 이런저런 일에 쫓기다 보니 그만 가족 호적 정리하는 것이 늦어졌다. 차일피일 미루다가 그마저도 기억 속에서 사라진 지 얼마 지나지 않아 전쟁이 터졌다. 북한군이 서울을 향해 진격하던 일번 국도를 품고 있는 삼송리였기에 북한군은 삼송리에 인민군 정치보위부원들과 소대 단위 부대를 잔류시켰다. 서울이 함락되고 한강대교가 끊어졌다는 소문이 들리던 날 갑자기 인민군 정치보위부원들이 움직이기 시작했다. 동사무소 서류를 놓고 이미 마을 사람들의 기본 신상 파악을 마친 그들은 주민 명단을 들고 군인 몇 이끈 채 집 집마다 돌아다니며 명단에 없는 사람들을 끌고 가서 동사무소 앞 공터에 몰아넣었다. 그곳에는 마을 원로 노인 둘이 불려 나와 있었다. 정치보위부원 중에서 계급이 가장 높은 자가 원로들에게 일일이 물어가며 의심스러운 사람이 있는지 확인했으나 모두 삼송리 사람들임이 확인되었기에 별다른 불상사는 일어나지 않았다. 한 차례 사태가 진정된 후 이제 웃지 못하는 일이 삼칠 노인에게 일어났다. '위대한 김일성 수령 동지의 특은으로 호적을 갱신'해주겠다며 정치보위부원이 나서서 이름 등재하지 않은 사람들에게 각자 생년월일과 이름을 적어 내게 했다. 이때 친부가 적어 낸 삼칠 망통 노인의 것은 이렇게 되어 있었다.

'一千 九百 三十 七年 三月 七日 生. 朴鈴木(일천구백 삼십 칠년 삼월 칠일 생. 박영목)'

정치보위부원은 병사들이 가져온 조그만 책상을 끼고 앉아 신상을 적어 낸 사람들을 일일이 호명하고 확인해 가며 꼼꼼히 호적부를 적어 나갔다. 그러다가 '박영목' 순서에 이르러서는 손동작을 멈추더니 불현듯 벌떡 일어나 날카롭게 소리 질렀다.

"박영목 동무가 뉘김메? 앞으로 나오기요!"

요코하마에서 자란 아들놈이 우리말을 하지 못했기에 아비가 나섰다.

"제 아들놈 됩니다만."

정치보위부원은 적어 낸 생년월일과 이름이 적힌 종이를 집어 들어 다시 확인했다.

"아들 이름이 박영목, 맞슴메?"

"예, 맞습니다."

"이 봅세, 동무! 해방된 조국으 하늘 아래 이따위 이름 게지고 영게서 한 뉘르 살거우다? 아이?"

그의 심한 함경도 사투리를 알아들을 리 없어 그저 두 눈만 껌벅껌벅하고 있자니 재차 닦아세우는 말이 이어졌다.

"내 됴케 말으 함 족대겨 보겠음메. 어째 아직도 왜놈 이름으 쓰는겜둥? 이 이름, 스즈끼 아임둥?"

삼칠의 아비는 가슴이 철렁 내려앉았다. 요코하마 시절 아들내미를 낳고는 이름을 짓자고 고민하던 그는 마침 공장 동료의 이름 성이 스즈끼, 영목인 것을 놓고 뜻이 좋은 듯하여 아들내미 이름으로 정해 썼던 것인데, 오늘 그 이름을 그대로 적어 올린 것이고 그것을 정치보위부원이 짚어낸 것이었다.

"이 창씨개명짜가 어드레서 남아 있슴메? 지기럽다이?"

그는 한 번 뱀눈으로 쪼옥 쏘아보고는 곧 호적부에 뭐라 휘적대더니 이렇게 말했다.

"동무, 즉금 서울이 해방된 아주 됴온 날이라 내 맘세르 쓰우다. 스즈끼라는 썩어질 반동 이름으 대신 삼칠년 삼월 칠일 생을 따서리 삼칠로 했수다. 됴온 이름이니까 앞으로 개당하게 쓰기 바라우다."

그때부터 삼칠이라는 이름이 생겨났고 그가 장성했을 때 섯다판에서 하고한 날 이름 따른다고 삼칠 패만 잡는 바람에 망통 별명까지 덧붙여지면서 전설로 전해지는 삼칠 망통 이름이 삼송리에서 불리게 된 것이다.

자전거를 세우고 농막으로 들어서자 어디서 주워다 쓰고 있는 낡은 소파에 앉아 있는 삼칠 망통 노인 옆에는 웬 작은 개 한 마리가 조용히 꼬리를 흔들고 있었다. 기본은 흰색인데 듬성듬성 밤알만 한 갈색 얼룩을 갖는 개였다.

"저 왔습니다. 근데 못 보던 개가 다 있네요? 어디서 받아왔대요?"

"받아오긴, 내가 언제 개를 키우기나 허간? 먹기나 하지."

"그러면 무슨 개래요?"

"아침나절 느지막이 텃밭에 나갔더니 이 쪼꼬만 녀석이 텃밭 가생이에서 콩 줄기들을 뜯어 물고 지랄을 치고 있지 뭐여? 이게 쉭쉭 하면서 내치면 치빼나 했더니 웬걸, 우자~ 여까지 쫓아오지 뭐여."

"어찌시려고요? 잡아드시려고요? 그건 요즘 불법인 서 아시죠?"

"불법이고 뭐고 간에 내가 무슨 힘이 있다고 개를 잡아먹나? 아, 이놈 좀 처분해 줘."

"제가 뭘 어떻게 처분해요?"

"거, 시든 구청이든 유기견 받는 데 있잖어? 나 대신 갖다 주라고 부른 거여, 오늘."

"애가 마을에서 못 보던 개인데, 동산동 개인가?"

"동산동도 이런 개는 없었을 것이고, 분명 세수리 윗마을 개 농장 있잖여? 거기서 도망쳐 나온 놈 같아."

"그래서 애가 얌전하구나~. 그나저나 도로 갖다 줘야 하는 거 아녜요?"

"그 자식한테 왜 주나?"

"유기견으로 보내면 결국 죽어요. 안락사 시키거든요. 애한테 미안하기도 하고, 보내기도 아깝네요. 귀엽게 생겨가지고, 짜식이 말야."

"아, 그럼 가져가 데리고 살던가~. 이거 암놈이야, 새끼도 칠 수 있다고. 먹이는 많이 먹지 않더라고. 사료비 걱정 안 해도 될 거야."

삼칠 망통 노인의 그 말에 석환의 머릿속에서 에밀레종이 울렸다. 뎅~.

"아, 그런다고 개를 덥썩 데리고 오면 어떻게 해? 난 몰라 이제!"

예상했던 대로 말숙의 성화가 따랐다. 하지만 석환은 어젯밤 꾸었던 꿈을 떨칠 수 없었다. 꿈속의 흰색 덩어리가 개였고 이놈도 흰 몸통을 가지고 있지 않은가? 석환은 개를 끌어안으며 싱글거렸다.

"이놈은 아버지가 점지해 준 놈이야. 내가 애 없이 산다고 이놈을 보내주신 거라고. 내 자식처럼 데리고 살라고 말이지. 암놈이니까 딸내미 삼으면 되겠네. 아이구, 이놈아~. 이 귀여운 놈아~. 우쭈쭈쭈~"

말숙은 기가 막혔다.

"그럼, 주민센터에 가서 출생신고도 해야겠네? 딸내미 생겼다고?"

"야 이 사람아, 출생신고를 하더라도 이름부터 지어야 할 거 아닌가, 이잉?"

"환장~. 하여튼 그 개새끼 방안에 들이기만 하면 내가 쥐약 먹일 거니까 알아서 하고, 개털 날리고 똥 싸면 자기가 다 치워. 알았어?"

"이놈 보니까 믹스견이 분명한데, 그렇다면 똥개다 이거지? 음……. 똥이라. 그래, 네 이름은 똥 변. 변이다. 변아~"

"변 같은 소리다. 무슨 개 이름을 그렇게 진대? 웃겨 증말."

"좀, 그렇지? 변……, 비연……, 비연. 비엔……, 비엔."

갑자기 석환이 가갈갈갈 웃음을 터뜨렸다.

"얼래? 개 이름 짓다 실성했나? 갑자기 왜 그런데?"

"이 녀석 이름은 이제부터 비엔나다, 비엔나! 공주님이니까 이름도 맞아떨어지네, 그랴. 큭큭큭~."

"비엔나? 흐따, 이름 한번 이쁘기두 하다. 암컷 똥개 새끼가 갑자기 신데렐라 공주가 되었네, 그냥~."

말숙도 어쩔 수 없다는 듯 따라 웃었다. 그렇게 하여 비엔나는 석환네 새

식구가 되어 살게 되었다.

"애가 크면 살이 좀 붙을라나?" - 동환
"비엔나라, 이름 잘 지었네." - 박 시인
"무슨 아이스크림 이름 같다, 그치?" - 영규
"오스트리아라고, 유럽에 그런 나라가 있는데, 거기 수도가 비엔나입죠."
- 문 단장

마을 한 바퀴 좋게 돌고 와서 새장 앞에 도착하자마자 걷고 뛰고 하느라
열 오른 몸을 식히려고 차가운 길바닥에 뱃가죽 붙이고 납작 엎드린 채
헥헥거리고 있는 비엔나를 내려다보며 각자 한마디씩 했다.

"우리 딸내미입니다. 예쁘게들 봐주세요. 어허허~!" - 석환
"딸내미 하나 잘 얻었네, 그랴. 열 아들 안 부럽겠어~." - 영규
"나중에 때 되면 말해유. 내가 확 튀겨 드릴랑게. 된장 바르는 거보단 맛
있을규." - 동환
"니 주둥아리나 튀겨서 맛나게 처먹어라." - 석환

비엔나는 자라면서 사료는 잘 먹는데 몸집은 그다지 불어나지 않았다.
녀석에게 말티스 느낌이 묻어 있어서 그쪽으로 믹스된 것 아닌가 싶었는
데 몸집이 더 불어나지 않는 것을 보면 아무래도 그런 것 같았다.

그렇게 저렇게 날이 흐르고, 어느 날 석환이 주민센터에 들렀을 때 직원

들이 옆자리 동료들과 무슨 얘기들을 분주히 나누는 것이 평소와는 달라
보였다.

"통장님 오셨어요?"

젊은 남직원 하나가 인사를 건넸다.

"오늘 무슨 날이야? 다들 얼굴이 붕 떠 있네?"

"에스비에스에서 우리 동네에 드라마 찍으러 온다고 하네요."

"드라마 찍으러?"

삼송리는 오래전 방송국 멜로드라마 야외 촬영지로 유명했다. 농협 대학
교에서 서삼릉 들어가는 길이 아주 낭만적으로 예뻤다. 그 길을 배경 삼
아 남녀 주인공이 걷거나 차를 천천히 모는 장면 찍는 데는 고양시 일대
에 그만한 장소가 없었다. 그러던 것도 한때였다. 방송국에서 노상 같은
배경을 쓸 리 만무였으니 말이다. 그런데 이제 또 방송 드라마 촬영이 나
온다니, 아직도 서삼릉 길이 쓸 만하여 그런가? 석환은 속으로 묻다가 그
러거나 말거나 신경 쓸 일 아니다, 여겼다.

"능이버섯 집하고 흙 다방에서 찍는다는데요?"

"뭐? 그 시골 냄새 팍팍 나는 곳에서?"

"시대물이라서 그곳을 잡았나 봐요. 이번에 새로 들어간다나, 어쨌다나.
뭐, 그러네요."

"누가 와서 찍나?"

"이우향 아시죠?"

이우향이라면 한 시절 섹시 스타로 이름깨나 날린 중견 여배우다. 그런
거물이 삼송리에 다 나타나다니.

"이우향하고 신인이 하나 있는데, 이름이 뭐라더라?"

옆자리 여직원이 이름을 알려주었다.

"윤혜연~."

"꼴랑 둘만 오나?"

"모르죠, 그거야."

"센터장님께서 배우분들 환영 인사를 하시겠다고 하던데 통장님도 같이 자리 안 하세요?"

"내가 왜 서시 셔, 끼길? 탤런트 못 보고 죽은 귀신이라도 있나. 허허~."

그렇게 며칠 날짜가 지나고 방송 촬영일이 된 날, 주민센터 젊은 남직원으로부터 전화가 왔다.

"센터장님이 본청 호출 받아 들어가신다고 오늘 촬영장에 통장님이 대신 가 주셨으면 하는데, 어떠세요?"

"내가?"

"센터장 안 계시면 통장님이 넘버투잖아요."

석환은 시간에 맞춰 가게 문을 잠그고 '잠시 외출 중' 푯말을 걸으면서 구시렁거렸다.

"방송국 탤런트가 무슨 벼슬이라고 통장인 내가 가서 인사를 하네 뭐네 해야 하는 거야? 빌어먹을……."

자전거 몰고 삼송 능이버섯 전골 식당에 도착하니 방송국 차량 서너 대가 빽빽이 들어차 있는 중에 어느 차량으로부터 뽑혀 나온 것들인지 전원 공급용 케이블이 식당 문턱을 넘어 안으로 들어가 있었다. 오늘 본 때 있게 촬영하는구나 싶었다. 식당 안쪽에서는 여사장 선자가 상기된 표정으로 스탭들의 요청 사항을 들어주느라 정신없어 보였다. 주민센터 젊은 남직원이 석환을 에이디에게 안내했다.

"여기, 통장님 오셨습니다."

건방져 보이는 어린 에이디는, "아 네, 잠시만요." 하더니 방송국 차량으로 급히 뛰어갔고, 곧이어 선글라스 낀 젊은 사내가 석환에게 잰걸음으로 다가왔다.

"통장님 되십니까? 안녕하세요~. 드라마 맡은 김종국 피디입니다."

"수고 많으십니다. 누추한 삼송리에 오셔 가지고, 예? 그 참, 고생 많으십니다, 예."

"무슨 고생은요? 하하~."

"뭐, 촬영하는 데 불편한 건 없는지요?"

"저, 그것이……, 뭐 하나 부탁해도 될까요?"

"말해 보세요."

"우리 스탭들이 일을 하나 놓친 게 있어서 그런데요, 혹시, 어디서 애완견 하나 급히 물색해 주실 수 없나요?"

"애완, 개요?"

"예. 개. 두 마리도 아니고, 한 마리요."

"누구한테 개를 빌리노? 그런 건 제가 다 알고 있지 않아서……."

"좀 작고 귀여우면서 털은 좀 길고, 그런 거 있잖아요? 실은 저희가 준비한 게 있기는 한데 이것이 털도 짧고 크기만 한 게 똥개 같다고 이우향 선생님이 막 화를 내서, 그게. 예."

석환이 부랴부랴 집에 가서 비엔나를 데리고 나타나자 에이디는 그것을 받아 들고는 커다란 SUV 차 안에서 대기하고 있던 이 우향에게 가서 보였다. 잠시 후 비엔나를 안고 이우향이 매니저로 보이는 젊은 여자를 데리고 차 밖으로 나와 에이디의 안내로 석환에게 다가와 인사를 건넸다.

"안녕하세요? 저 아시죠?"

"아 예, 이우향 씨, 예. 뵙게 되어서 영광입니다!"

이우향은 긴장하여 얼어붙은 석환의 자세를 즐기기라도 하는지 싱긋 웃으며 말을 이었다.

"오늘 신세 좀 지겠습니다. 강아지가 정말, 예쁘고 순하네요. 사람 가리지도 않고. 어쩜 이러니?"

"아이구 예, 마음에 드신다니 천만다행입니다!"

이우향은 유럽 귀족 부인 흉내라도 내는지 손등이 보이게 손을 내밀었고 석환은 거의 구십도 각도로 허리를 숙이며 그녀의 손을 두 손으로 위아래 포개 잡았다. 석환은 짧은 찰나일지언정 한 때 대한민국 최고 섹시 아이콘이었던 이 우향의 살결을 최대한 느끼려고 온몸의 말초신경을 최대한 끌어모아 자기 두 손에 몰아넣었다. 하지만 뭔가 불편하다 싶었는지 이우향은 곧 손을 뺐었고, 피디가 다가와 촬영 준비해 달라는 말을 건넸다. 뒤로 물러서는 석환의 얼굴에 못내 아쉬운 여운이 맴돌았다.

그로부터 사흘 후, 또다시 주민센터 남직원으로부터 석환에게 전화가 왔다.

"통장님, 오늘 이따 오후에 바쁘세요?"

"아니, 가게 지킬 일만 있는데, 왜?"

"그럼 이우향 씨 만나 주실 수 있어요?"

"뭬이?! 이우향이를? 아, 왜!"

석환의 동공이 무척 바쁘게 흔들렸다.

"엊그제 촬영 때 통장님 강아지 빌려 썼잖아요?"

"그랬지. 그런데?"

오후 네 시. 사람들의 눈을 피하자고 흙 다방에서 만난 석환과 이우향. 그녀의 옆자리에는 사흘 전에도 보았던 매니저도 동석하고 있었다. 잠시 후 석환의 품에 조용히 안겨 있던 비엔나가 이우향의 품으로 건네졌다.

"애가 어찌나 얌전한지 촬영 들어가서도 놀라지 않고, 이렇게 영특한 개는 처음 봐요. 애 이름이 비엔나라고 했죠?"

"예, 비엔나입니다."

"김 피디하고 얘기를 좀 나눴거든요. 앞으로 이 개를 제가 계속 쓰는 것이 좋겠다고 말이죠."

"그러면 그게……?"

"개가 귀티까지 나는 것도 마음에 들고요. 그런데, 이 개 혹시 잡종 아니죠?"

석환의 머릿속에서 순간 빠직 소리가 났다. 당연히 잡종이지만 대놓고 잡종 아니냐고 물으니 기분 더러워진 것이다. 이걸 구라를 쳐? 말어? 마침 윤 마담이 커피를 가져와 테이블에 놓는 바람에 생각할 시간이 보태졌다. 윤 마담이 물러난 후 석환의 입에서 이런 말이 나왔다.

"그게, 오스트리아 개라고 하더라고요. 제 친구가 애완견을 많이 키우는데 그중 한 놈을 분양해 준 게 그놈입니다."

"오~! 오스트리아 개? 그러면 순종인가요? 어머나, 내가 처음에 봤을 때도 느낌이 오더라니. 호호호~."

옆에 앉아 있던 매니저의 입도 싸게 돌아갔다.

"선생님, 제가 개를 좀 보거든요. 이거 순종 맞는 것 같아요."

"그래, 성희 매니저가 개를 좀 키웠다고 했지?"

이제 석환이 말뚝을 박을 차례였다.

"에……, 아 예. 그거 순종 맞습니다."

"어머 그렇죠? 무슨 종이에요? 오스트리아 개는 처음 봐서요."

꿀떡 물은 석환의 입이 열리는 데는 몇 초의 시간이 흘러야 했다. 그 짧은 시간 동안 석환은 머리를 굴렸다.

"……그게, 쉬, 쉬고르, 벼언, 입니다."

혀 근육을 최대한 비튼다고는 했으나 아무래도 어색하게 나갔구나 싶어 석환의 얼굴은 똥 씹는 상이 되고 있는데 이우향의 입에서 엉뚱한 말이 떠듬대며 나왔다.

"쉬, 코르, 비엔, 나?"

여기에 가만하나 있으면 중간이라도 갈 매니저가 분연히 대못을 치고 나왔다.

"슈코르비엔나! 선생님! 원래 그쪽에는 슈짜 들어가는 이름들이 많잖아요? 슈베르트, 슈트라우스, 슈타인. 뭐, 그런 거 말예요, 그렇죠? 슈코르비엔나, 어머나 멋져라~!"

어라? 이 여자들 귓구멍은 스리쿠션을 먹나 웬 슈, 슈코르비엔나야? 석환이 뜨악해하든 말든 상황은 어이없게 이대로 정리되어 갔다.

"아하~, 그래서 이름도 비엔나구나?"

이우향은 기분 좋아진 표정으로 매니저에게 코를 찡긋해 보이기까지 하면서 신나게 맞장구쳤다.

"그래, 우리 성희 매니저는 아는 것이 참 많아서 내가 도움 많이 된다니깐."

"선생님, 슈코르비엔나, 처음 들어보는 종인데, 그렇다면 희귀종인 거죠. 무엇보다도 개가 너무 예뻐요! 요크셔테리아니 말티스 하는 것들 떼로 모아 놓아도 이렇게 예쁜 개는 없을 거예요."

이우향과 매니저가 죽이 맞아 쩔고 까부는 모습에 석환의 얼굴은 점점 상기되어 갔다.

"통장님, 개를 좀 저에게 양도해 주실 수 없나요? 제가 입양해서 잘 키우고 싶어요. 물론 촬영에도 필요하고 말예요. 분양 사례를 어떻게, 얼마 드리면 될까요?"

"아니, 그게, 저⋯⋯, 절대 팔 수 없습니다! 제 딸입니다, 그 아이는."

비장한 각오로 야음을 틈타 세수리 윗마을 개 농장을 성공리에 탈출한 쉬고르 잡종 똥개 비엔나는 그렇게 졸지에 대한민국 슈코르비엔나 종 시조견이 되어 최고 섹시 스타로 한 시대를 풍미했던 중견 여배우 이우향의 품에 안긴 채 그날부로 삼송리에서 사라졌다. 날이 저물고 저녁이 되자 영규 일당은 동환의 가게에서 통닭 파티를 열었다.

"쉬고르 똥개치고는 많이 받은 거야. 기록적이다, 기록적." - 문 단장

"딸내미 좋은 데 시집보냈다고 쳐." - 영규

"재수 좋은 놈은 머슴을 살아도 과부댁 머슴살이라더니, 하여튼 형은 늘 대박유 대박. 이우향 손을 다 잡아보질 않나, 똥개 새끼 가지고 큰돈 벌지를 않나." - 동환

"큰 거 두 장 받았으면, 그거 왔다 땡잡은 거지, 암만!" - 박 시인

"이따 닭 한 마리 더 튀길까유? 집에 형수도 드시게." - 동환

182

"에~ 빌어먹을. 내 팔자에 무슨 자식이냐~. 개새끼도 내 자식이 안되네, 썅." - 석환

"앞으로 드라마에 나올 거 아녀? 그때마다 저게 내 딸내미 비엔나다~, 그러면 되겠구먼." - 영규

그날 밤, 말숙은 석환에게 화를 퍼부었다.

"왜 나한테 한마디도 않고 비엔나를 팔았냐고~!"

"언제는 개 싫다고 한 사람이 누군데?"

"가서 비엔나 도로 찾아와. 찾아오라고오~!"

"드라마 틀면 비엔나 볼 수 있으니까, 닭이나 먹어 얼른. 식겠어."

"비엔나 내다 판 돈으로 사 온 닭이, 응? 입에 넘어가겠냐?! 이 씨."

"내, 다시는 개를 들이나 봐라. 내 팔자에 무슨 개야? 빌어먹을."

이날 밤, 말숙의 석환 볶아대는 소리는 늦도록 이어졌다.

그로부터 얼마 후. 새장 안에서 열심히 구두 닦던 영규는 문득 고개를 들어 바깥을 내다보고는 입을 쩍 벌렸다.

"아니, 둘이서 쪼옥 빼입고 어디 좋은 데 마실가나? 오늘 뭔 날이래?"

새장을 지나가다가 영규의 말을 듣고 잠시 선 석환과 말숙의 정장 차림새는 분명 여느 때와는 달랐다.

"예, 어디 좀 갑니다아~."

말숙은 어색해하는 웃음을 머금었다.

"워따, 둘이 데이트 가는 거야?"

"마포 합정동에 좀 가려고요."

"마포 합정동? 거긴 왜?"

"홀트 아동복지회라는 게 있더라고요. 거기 가는 길입니다."

"홀트? 무슨 사탕 이름 같은데?"

"다녀올게요, 형님~."

"어 그려, 가서 잘 놀다 와~."

둘은 가볍게 목례를 남기고 삼송역 입구 쪽으로 향했다. 영규가 손으로는 구두에 휘발유 먹인 구두약을 열심히 문지르면서도 새장 옆 창 너머로 석환과 말숙의 말쑥한 뒷모습을 계속 바라보고 있자니 삼송역 입구에서 막 튀어나온 중년 여인이 급한 걸음으로 새장에 다가와 고개를 들이밀었다.

"아저씨! 이 근처 도장 파는 데 있어요?"

영규는 그 여인에게는 눈도 주지 않은 채 석환네 쪽만 바라보면서 커피 자동판매기 동전 넣고 찌르면 바로 커피 나오듯 자동 반사적으로 대답해 주었다.

"길 건너 시계방은 목도장 팔천 원 뿔도장 삼만 원, 삼송 알파 문구점은 목도장 육천 원 뿔도장 이만 오천 원입니다~. 바쁘면 빨리 파는 문구점으로 가시고요~."

무엇인가 급한 일에 쫓기는지 중년 여인은 고맙다는 인사말을 휴지 덩이 내던지듯 하고는 부랴부랴 횡단보도 쪽으로 달려갔다. 그러거나 말거나 영규는 석환과 말숙이 에스컬레이터를 타고 역 안으로 사라질 때까지 흐 뭇한 눈길로 바라볼 뿐이었다.

그로부터 두 달 후, 석환과 말숙은 다시 정장을 차려입고 삼송역에서 전 철을 탔고 그날 오후, 예쁜 강보에 담긴 아이 하나를 품에 안고 나타났다.

"애가 똘망똘망허다~." - 영규

"그래, 아들내미보다는 딸이 좋지. 커서 사내자식들 대대 단위로 울리겠다야." - 문 단장

"내가 옛날에 그랬잖아, 애 입양하면 복 받을 거라고. 내 장담한다. 석환 통장, 이제 큰 복 내려진다. 안 그러면 내 손으로 장을 지져라." - 박 시인

"뭘 지져유 지지길? 그냥 튀기고 말지. 거시기, 애 이름은 지었대유?" - 동환

"이제 지어야지." - 석환

"그럼 비엔나루 지어유~." - 동환

"사내아이 데려왔으면 삼칠 망통으로 하자고 할 놈이어, 저것이." - 석환

"비엔나, 이쁘기만 하던디 난. 왜 그런댜?" - 동환

별을 여덟 번 보여 주는 남자

문 단장은 삼송리에 들어와 산 지 어언 이십여 년 된 중견 토박이다. 대학교에서 연기를 전공한 후 대학로에 진출했던 그는 두어 번의 연기 도전 끝에 연기로는 도저히 성공할 수 없음을 절감했다. 그렇다고 배운 것이 도둑질이거늘 다른 쪽 분야로 쉽게 눈 돌릴 엄두는 낼 수 없었다. 그는 고민 끝에 길을 가도 같은 길을 가자고 결심하고는 자기가 기획한 공연에 돈줄을 끌어들여 제작 공연하는 프로덕션 사업 쪽으로 눈을 돌렸다. 다행히 그의 기획력은 제법 뛰어났고 인간관계 역시 매끄러웠기에 여윳돈 좀 굴린다는 제작자를 잘도 잡곤 했다. 그렇게 연극계의 환경과 생리를 터득해나가던 중 앞으로는 성인극보다는 어린이극 쪽 사업성이 나을 것임을 깨달았다. 그는 곧바로 척박한 시골 마을로 땅값이 개 값보다 싼 삼송리에 들어와 헌 집을 사들여 새로 건물을 지었다. 그 안에는 연습실과 사무실, 샤워실, 거처 공간인 작은 방이 들어섰다. 이제 그는 대학로에서 단역만 전전하는 이름 없는 어린 배우 몇을 단원으로 끌어들였다. 그렇게 극단으로서의 요건을 갖추고는 곧바로 연극협회를 찾아가 자신의 이름 문익성 명의로 어린이 극단 별마루를 정식으로 등록했다. 문 단장은

186

자신의 기획 능력을 믿고 있었다. 우선 제작자를 잡아 어린이극을 준비했다. 그러는 중에 그는 고모부를 찾아뵈었다. 그의 고모부는 당시 서울시 교육청 부교육감이었다. 고모부는 서울 시내 전 유치원과 전 초등학교에 유년 초년 아동의 인성과 정서를 함양하기 위한 교육 환경 개선 차원으로 어린이극을 널리 권장하라는 공문을 담당 부서에서 일괄 발송하게 했다. 그에 맞춰 문 단장도 서울시 전 유치원과 전 초등학교 앞으로 어린이극 공연 안내문을 두 번 세 번 발송했다. 그 결과 그의 어린이극 공연 사업은 대성공을 거두었다. 대학로에서 첫 공연 사업이 성공적으로 끝나자 이제 경기도 일대의 유치원과 학교를 직접 찾아가는 순회공연을 기획했다. 물론 그 또한 전설적인 성공을 거두었고, 그것으로 어린이 극단으로서의 별마루 입지는 완성될 수 있었다. 저 푸른 바다에서 경쟁자 없이 홀로 여유롭게 헤엄친다는 블루오션 전략을 문 단장은 이때 귀신같이 펜 것이요, 그것으로 일대 성공을 일구어 냄으로써 대단한 사업가로서의 면모를 발휘했던 그였다. 하지만 그의 성공 시대는 그리 오래가지 못했다. 별마루 성공 신화가 널리 퍼지는 것과 동시에 어린이극 관람 수요도 크게 느는 것까지는 좋았지만 뒤늦게 신생 어린이 극단들이 뛰어들면서 시장 상황은 뜨거운 경쟁 구도로 변했다. 이른바 블루오션이 레드오션으로 바뀐 것이다. 그 때문에 극단 별마루의 예전 같던 호황은 언감생심이 되고 말았다. 그런 시절을 겪으면서 형편이 쪼그라들었던 것인데 그래도 문 단장은 공연 사업을 평생의 업으로 삼으면서 어린이 극단 별마루를 끈질기게 운영하고 있다.

문 단장은 독신이다. 그러면서 숱한 여성 편력을 즐긴다. 극단 건물을 드나드는 여자들이 몇 개월 단위로 바뀔 정도였다. 그렇다고 그가 색골이라서 그런 것은 또 아니다. 스스로 절제할 줄도 안다. 질척대는 여자는 과감하게 정리하는 식으로 지저분함과는 거리를 두며 산다. 그런 그에게 왜 여자들이 끊이지 않고 따랐을까? 이것은 영규 일당이 갖는 최대의 의문점이었다. 어느 날 늦은 오후. 새장 옆 파라솔 그늘에 모여든 그들은 문 단장을 앉혀 놓고 추궁하기 시작했다.

"뭔 기술이라도 있지? 그렇지?" - 박 시인
"흥흥흥~." - 문 단장
"있긴 있겄쥬~." - 동환
"있겄지. 없어 봐, 어느 조개가 그렇게 다닥다닥 달라붙겠어?" - 영규
"문 단장, 뭐가 있긴 있는 게지? 그렇지?" - 박 시인

영규 일당은 이날만큼은 이 점 제대로 짚고 넘어가자는 분위기를 물고 가면서 확실하게 부러뜨리자는 심정으로 달라붙어 다그쳤다.

"말 좀 해 봐 어여~. 뭐가 있을 거 아녀? 늙은이 속 터져 죽겄어, 그냥." - 영규
"아따, 형님은 또 왜 그렇게 관심이 많으시대요? 현성이 할머니 두고 또 만나는 할망구 있나 보죠?" - 석환
"만나면 안 되냐, 인간아?" - 영규
"음마? 다 늦게 회춘하셨나 봐유?" - 동환

눈 감고 팔짱 낀 채 이리 찌벅 저리 찌벅 추궁당하고 있던 문 단장이 이윽고 눈을 떴다.

"기어이 오늘 천기누설을 해야 하나……."

천기누설이라는 말에 흩어져있던 눈알들이 흰자위 면적을 일거에 늘리면서 샙뜨기 눈이 되어 문 단장 앞으로 와락 모여들었다.

"천기누설?!" - 박 시인

"암만." - 문 단장

"워메, 요즘 시상에도 그런 게 다 있댜?" - 동환

"허나 맨입으로는 사절이올시다아~." - 문 단장

"어이, 동환이. 가서 얼른 닭 튀겨라." - 영규

"닭 가지고 안 되지요~." - 문 단장

"뭐 만들어 줄까?"

오후 시간에 일손도 놓고 몰려든 영규 일당에 무슨 일이라도 났는지 궁금하여 홀에 나온 호 사장이 묻자 모두 문 단장의 주둥이를 노려보았다.

"제일 비싼 거 두 개 만들어 주십쇼~."

그 말에, '꼴에 비싸게 구네.' 하는 흐린 빛이 영규 일당 낯짝마다 쪼로록 피어올랐고, 호 사장은 그것을 잽싸게 훑었다.

"알았어. 삼송리에서 제일 비싼 군만두하고 물만두 만들어 줄게."

"옌타이꾸냥 큰 거 하나~!"

문 단장의 호기로운 외침을 효정이 받았다.

"네~, 단장님~!"

탕수육 한 점 집어 먹는 것으로 문 단장의 천기누설 이야기는 시작되었다. "그러니까 내가 열일곱 살 때였거든. 짝사랑했던 여학생에게 보기 좋게 펜치 먹고 나서 혼자 여행을 떠난 게. 그때가 일월이었고 설 막 지나서였을 거야. 엄청 추웠지 아마. 그런 때에 뜬딴지 없이 왜 울릉도에까지 들어갔는지는 모르겠지만, 아무튼 포항에서, 그때는 포항에서만 울릉도 들어가는 배가 떴거든. 포항에서 배를 타고 울릉도에 들어갔단 말이더란 말이지, 내가."

어린 익성은 페리가 울릉도 도동항에 닿자마자 같은 배를 탔던 어느 대학생 형을 따라 작은 관광용 배를 타고 도동을 떠나 울릉도 서쪽으로 북쪽으로 동쪽으로 돌면서 아름다운 비경들을 구경한 끝에 저동항에 이르렀다. 그날 하루 묵기로 한 저동에서는 그 질긴 오징어를 한 마리 통째로 씹어 먹고 나서 밤새 턱 근육 부어 잠을 제대로 잘 수 없었다. 이튿날이 되자 아침 끼니 해결한 후 지프차를 개조하여 버스로 운행하는 백차라는 것을 타고 산 고개를 넘어 도동으로 넘어왔다. 익성은 도동에서 하루 더 머문 후 다시 페리를 타고 포항으로 나가려 했다. 하지만 그날부로 울릉도는 폭풍주의보에 갇히고 말았고 배들은 모두 묶였다. 동해에서 고기를 잡던 배들도 동해어업 전진기지였던 저동항으로 모두 모여드는 상황이었다. 익성은 별수 없이 집에 계신 아버지에게 전화로 사정 얘기하고 나서 돈을 부쳐 달라고 했다. 아버지는 울릉도에는 왜 들어갔냐며 성화를 냈으면서도 다음 날 우체국 전신환으로 방값 밥값을 보내왔다. 익성은 일주일 더 여인숙에 묶여 있다가 폭풍주의보가 해제되던 날 늦은 아침 잘 차려 먹고는 드디어 출항하는 페리를 잡아탔다. 폭풍주의보가 해

제되었다 하더라도 바람은 여전히 무섭게 몰아치면서 큰 파랑을 일으켰다. 페리 승객실 안에 앉아 동그란 선창 너머를 내다보면 오 층짜리 건물만 한 파도 덩어리들이 쉴 새 없이 지나가곤 했다. 그런 파도들을 타고 피하고 하면서 페리가 앞을 치고 나가는 것이다 보니 배의 오르락내리락 요동질이 마치 그 시절 어린이대공원 인기 최고 놀이시설인 청룡 열차를 타는 것과 다를 바 없었다. 그런 격심한 파도타기에 승객들은 배 탄 지 이삼십 분 지나면서 멀미에 시달리기 시작했다. 페리 승객실 앞쪽에는 나무로 만든 사람 배 높이의 뒤주가 있었다. 사람 구토 물을 받는 용도의 통이었다. 이런 격랑에는 승객들을 밖에 내보낼 수 없기에 별수 없이 구토도 실내에서 해결하여야 했다. 사람들이 뒤주 통에 토악질해대는 횟수가 점점 빈번해져 갔다. 어떤 젊은 여자는 요동치는 배 때문에 중심을 잡을 수도 없고 벌써 서너 번 해댄 토악질로 몸의 기운마저 다 빠진 상태인지라 나중에는 아예 바닥을 기어가 가까스로 뒤주를 부여잡기도 했다. 그렇게 승객실 사람들이 초토화되는 중에 이상한 일이 일어났다. 창가의 파도 덩어리 구경에, 죽을 표정 지으며 뒤주 통 향하여 포복으로 기어가는 사람들 구경에, 정신을 팔던 익성은 어느결에 무엇인가 이상하다는 것을 느꼈다. 왜 나만 멀쩡하지?

•

"그때 가만히 따져 보니까 내가 그걸 하고 있었지, 뭐야." - 문 단장
"뭐를 했는데?" - 영규
"내가 숨을 거꾸로 쉬고 있더라니까요?" - 문 단장
"잉? 숨을 거꾸로 쉰다는 게 뭔 말이래?" - 박 시인
"그게 뭐, 똥구멍으로 숨을 쉰다는규?" - 동환

"소 여물 씹다 이빨 부러져나가는 소리 하고 자빠졌네." - 호 사장

문 단장은 실눈으로 사람들을 천천히 훑어보면서 긴장감을 끌어올렸다.

"……숨을 거꾸로 쉰다는 것! 여기에 천기누설 그 첫 장이 실리는 거지. 그게 뭔고 하니, 숨을 들이쉬어야 할 때 뱉고 있었고, 뱉어야 할 때는 들이쉬고 있었다는 거야, 내가!" - 문 단장
"그건 또 뭔 닭 뒤집어 나는 소리래유?" - 동환

아직은 이해할 수 없었다. 들이쉬어야 할 때 뱉고, 뱉어내야 할 때 들이쉰다는 것이 무슨 천기더란 말이더란 말이냐? 이때쯤 하여 문 단장은 다른이들의 술잔을 채우고는 건배 자세를 취했다.
"잔 들 드시고~. 내가 하는 말 잘 들으시란 말인데, 자, 우선 이 잔은 마시자마자 숨을 천천히 내뿜어야 합니다. 아시겠죠? 꼴깍 삼키자마자 숨 천천히 내 쉬는 거. 아직 마시지 마, 인간아."
문 단장은 술잔에 입을 대려는 동환의 머리통을 쥐어박았다.
"마시세요들~ 하면 전부 건배하고 마시세요들. 자, 마시세요들!"
모두 긴장되어 술잔을 부딪고는 문 단장 눈치를 보며 낼름낼름 술잔들을 비웠다. 그리고는 전원 숨을 천천히 내뿜었다.
"크으~!"
숨을 내쉬어야 하는 고로 다들 이 소리를 내지 않을 수 없었다.
"술맛 어때? 쫘악~, 맛 느낄 수 있었지? 그렇지?"
문 단장의 다그침이 아니더라도 모두 진한 빼갈 맛에 오만 인상을 찡그리

192

고 있었다.

"안주 드실 분 얼른 드시고. 자, 다음 잔 준비 들어갑니다."

안주 집어 먹는 중에 문 단장이 두 번째 잔을 일일이 채워 주었다.

"이번에는 꿀꺽 삼키자마자 아까와는 반대로 숨을 천천히 들이쉬세요들.
아셨죠? 들이쉬는 거."

문 단장이 하라는 대로 이번에는 잔을 비우고 나서 곧바로 천천히 숨을
들이쉬었다. 그 모습늘을 확인하듯 지켜보던 분 난상은 의미심상한 미소
를 띠었다.

"자, 어때요. 술맛, 느껴지나?"

다들 서걱거리며 눈치를 살폈다. 동환이 고개를 갸우뚱하며 말했다.

"아까보다는 냄시가 덜 나는디?"

"냄새가 아니라 맛! 영규 형님은요?"

"나도 아까보다는 술맛을 잘 못 느끼겠어."

영규의 말에 박 시인도 석환도 호 사장도 고개를 끄덕이며 동조했다. 문
단장의 양양한 웃음이 터졌다.

"아하하하하~! 바로 그게 천기라니까!"

"뻘교 뻘밭에 낮짝 문대는 소리 그만하고 이게 당최 뭔 말인지 좀 제대로
설명을 해 봐유."

동환의 다그침에 문 단장은 정색하고는 몸자세를 다시 추슬렀다.

"잘 들으세요들. 뭐, 짐승들도 그러는지는 모르겠고, 우리 사람들은 말입
니다, 숨을 내쉴 때 맛을 느낄 수 있다는 겁니다. 음식 맛뿐 아니라 통증
도 감정도, 나아가 우주의 기운도, 숨을 내쉴 때 그것들을 느낄 수 있어
요. 하지만 반대로 숨을 들이쉴 때는 맛을 도통 못 느낀다~. 방금 술 마신

거, 예? 숨 내쉴 때는 술맛 찐하게 느껴지던 것이, 왜 숨 들이쉴 때는 맛을 제대로 못 느꼈는지, 이제 아시겠어요들?"

"오호~!"

박 시인은 감 잡았다는 표정을 지으며 탄성을 내었다.

"아, 믿지 못하겠다면 다시 술 마시고 숨 들이쉬고 내뱉고 해 보셔들~."

맛 감별 쪽의 대가 호 사장이 같은 실험을 반복했다. 모두 그의 대답을 기다렸다.

"틀린 말은 아니네. 진짜 차이가 있어, 숨 내쉴 때와 들이마실 때 맛 느낌이 제법 달라."

그러자 나머지도 호 사장이 한대로 마시고 내뱉고 마시고 들이쉬고를 했다. 전원 인정하는 표정들. 문 단장은 내처 달렸다.

"내가 그래서 그때 멀미를 하지 않은 것이다, 그겁니다. 보통 우리 몸에서 중력이 빠져나갈 때 어지럼증을 느끼거든요? 건물 고층에서 엘리베이터 타고 밑으로 내려갈 때, 처음 슝~ 하고 엘리베이터가 밑으로 출발하면 그때 어지럼증 살짝 느끼게 됩니다. 엘리베이터가 밑으로 출발할 때, 그때가 바로 중력 빠지는 순간이라서 그러는 겁니다. 배도 같은 이치다, 배가 파도를 타고 밑으로 쑥 떨어질 때 중력이 빠지면서 어지럼증을 느끼는 것이다, 그 어지럼증을 느끼다 보면 대가리가 찐따 되어서 멀미가 일어나는 것이고!"

문 단장이 설명을 최대한 쉽게 해 주어서 그런지 모두 조금씩 이해해 나가는 낯빛들이었다.

"여기서 중요한 것! 사람들은 말입니다, 배를 탔을 때, 파도에 흔들려 배가 밑으로 내려갈 때 무의식적으로 숨을 휴우우우 내뱉고, 배가 올라갈 때 흐

으으읍 숨을 들이쉰다는 거. 내려갈 때 내뱉고, 올라갈 때 들이쉬고, 응?"

이해들은 하고 있나, 문 단장은 잠시 얘기를 끊고 모두를 훑어보았다. 아직은 시원한 표정들이 아니었다. 문 단장은 심기일전, 설명을 이었다.

"그때 그 배에 있던 사람들이 죄다 그렇게 숨을 쉬었기 때문에, 예? 배가 내려갈 때 숨을 뱉으면서 어지럼증을 고스란히 느껴서 죄다 멀미를 한 거다, 그겁니다. 그때 나는 반대로 숨을 쉰 것이, 응? 똥구멍으로 쉰 것이 아니라, 배가 떨어질 때 숨을 들이쉬어서 ㄱ 느낌을 막았고, 배가 올라갈 때 숨을 뱉으면서 뇌의 평형을 유지했다는 거! 이제 내가 다들 죽어 나가는데 왜 나만 멀쩡했는지, 더 이상 뭘 얘기해야 해?"

그제야 전원 합창으로, "오~!" 하면서 고개를 힘차게 끄덕였다.

"그때 배가 포항에 닿을 때까지 다리 꼬고 앉아서 김동인 단편소설 문고 책 한 권 다 떼고 나왔다니까, 내가~. 문제는 말이지, 들숨 낼 숨, 호흡법. 호흡법이다, 그거요!"

조용히 듣고 있던 영규가 핵심적인 부분을 물었다.

"그건 그렇다 치고 말여. 멀미하지 않는 그 호흡법이, 여자들 후리는 데 무슨 상관이 있다는 건가?"

"흐흐흐흐, 천기누설 두 번째 장. 계속 이어집니다, 형님."

"말 해봐, 어여."

"섹스도 마찬가지입죠. 아, 고깃배 타는 거나 계집 배 타는 거나 똑같다고들 하는 게 다 이유가 있었더라니깐?"

"진짜 아까부터 초장 오지게 기네, 증말⋯⋯. 빨리 본론을 얘기해 보라고, 좀!"

석환이 으르렁대자 문 단장도 정색하고 다시 집중했다.

"에⋯⋯, 거, 피스톤 운동 중에 느낌이 오잖아요? 그때 숨을 천천히 들이

쉬는 겁니다. 그러면 그 느낌이 오다가 사라져요. 배 떨어질 때 숨을 들이쉬면 멀미하지 않는 것과 같은 이치다, 그겁죠."

잠시 테이블 위로 수긍하는 듯한 눈길들이 오고 갔다.

"중국 천자가 떴다는 소녀경의 핵심은 다접불사라, 열심히 찧고 빻더라도 총 방아쇠는 당기지 않는다, 그것이거든? 그 방아쇠를 당기지 않는 방법이 뭐겠어요? 걔들은 그걸 몰랐어요, 그걸. 그저 궁녀들 고쟁이는 일일이 잘도 벗겨 대지만, 하다가 느낌 오면 무조건 스톱! 하고 총을 뺀 겁니다. 이건 인간이 할 짓 아니죠. 그렇게 중간에서 빼면, 기껏 불타오르고 있던 여자 입장은 뭐가 되겠습니까? 어이 씨발, 조금만 더 절구질하면 느낌 팍 터지는 건데, 천자고 나발이고 이 새끼가 여기서 총을 빼? 이렇게 되는 거잖습니까, 예?"

"그건 명백한 여권 탄압이야, 여권 탄압!"

박 시인이 콧구멍으로 뜨거운 김을 흘리면서 단호하게 맞장구쳤다.

"암만. 그런데 나는 빼지 않아요. 느낌이 와도 멈추지도 않고 그냥 열심히 하던 대로 달려줘요. 최대한 천천히 숨 들이쉬는 걸로 느낌을 죽이면서, 낼 숨은 최대한 빨리 뱉는 것으로 느낌을 피하면서. 그러면 밑에 있는 여자는 저 알아서 미치고 환장하는 겁니다."

이 대목에서 문 단장은 술잔을 쪼옥 빨아 마시고 안주 한 점 맛나게 쩝쩝거리며 먹어 치웠다.

"거, 참말로 흥미진진 하네유~!"

"그리고 마지막에 가서는 나도 즐길 건 즐겨야 하니까, 느낌 들어올 때 방아쇠를 당기는 것이고 말이죠. 아, 이때는 또 숨을 길게 천천히 내뱉어야 한다는 거. 왜냐? 맛을 적나라하게 느끼는 거잖아, 숨을 뱉을 때는. 안 그래요?"

"이야~! 귀신이 쫓아와서 절 올리겠다~! 왜 그걸 몰랐데, 나는?!"

영규의 찬탄은 진심에서 우러나오는 것이었다. 문 단장은 내처 달렸다.

"자, 문제는 이것인데, 뭐냐. 어이, 동환이 자네 몇 분 걸려?"

"에? 에, 뭘 그런 걸 묻는데유, 갑자기?"

"오 분은 넘겨?"

"에히히히, 형님도 참, 이히히히…… 한 그쯤 돼쥬, 뭐. 이거 참, 좆 둘 바를 모르겠네유. 히히히~."

"자, 여기서 십 분 넘기는 사람 있으면 손 드시요들!"

문 단장의 서슬 퍼런 말에 다들 머쓱해하는 눈길로 천장 벽 여기저기를 띄엄띄엄 훑기만 했다.

"나는 말입니다, 여자는 반 죽여 놓되 나는 내꺼 가지고 몇 시간이고 달린다, 그 말입니다! 아시겠어요들?"

"아따, 정말 그렇다면 거기에 발동기라도 달은 셈인 게지. 부러워 죽겠네, 그냥."

석환이 쓴 입맛을 다시며 술을 들이켰다. 그때 박 시인이 고개를 모로 꺾으며 물었다.

"그런데 그것을 어떻게 믿나, 우리가?"

그렇게 말하니 문 단장으로서도 까서 뭘 해 보여 줄 수 없는 것인지라 순간 말문이 막혔다.

"에……, 그게, 내 설명이 이론상으로 이해가 안 되나? 머리가 좀, 안 따라와? 그 대갈통엔 악셀도 없는 모양이지?"

"이론이고 삼론이고, 뭔가 증명할 것이 있어야 확실히 천기다, 아니다, 할 것 아니냔 말야!"

박 시인의 오금 박는 말이 과연 틀리지는 않았다.

그로부터 열흘 후 오후 다섯 시 무렵. 삼송리에 흰색 벤틀리 승용차가 들어서서는 곧바로 극단 별마루 건물을 찾아가 그 앞에 정차했다. 차 앞문이 열리고 내린 사람은 박 시인이요, 뒷문이 열리면서 내린 사람은 젊은 금발의 서양 여인과 뒤이은 검정 수트 차림의 중년 남자였다. 잠시 후 극단 건물 앞으로부터 문 단장이 모습을 드러내더니 검정 수트 남자, 금발 여인 순으로 예의를 갖춰 악수했다. 그렇게 수인사 나눈 그들은 어떤 결의에 찬 표정이 되더니 다시 악수한 후 금발 여인만 문 단장을 따라 건물 안으로 사라졌다. 그리고 박 시인과 검정 수트 남자는 벤틀리를 타고 그곳을 떠났다.

영규 일당은 긴장한 얼굴로 효성원에 집결해서 기다리고 있었다. 잠시 후 벤틀리의 검은 수트 중년 남자와 박 시인도 서둘러 합석했다. 미리 주문해 놓았던 고추잡채 요리 하나 탕수육 하나가 테이블에 올라왔고, 박 시인은 검은 수트를 일당에게 소개했다.

"말씀드린, 이 회장입니다."

간단한 수인사가 오고 가고 났을 때 박 시인의 핸드폰으로 문자가 떴다.

"지금부터 시작한다는군요. 지금 몇 시지? 카운트 들어갑니다, 이제."

모두 긴 숨을 내쉬었다.

박 시인의 고향 친구인 이 회장은 백석동 쪽에서 규모깨나 나가는 룸살롱을 운영하는 사람으로 오늘 문 단장에게 금발 여자를 제공해 준 주인공이다. 박 시인은 문 단장의 천기를 어떡하든 확인하고 싶었다. 그 방법을 내내 생각하던 박 시인은 이 회장을 찾아가 협조를 요청했다. 전후 상황 이야기를 듣고 난 이 회장은 호기심을 가졌고 흔쾌히 협조해 주기로 약속했다. 이 회장은 곧바로 매니저를 불러 마땅한 여자를 찾아보라고 했고, 매니저는 데리고 있던 여자들 중에서 타의 추종을 불허하는 색기로 옹녀 쓰다듬어 줄 정도라고 정평을 얻고 있는 에카테리나를 최종 선발했다. 이십 대 후반 나이의 에카테리나는 블라디보스톡 출신이었다. 그렇게 선수가 출격 대기함으로써 바야흐로 일대 획기적인 '천기 인증 이벤트'가 가능해진 것이다. 조건은 만만찮았다. 에카테리나는 문 단장을 두 시간 이내에 굴복시킬 것. 즉 두 시간 이내에 문 단장이 자기 총을 발사하게 만들어야 하는데, 여기에 에카테리나의 분발을 유도하는 장치를 얹었다. 두 시간으로 끝내면 기본 삼십만 원, 한 시간 반에 끝내면 오십만 원으로 증액, 한 시간 이내에 끝내면 백만 원, 삼십 분 이내에 끝내면 이백만 원에 정발산 롯데백화점 상품권 십만 원짜리 다섯 장을 이 회장으로부터 받는 것이다. 이것으로 문 단장과의 일전을 앞둔 에카테리나는 구국의 일념 저리가라 할 정도의 강력한 결의를 다질 수 있었다. 그렇다면 문 단장에게 주어진 조건은 무엇이냐? 두 시간 이내에 자기 총을 발사하지 않으면서 에카테리나가 꽃망울을 다섯 번 터뜨리도록 해 주어야 했다. 에카테리나가 이기면 문 단장은 비참하게 개망신당하게 될 것이고, 문 단장이 이기면 문 단장은 이 회장 룸살롱에서 한 달 동안 무료로 VIP 대접을 받게 될 것이었다.

요리 하나 추가에 새로 뚜껑 깐 엔타이꾸냥도 점점 비어져 갔다. 시간은 이미 두 시간을 향해 달리고 있음에도 에카테리나로부터의 문자 연락은 아직 오지 않고 있다. 영규 일당의 얼굴은 진즉부터 굳어져 있었다. 문 단장이 두 시간을 견디고 있다는 것. 그것은 그가 분명히 변강쇠급임을 증명하는 것이었다. 총도 쏘지 않고 두 시간을 뛸 수 있다니? 만고에 드문 기막힌 이야기가 아닐 수 없었다. 과연 문 단장은 천기를 터득한 것일까? 아니면, 천기고 뭐고 그저 병적인 지루는 혹시 아닐까? 카운트를 재고 있던 이 회장이 신음처럼 내뱉었다.

"두 시간, 넘어가고 있습니다."

모두 낮은 탄성을 내었다. 그렇게 저렇게 시간은 더 흘러갔고 이제는 두 시간 반을 넘기고 있었다. 모두 이 있을 수 없는 일에 할 말을 잃었는지 그저 조용히 술과 안주만 축내었다. 술 따르는 소리, 테이블에 술잔 내리는 소리, 안주 집어대는 젓가락질 소리만 오롯이 이어지는 중에 마침내 세 시간째가 거의 되었다. 그때 기다리던 연락이 문자가 아니라 전화로 왔다. 핸드폰을 받아 든 이 회장이 일당에게 눈길을 뿌리고는 스피커 폰 버튼을 눌렀다.

"어떻게 되었어!"

이 회장이 물었고 이어서 에카테리나의 어색한 한국어가 튀어나왔다.

"회장님, 나 별 여덟 번 봤어, 별 여덟 번! 이 오빠, 존나 끝내줘요!"

이날 문 단장은 정확하게 두 시간 만에 에카테리나가 다섯 번째 숨넘어가는 소리를 내게 하는 것으로 계약 조건을 충족하는 순간 이렇게 외쳤다고 한다.

"보너스로 한 시간 더!"

문 단장은 달리는 말에 박차를 가했고 에카테리나는 무려 세 번이나 꽃망울을 더 터뜨렸다. 그것에 그치지 않았다. 문 단장은 자기 총이 원활하다는 것까지 증명하려고 에카테리나의 여덟 번째 타이밍에 맞춰 방아쇠까지 당겨대는 것으로 이날의 대미를 장식했다.

견팔성(見八星). 별을 여덟 번 보여 주는 남자. 박 시인은 문 단장에게 이 별명을 지어 바쳤고, 견팔성 문 단장은 이 회장의 룸살롱에서 한 달 동안 신선 도끼자루 실컷 썩는 엄청난 행복을 누릴 수 있었다.

"육시럴, 누구는 룸살롱에서 쭉쭉빵빵 서양년한테 별구경이나 시켜 주고 있고, 누구는 촌구석 닭집에서 닭이나 잡고 있댜? 아우~, 증말 일할 맛 안 나 죽겄어, 그냥!"

그런 희대의 전설적 이벤트가 있고 나서 여진이 아직 가시지 않았을 무렵의 어느 날 밤, 가게 앞 들마루에 앉아 있던 동환은 생각할수록 자신이 처량했는지 헌금 덜 걷힌 목사처럼 푸념을 늘여놓았다. 그러자 뒷전에 앉아 양념 소스 만들어 통에 담고 있던 그의 착한 아내 순영이 혀를 차더니 한마디 곱게 해 주었다.

"오늘 밤, 나도 별 한 개쯤은 보고 싶은디, 워떻게, 되긴 된 대유?"

동환은 밤하늘을 올려다보면서 이 가는 소리를 흘렸다.

"어띤 튀겨 죽일 놈들이 뭔 별이라는 걸 다 만들어서 저런 데다 갖다 붙였댜……?"

삼송리에 바람이 분다

벽박은 막걸리 한 병을 채 비우지 않은 상태라 아직은 조용하다. 그의 두부김치 안주에서는 별로 헤집은 티가 보이지 않는다. 그는 오늘도 여전히 벽을 마주한 채 홀로 막걸리를 마시고 있다. 오늘은 서울 충무로에 나가 출판사에서 일해 주고 일당을 받았기에 주머니 사정은 넉넉하다. 일마치고 집에 돌아올 때는 출판사가 운영하는 인쇄소에 들러 갓 찍어 낸 책도 하나 챙겼기에 삼송리에 도착하여 새장을 지나치면서 그 책을 영규에게 주기도 했다. 오늘은 썩 괜찮은 하루다. 그것을 자축하는 것도 좋겠다 싶어 그는 이 저녁 부용 식당 벽과 마주 대하고 있다.

책. 그가 영규에게 책을 가져다주는 이유는 이렇다. 오래전, 그러니까 삼송리에 들어와 산 지 몇 달 정도밖에 지나지 않았을 무렵, 늘 신고 다니던 구두 왼쪽 것의 엄지발가락 감싸는 부위가 헤져서 수리를 맡기러 새장에 들른 적이 있다. 구두를 받아 요리조리 들여다보며 눈 재단을 마친 영규는 무릎 덮은 통가죽 위에 그의 구두를 올려놓고 한 땀 한 땀 정성들여 구두를 꿰매어 나갔다. 그러는 중에 영규의 왼손 새끼손가락 손톱에 빨간 매니큐어가 칠해 있는 것이 눈에 띄었다. 처음에는 그것이 구두 고치다가 다쳐서 피멍을 진 것이려니 여겼는데 가만히 시선 박고 보니 분명 매니큐어였다. 이상한 기분이 들었고 왜 매니큐어를 발랐느냐고 묻고도 싶었다. 그것도 새끼손가락 손톱에다. 벽박은 영규의 손톱과 얼굴을 조용히 번갈아 보았다. 아, 사연이 있는 사람이구나. 네 시 방향 여덟 시 방향으로 쳐진 그의 양쪽 눈꼬리, 일에 집중하자고 옹 다물어 아랫입술을 끌어 문 저 표정. 알 수 없는 슬픔이 배어 있어 보였다. 사람이라는 것은 알수 없는 저마다의 세계를 각자 품고 사는 존재다. 내 인생 상자에는 내 딱정벌레가 담겨 있는 것이요, 저 사람 인생 상자에는 저 사람의 딱정벌레가 담겨 있는 것이다. 두 마리 비트겐슈타인의 딱정벌레는 서로 같을 수가 없다. 서로 다른 두 딱정벌레의 관계 맺음에는 분명 훼손과 상처가 따른다. 상실. 그것이 개체와 개체 간의 상호 교류 조건이다. 부모 형제들간에도 그렇고 사랑하는 연인 간에도 친구 간에도 같은 조직 내 구성원간에도 그렇다. 사람은 교류를 위해 자기 세계를 내보이는 순간부터 상실은 초읽기에 들어간다. 사회라는 거대 집단은 개인 세계의 일부를 빼앗아 그것들을 축적하여 존재 되고 앞으로 나아간다. 그 개인들은 주인도 없는 사회라는 허상을 위해 각자의 세계를 상실당하며 산다. 나는 이사회에 내 세계의 많은 부분을 빼앗겼다. 또 다시 그렇게 되지 말자고 얼마나 다짐했던가? 상실당할 가치가 있다는 판단이 서지 않으면 굳이 타인과 관계 맺지 말고 조용히 뒤로 물러나 떨어져 있어야 한다. 그것으로나는 너덜거려진 나만의 세계를 그나마 붙잡고 있는 것이다. 그러니 이구두 수선 노인에게 있을 자기만의 세계를 굳이 들여다볼 필요가 없다. 다만, 이상하게 이 사람한테는 무엇인가 얹어줄 수 있으면 참 좋겠다는 생각은 든다. 상실당할 것이 없는 무엇인가를 내주기. 내주고 나서 돌아서면 그뿐이다. 그렇다고 그 생각에의 답을 억지로 궁리해 내지는 않았다. 단지 그런 마음을 품었던 것인데 어느 날 어쩌다가 문득 좋은 생각이 떠올랐다. 벽박은 기회 되는대로 출판사 인쇄소에서 책이 찍혀질 때마다 한 권씩 빼내어 영규에게 가져다주기로 했다. 그가 영규에게 책을 가져다주는 것. 그것에는 무슨 특별한 사연이 있는 것은 아니었다.

박 시인은 벽박의 뒤를 멀찌감치 바라볼 수 있는 테이블에 자리 잡고 앉아 술을 홀짝대고 있었다. 그래봤자 실내는 다섯 평 작은 공간이어서 벽박의 숨 쉬는 소리가 벽에 부딪히면서 곧바로 박 시인의 귓바퀴를 울릴 수 있을 정도였다. 마침내 벽박의 첫 번째 막걸리 병이 비워졌다. 벽박은 쇠젓가락으로 테이블 바닥을 톡톡 두드렸다. 이내 안 사장이 뒤뚱거리며 나와 새 막걸리 병을 냉장고에서 빼내어 주고는 빈 병을 가져가 치웠다. 이제 벽박은 새 막걸리 병에서 첫 잔을 따라 마실 것이고, 그 잔이 내려지면 곧바로 세상을 향한 울부짖음이 시작될 것이다. 두 번째 병의 첫 잔이 그의 입에 물린 채 기울어졌다가 빈 잔이 되어 테이블에 내려졌다. 그리고 벽박의 상체가 좌우로 조금씩 흔들거린다. 때가 되었다. 벽박의 입에서 막 무슨 말이 쏟아지려 하는 순간, 목청 다듬고 기다리고 있던 박 시인이 선수를 쳤다.

"대양! 너의 그윽한 자태는 야누스의 신화. 맹수 같은 해일과 죽음 같은 정적을 보낸다. 인간의 꿈을 잡아먹고 인간의 꿈을 뱉는다. 태동의 원천이요 사장의 귀결점이다. 절대의 진리와 허구의 편법을 펼친다. 일광에 끓어오르고 월광에 식는다. 그것은 곧 불멸의 질서. 억만 역사를 관장하는 장엄한 능력으로, 고결한 지혜로, 높은 권위로 침묵하는 자, 대양! 너의 신화로서의 그윽한 자태에 경애의 눈이 불타오른다!"

여기까지 읽고 나서 숨을 고르자니 실내에 묘한 공기가 돌았다. 안 사장도 뭔 소리인가 싶어 진즉부터 주방에서 나와 박 시인을 쳐다보고 있었다. 잠시 후 벽박의 대응이 꿈틀하며 가동되었다.

"지구상 생명체 중에서 웃을 수 있는 존재는 인간이 유일하다. 오로지 인간만이 의식에서 피어오른 웃음을 구사할 수 있다. 인간의 웃음은 두 가지로 나뉜다. 어떤 다수가 한 사람을 조롱하는 것으로 다수가 웃는 웃음이 있다. 조롱의 대상이 된 사람은 감정에 받칠 수 있고 그것이 분노로 이어져 자칫 법적 다툼으로까지 내달을 수 있다. 그러기에 이 웃음은 불편한 웃음이요, 소모적 웃음이다. 이에 반해 한 사람이 사회 공통 현상을 해학적으로 풍자하여 다수를 웃게 하는 웃음이 있다. 누구도 법적 다툼의 원고와 피고가 되지 않는 공적 웃음이다. 생산적 웃음이요, 이것의 문화적 표현이 라블레의 웃음이다!"

벽박이 일으킨 파도가 몰려드는 동안 박 시인은 술잔을 들이켜 목을 가다듬어 놓고는 타이밍을 기다렸다. 이윽고 파도가 썰물 되어 물러감에 여백을 메꾸기라도 하듯 박 시인의 몰아치기가 이어졌다.

"가야하건만! 오늘도 떠나지 못한다. 길고도 길었던 한숨에 묻힌 그 길을, 이제는 버리고 가야 하건만, 오늘도 떠나지 못한다. 내일의 시계는, 멈추어 선 기차를 바라보면서, 싸늘한 대합실을 홀로 지킨다. 봇짐을 부여잡고 일어서지만, 다시 눈을 감고 마는 나그네의 차표 한 장!"

박 시인의 몰아치기는 벽박의 더 거센 역공을 불렀다.

"다른 사람의 약점을 비난하거나 조롱하지 마라! 그 사람이 앉았다 일어난 빈자리에 얄팍한 비판을 얹지 마라. 내가 일어날 때도 빈자리는 남아 있는 법이다. 지나친 완벽함을 추구하지 마라! 하늘은 구름 몇 점 정도 놓아 두는 것이 더 푸르게 보이는 법이다!"

어디 끝까지 해 보자는 결의 찬 표정으로 이번에는 제법 예리한 칼을 뽑아 드는 박 시인.

"세상을 잊자고 길 떠나네. 강을 만나 물어보나니 어찌하면 세상을 잊겠는가. 강 흐르며 말 하나니 그대 걷는 길도 세상이려니. 세상을 잊자고 길 떠나네. 비를 만나 물어보나니 어찌하면 세상을 잊겠는가. 비 나리며 말 하나니, 세상보다 그대부터 잊기를."

날렵한 칼날에 베이기라도 한 듯 미미한 균열로 중심을 잃고 벽박의 상체가 잠시 앞뒤로 흔들렸으나 벽박은 벽박이었다.

"승리하지 않고도 취하여 행복해지는 방법은 없는가? 싸우지 마라! 싸움은 나 스스로와의 싸움도 버거운 것! 그 치열함에서 벗어나는 것으로 행복할 수 있다. 승리해도 취하지 않음으로써 행복할 수 있는가? 어차피 삶이 치열한 경쟁을 요구한다면, 그래서 경쟁에서 승리해야 했기에 승리했다 하더라도, 승자의 아량으로 패자에게 양보하는 미덕이 필요하다. 승리하지도, 취하지도 않음으로써 행복할 수 있는가? 치열하지 않은 삶, 그 속에서의 여유와 평온을 생각해야 한다. 그것은 무소유의 즐거움이다."

허공을 무섭게 가르던 벽박의 숨소리는 이제 점점 부드러워져 갔고 박 시인 역시 조용히 벽박의 뒷모습을 바라만 보았다.

그렇게 잠시 정적이 흘렀다. 클라이맥스에 이른 것 같지는 않았으나 둘 사이에 더는 초식을 주고받을 필요는 없어 보였다. 의미는 이미 드러났다. 인간이 존재하는 곳은 분명 현실이라는 것을 주장하는 박 시인과 자기만의 세계로 응대하던 벽박. 둘은 이쯤에 이르러 알 수 있었다. 침묵을 물릴 때가 되었다. 박 시인의 조용한 박수 소리가 이전의 공기를 되찾았다. 안 사장은 소리 죽이느라 참았던 숨을 길게 토해내더니 곧 벽박에게 다가가 그의 어깨를 조심스레 잡았다. 안 사장은 그를 박 시인의 자리로 이끌었고 벽박은 조용히 그에게 이끌려 박 시인 자리에 앉았다.

"이제 그 안에서 나오시는 겁니까?"

박 시인의 훈기 담은 질문에 벽박은 미소를 보여 주었다.

"저보다는 그래도 연배이실 텐데, 오늘 무례 좀 했습니다."

"아니올시다."

벽박의 자리에 있던 두부김치를 가져다주던 안 사장은 그의 변화된 모습에 적잖게 놀란 듯했다.

"박 가입니다."

박 시인은 최소한의 통성명은 있어야 할 듯싶어 성을 밝혔다.

"저도 같은 박입니다. 밀양 은산공파입니다."

"저는 별좌공파 덕산 쪽입니다."

박 시인이 두 개의 술잔에 술을 따랐다.

"우리 양박이 만난 거 기념하자는 뜻으로, 한 잔 드시죠."

안 사장은 무엇인가를 챙기려는지 주방으로 들어갔고 둘은 막걸리 잔이 깨지도록 벌컥벌컥 기운차게 술을 들이켰다. 안주로 입을 달랜 후 박 시인이 계속 대화를 이끌었다.

"저는 전업 시인입니다. 박 선생님 하시는 일이 혹시……?"

"출판사에서 교정 보는 일을 합니다."

"새장 영규 형님이 책 얘기를 들려주더군요. 대략 그쪽 분야인가 싶었죠. 전공도 그쪽이신가 보죠?"

"국문학과를 다녔습니다."

"그러시군요. 저와 뭔가는 이어지는 끈이 있는 건 아닌가 싶습니다."

이 사람에게 내 세계의 문이 열리는구나, 벽박의 이맛살이 살짝 접혔다가 풀렸다.

"⋯⋯."

"이 자리에서는 선생님의 성함이나 나이, 학교까지는 굳이 여쭙지 않으렵니다. 사람 사는 게 어차피 스치고 지나가는 인연일 뿐일 것인데, 붙잡고 놓아주지도 않고 뭘 주고받고, 애달캐달 하면서 살 것은 아니라고 생각합니다, 나는. 살면서 스치는 일이 잦다 보면 그때는 뭐든 알게 될 테니까요. 다만, 어쩌다 이런 주막에서라도 만났으면 그런 하찮은 인연이라 하여도, 나그네끼리는 가벼운 수인사 나누고, 술 한 잔 같이 마시고, 그런 것은 좋은 것이겠다, 그렇게 생각합니다."

박 시인의 말이 계속 귀에 감겨 왔다. 마음은 점점 편해졌다. 벽박은 동의한다는 뜻으로 고개를 끄덕여 보이고는 이제 자기 이야기를 풀기로 했다.

"학교 때 데모를 좀 했습니다. 안기부에도 끌려가 보았고, 어수선하게 지내는 중에 끝내 대학 생활은 엉망이 되고 말았지요. 졸업하고는 충무로에 나가서 일했습니다. 출판사 일을 좀 오래 했습니다. 그러다가 저를 오랫동안 도와주던 분이 돌아가시면서 삼송리에 들어와 살게 된 거죠. 들어온 지 십몇 년은 되었습니다."

"저는 선생님보다 조금 일찍 들어온 듯합니다. 학교 교사로 있을 때 전교조 활동을 했다고 퇴직당했죠. 그 이후에는 먹고 살기 위해 이런저런 일을 해야 했고 요즘은 애들 대입 논술 과외 지도해 주는 걸로 입에 풀칠하며 삽니다."

박 시인은 이 대목에서 막걸리 한 모금으로 목을 축였다.

"이곳 삼송리를 처음 봤을 때 바로 결심이 들더군요. 이런 데서 살고 싶다고 말입니다. 작고 예쁜 우체국이 있는 것, 그게 제 마음을 빼앗았습니다. 박 선생님, 저는 엽서 쓰기를 좋아합니다. 이 메일이나 핸드폰 문자도 물론 남들만큼 하면서 살지만 오랜 친구들과는 아직도 엽서를 주고받습니다. 엽서, 잘 아시겠습니다만, 좋잖습니까? 저는 엽서에 제 마음을 담습니다. 아무리 짧은 글귀로 보내도 그 안에는 많은 얘기, 깊은 정이 배입니다. 엽서가 마음을 담는 그릇이라면 우체국은 마음으로 세상을 이어주는 통로겠죠. 오늘 박 선생님을 제가 외람되게 도발했습니다. 이제 그 안에서 나오신 듯하니 앞으로는 한 번 엽서를 써 보십시오. 엽서를 쓰셨으면, 우체국으로 가서야죠, 어디론가 부치려면. 그 우체국, 제가 해 드리겠습니다. 엽서만 써 오세요. 많은 분이 선생님의 엽서를 기다릴 겁니다. 또 답장을 보낼 겁니다."

벽박은 박 시인의 말을 듣는 내내 테이블에 붙여 두고 있던 자기의 시선이 많이 흔들린다는 것을 느꼈다. 그때 안 사장이 달걀부침을 넉넉하게 만들어 내어 왔다.

"저는 시간 날 때 자전거를 타고 주욱 마을 일대를 돌아다니곤 합니다. 미리 누구를 만나려고 생각하거나 뭘 해 보려고 하는 거 없이 그저 마음 내키는 곳으로 설렁설렁 돌아다니는 겁니다. 그러다 보면 이 사람도 만나고 저 사람도 만나고, 또 어디를 가려다가 갑자기 다른 쪽으로 자전거 핸들을 돌리기도 하고. 그런 식이죠. 오늘 저는 박 선생님과 이 자리에 같이 앉아 얘기를 나누었다기보다는, 자전거 타고 가다가 우연히 눈인사를 좀 나눈 것 같은 생각이 듭니다. 저는 말입니다, 이런 게 시가 아닐까 싶습니다."

"시라는 것이, 그런 것이다……?"

"예. 그렇습니다. 자전거 타고 저 멀리 북한산 쪽 금바위 저수지에 가다 보면 갈대숲 숨은 벌레들 울음소리를 들을 수 있습니다. 일영으로 건너 가면 아이들 노는 소리가 즐겁습니다. 그렇게 노닐다가 마을로 돌아오 기 위해 오금동으로 들어서면 해 지는 석양이 그렇게 아름다울 수 없습니 다. 삼송리에 들어설 때면 마을에 어둑어둑한 빛이 드리워집니다. 분식 집에 들러 머리 고기 좀 썰어 달라고 하면 춘자 할매가 푸짐하게 썰어 내 줍니다. 기다리고 있자면 영감님이 저녁 추위 녹이라고 어묵 국물 한 국 자 퍼 줍니다. 그러면 말이죠, 나는 견디지 못합니다. 집에 가져가서 먹을 생각 단호하게 접고, 그 자리에서 막걸리까지 내달라고 합니다. 그리고 는 그 맛있는 머리 고기로 얼큰하게 술맛을 즐기는 거죠. 그렇게 하고 나 서 집으로 돌아오는 것. 저는 그런 것이 시라고 생각합니다. 시는, 어떻게 써야 하고, 또 어디에 뭘 적고 외우고 하는 것만 시라고 할 수는 없는 거 죠. 마음에서 우러나는 대로, 마음에 적는 것이 진짜 시다……."

"……아름다운 말씀입니다."

박 시인은 한 걸음 더 나갔다.

"시는 세상보다도 자기 마음을 달래면, 그것이면 족합니다. 세상 사람들 을 감동하게 하는 것? 그것은 시인의 의무가 아닙니다. 꼭 그렇게 해야 할 무슨 죄를 지은 것도 아니니까요. 누군가는 남을 감동하게 만들겠다 는 생각에만 젖어 있는 시인을 두고 배부른 스미스, 배부른 돼지라고 했습니다. 그 반면에, 진정한 시인은 초야에 묻혀 자기만을 위한 시를 쓰는 시인입니다. 남을 위해 쓰는 시는, 가짜입니다. 나부터 위하고 나부터 만족해야 합니다. 그러면 나중에는 타인도 자연스럽게 좋아해 주게 됩니다. 그래서 시는 나를 가둠에서 풀어내는 길이 되기도 합니다. 그저 흐르는 대로, 자유롭게 쓰면서 나부터 만족시키면 언젠가 세상도 따라올 수 있을 겁니다."

막걸리 한 모금으로 말라진 혀를 적신 박 시인은 다음 말을 이어갔다.

"박 선생님. 세상, 그것참 귀찮고 불편합니다. 그렇죠? 하지만 그렇다고 끝내 외면할 대상은 또 분명 아니지 않을까, 어쨌든 품고는 가야 하지 않을까. 다만 휘둘리지 않으면 된다, 배부른 돼지가 되지만 않으면 된다……. 감히 한 말씀 더 드리자면, 제가 시 쓰는 것을 나 먼저 만족하기 위한 것으로 여기듯이 박 선생님도 나부터 행복해지는, 그런 시를 써 보시는 거, 그거 어떨까요?"

이 정도면 되었다. 그동안 정지되어 있던 벽박의 인생 대합실 시계는 오늘 저녁 이후부터 다시 움직이기 시작할 것이다. 자기 세계에만 갇혀있어야 했던 벽박. 자기 인생을 위하지 않던 벽박. 그런 그를 지켜보며 안타까워하던 박 시인의 애틋함. 그런 것들이 오늘 저녁 부용 식당에서 풀린 것이다.

문 단장은 한 달 넘게 재만의 훈수를 들어가며 이 관공서 저 관공서를 찾아다니며 증축 시공 관련 문제를 해결했고, 박 시인은 박 시인대로 학원 설립 요건들을 맞추는 작업을 부지런 떨어가며 해치웠다. 그렇게 짧지

211

않은 날들이 정신없이 지나고 난 초가을 어느 날, 늦은 오후 시간에 맞춰 극단 별마루 건물 앞에는 삼송리 마을 사람들이 꾸역꾸역 모여들었다. 그곳에 들어서는 사람들은 누구도 예외 없이 극단 건물 위로 새로 얹힌 콘크리트 건물을 바라보며 한마디씩 했다.

"아따, 저렇게도 집이 올라가네?"

"올리는 김에 아예 삼 층으로 짓지."

"아주 끼끗하게 잘 지었다."

어디 한 곳을 한참 노려보던 어느 노인이 근처에 있던 석환에게 큰 소리로 물었다.

"근데 저 간판은 뭐라고 쓴 거야?"

석환은 귀먹은 그 노인을 위해 크게 외쳤다.

"양박 논술 학원!"

"그건 또 뭔데?"

"애들 대학교 시험 치르는 거 가르치는 학원입니다, 저게."

석환이 친절하게 다시 설명해 주자 노인은 젯밥에 더 관심 두고 왔는지 입맛을 다시며 물었다.

"오늘 개업식이라던데, 뭐 없어?"

"돼지도 잡았으니까, 저쪽으로 가서 받아 드세요~."

백석동 이 회장은 오래전부터 고향 친구인 박 시인을 어떤 방법으로든 도와줄 생각을 품고 있었다. 어렸을 적 이 회장의 집안은 경북 예천 시골 땅에서 겨우 소작이나 부쳐 먹고 사는 빈농 집안이었다. 그런 집안의 자식임에도 지주 집안의 둘째 아들 박 시인은 중학교와 고등학교를 함께 다니는 내내 자기를 둘도 없는 친구로 대해 주었다. 박 시인 할아버지는 이 회장의 아버지가 늑막염을 앓았을 때 그것이 폐암으로 확장되기 직전 대구에 있는 큰 병원으로 데려가 수술을 받을 수 있게 하여 목숨을 구해주기도 했다. 그런 우정과 은혜를 이 회장이 잊을 리 없었다. 집안사람들이 박 시인 할아버지의 재산을 다 들어먹고 있을 무렵 박 시인은 공주사범대학교에 진학했고 이 회장은 경찰 대학교에 들어갔다. 박 시인이 전교조 활동으로 해식 교사가 되고 있을 때 이 회장은 경찰청 외사계에서 러시아 조폭 조직 잡아들이는 데 타고난 재능을 발휘, 윗선의 눈도장을 받더니 마침내 국정원에까지 차출 받아 가는 것으로 승승장구 길을 걸었고, 오랜 국정원 생활을 마무리하고 퇴사할 때는 고양시 일대의 주류 공급망을 독점하는 유통대리점을 불하받았다. 그것은 국정원 출신인 그에게 나라에서 뒤로 베풀어준 특혜였다. 이 회장은 주류 유통으로 큰돈을 벌면서 자기 기반을 다졌다. 그러다가 술 돌리는 것이 자기 직업이 되었으니만큼 내친김에 백석동에 대형 룸살롱을 하나 차렸다. 룸살롱도 성황을 이루었다. 그런 날들이 흐르는 중에 견팔성 사건을 접하고 나서는 삼송리가 마음에 심어졌다. 그 이후 박 시인을 도와줄 때가 왔다는 생각에 무엇이든 해 보자고 나선 것이 양박 논술 학원 설립이었다. 형식상으로는 입시를 위한 논술 학원이지만, 저녁에는 마을 노인 분들에게 한글과 치매 예방 놀이를 가르치는 교육사업도 병행하기로 했다. 수강생으로는 복지회관 할매들이 전원 등록했고, 삼송리 원로 중에서도 세 명이나 되었다. 그뿐 아니라 원흥동 일대의 아파트 단지 독신자 아파트에 파주나 송추, 벽제에 사는 자식들에 의해 쫓기듯 입주하여 사는 독거노인들도 무려 여섯 명이나 찾아왔다.

건물 앞마당 좌측으로는 수육 고기가 쟁반에 쌓이도록 놓여 있었고, 새우젓에 김치에 떡에 막걸리 등등 먹거리가 즐비하게 마련되어 있었다. 음식을 준비한 사람들은 초령과 구복, 복지회관 할매들이 담당했다. 마당에 모인 사람들은 일회용 접시로 받은 먹거리와 막걸리를 즐기며 수다들을 떨어대었고, 양박 논술 학원 원장 박 시인 박 희와 부원장 벽박 박 성남 두 사람은 사람들에게 명함을 일일이 나눠주며 인사를 올렸다. 이날 벽박은 안대 대신 검은 뿔 태 안경을 쓰고 있었다. 그는 보름 전 왼쪽 눈에 의안을 맞춰 넣었다. 세상과 단절하겠다고 안기부 고문실에서 스스로 파헤쳐 낸 왼눈, 그 다짐을 지키겠다고 십수 년 동안 퀭한 굴을 덮었던 안대. 이제는 다 내려놓을 때 되었다. 이제는 굴 밖에 나가 새 빛을 쐴 때 되었다. 그런 그의 뜻을 대신하는 의안이었어도 아무래도 어색해 보였다. 그래서 그것을 어느 정도 자연스럽게 보이게 하자고 도수 없는 안경을 쓰기로 한 것이다. 오늘 그는 예전의 그 어두침침한 표정은 언제 있었는가 잊게 할 정도로 말끔한 표정에 연신 밝은 웃음을 지으며 사람들과 인사를 나누었다. 그런 그의 모습을 바라보는 영규 일당은 그저 흐뭇할 뿐이었다. 박 시인과 벽박을 중심으로 몇 사람이 달라붙어 현판식을 끝내고 나서 연단 인사가 시작되었다.

"오늘 바쁘신 가운데 귀한 걸음 내주셔서들 대단히 감사합니다~!"
그렇게 시작한 문 단장의 인사말은 오늘따라 장황하게 이어졌다.
"황천 간 장모가 쫓아와 큰절 올려붙일 정도로 인사말 한번 징그럽게 길게 하네, 그랴~."
"거, 짧게 좀 햐~!"

여기저기서 항의 타박을 내자 문 단장이 계면쩍은 얼굴이 되어 겨우 수습에 들어갔다.

"오늘 일이 우리 삼송리에 워낙 대형 사건이다 보니 제가 말을 좀 많이 하게 됩니다. 다들 이해해 주시고요, 오늘 이 학원이 세워지는 데 심적 물적 몸적으로다 아낌없는 지원을 해 주신 백석동 이 상규 회장님을 모시고 인사 말씀 청해 듣겠습니다. 여러분, 이 상규 회장님을 큰 박수로 맞이해 주십시오~!"

이 회장의 더듬대는 인사말은 다행히 일찍 끝났고 이어서 주민센터장, 통장협의회장인 석환, 농협은행장, 소방서장, 지구대장 등등 줄기차게 축사가 이어지면서 모여 있던 사람들 볼살을 통통 불어난 복어로 만들어 놓고 있을 때, 마침내 오늘의 주인공 박 시인이 마이크 앞에 섰다.

"여러분. 애들 잘 가르치고 마을 어르신들 잘 모시겠습니다. 원장 입장으로 드리는 인사 말씀, 이게 다입니다!"

그러자 사람들이 "오~!" 하며 박수를 보냈다.

"다 끝난 거여, 뭐여?" - 호 사장

"이제야 끝났네." - 영규

"우리나라 사람들은 주인보다 객이 더 말이 많아서 탈이여." - 석환

"형이 말 젤루 길게 하던디?" - 동환

"통장연합회장 자리가 보통 자리냐?" - 석환

한 젊은이가 다가와 꾸벅 인사를 올렸다.

"어, 건희 사장. 요즘 복권방, 잘 되지?"

영규는 젊은이의 인사를 받아 주며 따뜻한 말을 건넸다.

"예. 열심히 하고 있습니다."

"어렸을 때부터 노름으로 잔뼈 굵은 놈이니께 노름방 차린 거, 전공 살리고 잘 한겨."

"그렇지 않아도 전공 잘 살리고 있습니다~."

영규는 동환의 짓궂은 말을 마음 좋게 눙치고 넘기는 복권방 젊은 사장 건희가 그저 기특할 뿐이다.

건희는 고등학교 때부터 노름에 빠져 방탕하게 살았다, 서른 나이를 넘기고도 정신을 차리지 못하는 꼴을 더는 두고 볼 수 없었던 아버지는 목숨처럼 여기던 땅을 팔아 삼송대로 변에 가게 하나 차릴 돈을 내주었다.

"이걸로 너 죽고 나 죽는 게다. 어떡할래?"

아버지의 눈물 어린 호소에 탕자 건희는 고개를 숙였다. 그렇게 가게를 차린답시고 낸 것이 복권방이었고, 이에 아버지는 어쩔 수 없는 놈이구나, 하며 쓰게 웃고 말았다. 건희는 가게를 내고 나서부터 전혀 다른 사람이 되었다. 무엇보다도 마을 어른들을 볼 때마다 깍듯이 인사를 올렸다. 가게를 찾는 사람들도 인성 좋게 맞이하곤 했다. 한낱 삼송리 건달 노름꾼이었던 건희는 몰라볼 정도로 성실한 자영업자로 변한 것이다. 영규는 그런 그를 볼 때마다 아들 같고 믿음직스럽기만 할 뿐이었다.

동환이 눈썹을 역 팔자로 꺾으며 건희를 불러 세웠다.

"야 복권방. 너, 가게 문 연 지 넉 달도 안 되었잖여?"

"예. 근데요?"

"근데 임마, 일등 당첨 한 번에 이등 두 번이라고 현수막 써 붙인 거, 삼송리에 누가 일등 먹고 이등 먹었다는겨? 이름 대 봐. 진짜 일등 이등 나온겨?"

"에이, 그걸 믿으셨대요? 다들 그냥 그렇게 현수막 하나씩 붙이는 거예요."

"그거 믿고 지금까지 내가 너한테 복권 산 돈이 얼마나 되는 줄이나 알어 임마? 너 오늘 잘 왔어. 그거 다 물어내."

"로또 말고 토토로 바꿔요, 그럼. 내일 오시면 승률 좋은 거 알려드릴게요. 진짜로요."

"야, 그런 건 이 통장 어르신부터 해 줘야 순서가 맞지."

"통장님도 내일 같이 오시고요."

"이걸 튀겨 그냥?"

"아저씨, 내일 오실 때 닭 한 마리도 튀겨서 가져다주세요."

"두 마리 튀겨다 줄 테니께 두 마리 값 내놓는겨. 알았어?"

"뭘 장사를 그렇게 하신대요? 아, 알았어요."

"토토 사서 또 꽝 되면 진짜 너 껍다구 쪼옥 벗겨 가지구 넣었다 뺐다 넣었다 뺐다 하면서 오래 튀긴다, 잉?"

"그만 좀 튀기세요~! 내가 무슨 닭도 아니고, 이러다 없는 닭살 생기겠네. 참나~."

"학원 개업 날만 아니었으면 너 끌고 가서 진짜 확 튀겼다, 오늘. 됐고, 이따 무는 안 줄껴."

"에이, 닭은 무맛으로 먹는 건데~."

"그럼 무도 튀겨 줄껴."

개업 행사가 끝난 후 영규 일당은 따로 효성원에서 모였다. 이 회장이 굳이 백석동으로 가자고 했으나 룸살롱 문화를 접해 보지 못한 영규와 호 사장은 극구 사양했다. 하지만 동환과 석환은 못내 아쉬운 표정이 가득했다. 이런 호기를 놓치다니. 늙은이 둘 때문에. 쌍! 빌어먹을······. 욕이 입 안에서 튀어나오지 못해 안달복달 중이었다. 벽박이 일어나 정중하게 허리를 깊이 숙여 인사했다.

"그동안 제대로 인사드리지 못했습니다."

환영한다, 어쩐다, 그런 말은 없었다. 그저 모두 흐뭇한 표정으로 조용히 박수 소리만 내었다. 호 사장이 솜씨 부린 특별 요리가 나왔다.

"자, 다들 잔에 술 채우시고요, 이제부터 건배사 타임을 갖도록 하겠습니다. 먼저 영규 형님부터, 건배 말씀이 있겠습니다."

영규는 건배사라는 것이 어색하기만 했으나 이내 작정하고 입을 열었다.

"나는 말여, 벽박 저 양반이 가져다준 책에서 나온 말 가지고 좀 해야겠네. 어떤 책에선가 그런 말이 나오더라고. 무슨 호모 네안 어쩌고니 호모 에렉 뭐시기니 하는. 얘네들 이름은 잊었어도 거기에 나오는 다른 놈들 이름은 내가 기억하는데, 그게 호모 사피엔스, 사피엔스는 사람이라는 뜻이고. 맞나 부원장?"

"예, 맞습니다."

벽박이 확인해 주는 말에 영규는 기분이 좋아져 다음 말을 이어갔다.

"근데 요놈들이 먼저 자리 잡고 살던 네안이고 에렉이들을 죄 죽였다네? 여기 우리 삼송리도 딱 보면 그 꼴이여, 이게. 아파트 단지들 생기면서 사람들 얼마나 새로 들어왔는가? 그 인간들이 바로 호모 사피엔스다 그거여, 내가 보기엔. 그러면 우리는 뭐냐? 그 인간들한테 잡아먹히는 신세이고. 그래서 내가 이름 좀 붙여봤다 이건데, 우리는 삼송 사피엔스다~. 어때? 니들이 호모 사피엔스이면 우리 삼송리 사람들은 삼송 사피엔스, 그것도 잡아먹히는 게 아니라 같이 맞붙어 싸우는 삼송 사피엔스! 응?"

"삼송 사피엔스라, 거 그럴 듯하다! 우리는 저 호모 사피엔스 놈들에게 절대 잡아먹히지 않는 삼송 사피엔스라~!"

문 단장은 감탄과 함께 새삼스럽다는 눈길로 영규를 바라보았다. 이제 영규의 목소리에 힘이 들어갔다.

"그러니까, 우리가 쉽게 잡아먹힐 놈들이여? 어디서 말야! 아, 건배하자고!"

건배 후 박수가 일었다.

"이름 참 잘 지었습니다, 영규 형님."

벽박은 그동안 책 가져다준 보람을 느끼는 듯한 잔잔한 웃음을 머금으며 영규의 빈 술잔에 술을 따랐다.

"뭔 호모가 그렇게 많댜? 그건 그렇구, 사피스인지 샥스핀인지, 그거 좋은 말이겄쥬 뭐. 근데, 효성원은 샥스핀도 하남유?"

"우리 집은 안 해, 귀찮아서."

"못하는 건 아니구유?"

"너 잡아서 바로 요리 들어가 볼까?"

건배사는 계속 이어졌고 화기애애 자리는 점점 무르익어 갔다.

모두 잔뜩 취해서 효성원을 나섰을 때는 이미 삼송리 골목골목이 어둠에 잠겨 있었다. 갑자기 바람이 세차게 불어 닥쳐 사람들의 머리털을 날렸다. 초가을이어도 밤 시간대인지라 제법 쌀쌀한 기운을 품은 살천 바람이었다.

"웃 춥다~."

추위를 털어내려고 오두방정 어깨 흔들어 대는 문 단장을 박 시인이 옆으로 밀쳐내면서 앞으로 나섰다. 그리고는 갑자기 하늘을 향해 두 팔을 뻗었다.

"왜 저런댜, 저 형은 또?"

"불어라, 불어라 바람아~!"

일갈부터 지른 박 시인은 잠시 시감을 정리하더니 이내 뒷말을 붙였다.

"……바람은 눈물과 웃음과 기쁨과 슬픔 뒤에 오는 우리의 얼굴이려니. 아~! 삼송리에 바람 불어라. 삼송리 심장에 바람 불어라. 바람이 불어야 배 뜨고 새 날고 싹이 트이나니. 아~! 삼송리에 바람이 분다. 삼송리 마음에 바람이 분다~!"

그러자 효성원 옆 골목 쪽에서 누군가 이렇게 응수했다.

"바람 불면 시원하고 좋아요~!"

모두 웬 놈이 초 치는 소리를 하나 싶어 돌아보니 언제부터 나와 서 있었는지 골목 안 전봇대에 배달원 우 코치가 붙어 서 있었다. 방금까지 누군가와 통화라도 했는지 핸드폰을 막 끄고 있었다. 저놈이 웬 뚱딴지같은 말로 끼어드나? 하는 눈길이 쏠리자 우 코치는 자기 이 빠진 곳을 손가락으로 가리켰다.

"바람 불면, 시원하거든요."

우 코치는 같은 말을 한 번 더 하고는 맹구 웃음을 지어 보였다.

"저 대갈통을 한 번 더 부숴 버리면 제정신 돌아올라나?" - 호 사장

"맞어유. 가끔 그러는 사람도 있다니께? 어디 부딪혀서 머리에 나사 풀린 인간, 한 번 더 부딪히고 나서는 나사가 쪼여져서 정신이 돌아오더라는

규. 그러니께 날 잡아서 도마나 워크로 함 제대루 내리처 봐유." - 동환

"그렇단 말이지?" - 호 사장

"그렇다니께유? 그리구 말유, 패려면 말유 쪼꼬미 할매한테서 길일부터 받아유. 길일에 패야 신빨 먹혀서 효과도 날 거 아니겠슈?" - 동환

"그거 좋은 생각이다." - 호 사장

"도마든 워크든 대갈통 맞을 놈은 너다 인간아. 하여튼 이 가납사니 앞에 서는 뭔 말을 못 한나니까. 불쌍한 인간, 왜 패라는 거야?" - 박 시인

"음마? 좋은 조언 하고 있구만, 왜 그런댜?" - 동환

"팰 때 패더라도 패는 거 연습 많이 해야 할 텐데?" - 석환

화가 한 켜 더 늘었는지 호 사장은 우 코치에게 버럭 소리를 질렀다.

"야! 오늘 일 다 끝났으면 퇴근해, 얼른."

"밥 먹고 퇴근할 건데요?"

"그러던지 말든지! 꼴 보기 싫으니까 들어가기나 해!"

우 코치가 주뼛거리며 식당 안으로 사라지자 호 사장은 결의를 다지는 듯 어금니를 아그작 소리 나도록 힘차게 물었다.

"길일 받고 연습하고, 저놈, 내 진짜 팬다!"

지켜보던 영규가 혀를 찼다.

"거, 생사람 하나 고태 골 보내는 건 나중에 알아서 하고, 이제 그만 가자고~."

호 사장과 헤어져 효성원을 벗어난 영규 일당은 이차로 한 잔 더 하자며 벽박을 앞세운 채 부용 식당으로 몰려 갔다.

"벽박 선생, 오늘 개업식은 잘 치르셨고?"

식당 앞에 나와 담배 한 대 피우고 있던 안 사장의 얼굴에 넉넉한 웃음이 번졌다.

"예, 덕분에 잘되었습니다."

박 시인이 손목시계를 들여다보며 물었다.

"우리 일차는 했고, 한 잔 더 하려고 왔는데, 시간이 늦어서 어쩔라나 모르겠네?"

박 시인의 말에 안 사장은 피우던 담배를 비벼 껐다.

"담배들 한 대씩 태우시고 들어들 오시구레."

안 사장이 들어가자 담배 피우지 않는 영규와 벽박을 빼고 모두 담배 한 대씩 피워 물었다. 담배 연기를 내뿜던 동환이 뜬금없이 밤하늘을 흘겨보며 투덜댔다.

"하여튼 나는 저 별들이 당최 싫다니께유." - 동환

"멀쩡한 별한테 왜 시비여?" - 영규

"어떤 양반은 별 가지고 일곱 개니 여덟 개니 무슨 공깃돌 따 먹듯 하잖유? 배가 아파서 도저히 못 살겠슈." - 동환

"들숨 낼 숨, 오늘부터라도 연습해 봐. 늦었다 말고. 죽기 전에는 별 두 개 정도 소식 올 수도 있을 거니까." - 문 단장

"그렇게 되면, 진짜 별일일 거라." - 박 시인

"야~, 오늘 밤 별 참 밝게도 빛난다 야~." - 석환

"바람 불고 별 밝고, 좋네 오늘, 삼송리." - 영규

"저것들 죄 따다가 튀겨 버려?" - 동환

"인간아, 그만 좀 튀겨라. 니글거려 죽겠다." - 석환

밤하늘에는 오늘따라 멀리 샛별이 맑게 보였다. 그 맑은 밤하늘 아래 삼송리에, 이 밤, 바람이 불고 있다. 바람은 앞으로도 삼송리를 찾을 것이다. 따뜻한 바람이든, 차가운 바람이든, 억센 바람이든, 부드러운 바람이든, 바람은 영원히 불어 닥칠 것이다. 그 바람 불 때마다 삼송 사피엔스들은 오늘 박 시인이 읊은 시를 기억해 낼지는 모르겠다. 영규는 취기에 흔들리면서도 내일 복권방을 찾아가 복권 한 장을 사야겠다고 생각했다. 앞으로 복권방 건희하고 시간을 많이 보내야겠구나, 하는 것도 마음에 새기면서.

- 結 -

삼송 사피엔스

ⓒ 최정철, 2023

초판 1쇄 발행 2023년 2월 7일

지은이   최정철
펴낸이   이기봉
편집   좋은땅 편집팀
펴낸곳   도서출판 좋은땅
주소   서울특별시 마포구 양화로12길 26 지월드빌딩 (서교동 395-7)
전화   02)374-8616~7
팩스   02)374-8614
이메일   gworldbook@naver.com
홈페이지 www.g-world.co.kr

ISBN   979-11-388-1609-0 (03810)